Skrönor från en småstad

Bernt Lundh

SKRÖNOR FRÅN EN SMÅSTAD

© Bernt Lundh 2022

Förlag: BoD – Books on Demand, Stockholm, Sverige

Tryck: BoD – Books on Demand, Norderstedt, Tyskland

ISBN: 978-91-8057-048-0

*En skröna kan vara en sanning som berättas som vore den en lögn,
men den kan även vara en lögn som berättas som vore den en sanning.*

INNEHÅLL

PROLOG

Denna bok handlar om livet och människorna i en liten mellansvensk stad runt sekelskiftet 1900. Ingen av personerna som förekommer i skrönorna som här berättas har funnits i verkligheten, även om vissa av dem uppvisar drag och egenskaper hos verkliga personer jag mött under mitt forskande i diverse arkiv.

Namn och persongalleri är alltså uppdiktat och staden där bokens händelser utspelas kan vara vilken liten mellansvensk stad som helst.

Förhoppningsvis kan dessa berättelser ge en bild av hur livet kunde te sig vid denna tid i en liten stad där mycket av föregående seklets föreställningar och konventioner ännu levde kvar, men där också det nya seklet kan anas med sina nymodigheter och nytänkande. Kontakterna med andra delar av landet ökade med järnvägsnätets och telefonlinjernas utbyggnad. Isoleringen på landsbygden byttes långsamt ut mot en känsla av gemenskap och samhörighet med rikets övriga invånare.

Inte minst inom folkrörelserna sjöd det av liv oavsett om det gällde nykterhetsföreningar, frikyrkosamfund eller idrottsföreningar. Säkert fanns hos somliga äldre medborgare en känsla av att utvecklingen gick lite för fort, men där fanns även en optimism och en framtidstro på ett bättre liv än vad det tidigare seklet kunnat erbjuda.

Låt oss så ta del av livet i den lilla staden, och samtidigt ha en smula överseende med eventuella snedsteg och misstag som förekommer här och där bland dess invånare, och på samma gång hålla för troligt att de ändå försökte göra sitt bästa.

Enköping maj 2022

Bernt Lundh

PÅ SKOMAKARE LUNDGRENS TID

Skomakare Johan Efraim Lundgren hade mist förståndet, därom var alla överens – grannar, bekanta, släkt och vänner. Själv menade han att så inte alls var fallet, och att inte heller hans hustru, som var en mycket klok och förståndig kvinna, ansåg att det var något större fel på hans förnuft.

Det där med hustrun föranledde en hel del huvudskakningar, djupa suckar samt undrande ögonkast bland folk i allmänhet och hans närmaste i synnerhet. Skomakare Lundgrens hustru var nämligen död, inte sedan länge, men ändock död och vederbörligen lagd i jorden.

Förutom det där med hustrun, var det främst hans talande med sig själv, hans märkliga manér och osammanhängande prat, som var själva grunden för denna fasta övertygelse angående hans mentala tillstånd.

Hur kunde det ha gått på detta sätt, frågade man sig. Lundgren och hans hustru Sara Christina, född Åberg, hade alltid, eller i alla fall så länge folk kunde minnas, varit ett aktat och respekterat par bland stadens borgare.

Med flit, idogt arbete och sparsamhet hade de byggt upp en smärre förmögenhet, fört ett dygdigt och sedesamt leverne, varit kyrkan trogna samt med jämna mellanrum emottagit Herrens heliga nattvard. Deras enda barn – sonen Carl Emil, studerade till präst uti Uppsala.

Hustru Sara Christina hade på äldre dagar, då sonen lämnat hemmet för sina studier, fått tid över till ett djupare engagemang i det i staden gemensamma arbetet för de fattiga, och då i synnerhet barnen. Hon hade funnit sin plats i Sällskapet Jultomtarne, som såg sin främsta uppgift i att samla in medel till underhåll för de fattigaste bland stadens barn, ordna julfest samt inskaffa nya kläder till de mest utsatta.

Hennes insatser hade gjort sådant intryck att hon till slut avancerat till posten som sällskapets sekreterare. Enligt den tidens sätt att resonera kunde hon inte komma längre.

Ordförandestolen kunde hon inte nå. Det skulle just se ut det. En kvinna som ordförande! Nej, den posten var förbehållet en man.

Arbetet som ordförande krävde nämligen känsla för ordning och reda, kunskaper inom det ekonomiska samt ett sinnelag som passade styrandet och ställandet – uteslutande manliga egenskaper således, vilka på ett alldeles utmärkt sätt passade in på sällskapets nuvarande ordförande, bankdirektör Tivander.

Att låta en kvinna, med hennes känslosamma inre och hennes brist på auktoritärt tänkande, besitta en sådan post var inte ens tänkbart.

De flesta medlemmarna i sällskapets styrelse var visserligen kvinnor, men deras uppgift var mera att ta hand om de behövande små då tillfälle gavs. Där kom deras naturliga modersinstinkt och deras varma modershjärtan så väl till pass.

Lundgren själv hade även han, trots det idoga arbetandet, hunnit dela sin tid med andra representanter för stadens borgerskap i och med att han inträtt i nykterhetslogen. Arbetet däri bestod mest av att organisera möten, arrangera föredrag om dryckenskapens fördärv samt värvandet av nya medlemmar.

Själv hade han aldrig haft några problem med alkoholintagandet. Visst hade det väl blivit en del i hans ungdom, men detta var länge sedan och förmodligen både glömt och förlåtet. Under många år hade han aldrig tvekat inför en sup eller två vid bjudningar om så anbefalldes, men det hade i så fall varit mera av hänsyn och respekt för de övriga dryckesbröderna, än ett begär efter det välbefinnande och den tillfredsställelse, drycken i fråga kunde skänka.

Numera var det slut med detta. De eventuella festligheter han och hustrun på senare år bevistat, avnjöts i sällskap med likasinnade. Alla drycker starkare än svagdricka hade där således lyst med sin frånvaro.

Kaffedrickandet hade å andra sidan ökat, vilket med tiden dessvärre hade fått till följd att han kommit på kant med sitt inre, och då inte det själsliga utan fastmer det kroppsliga, ity att hans mage allt oftare protesterat medelst knip samt sura uppstötningar. Därvidlag hade han avundats sin hustru. Hon verkade allt sedan födseln blivit utrustad med en mage av stål. Den bruna drycken hade inte bekommit hennes inre på något sätt, men det kunde ju å andra sidan ha berott på att hon envisats med att hälla grädde i densamma.

Själv skulle han aldrig, trots den dåliga magen, sänka sig till att blanda grädde i kaffet. I ett svagt ögonblick slog det honom att han då hellre kunde tänka sig att hälla lite av någon starkvara i detsamma för att på så sätt spä ut det giftiga i den åtråvärda drycken, något han emellertid genast slagit ur hågen. Det skulle ju inte gå an sedan han gått med i logen bevars. Han skämdes något över sådana hugskott, men tröstade sig med att själva tanken absolut inte varit hans egen. Den hade sannolikt planterats i hans hjärna av någon, för honom okänd, illvillig makt, vars enda avsikt verkade vara att leda stackars oskyldiga människor på villovägar.

Vad gäller hans yttre företräden må kanske i första hand nämnas hans något magra kroppskonstitution.

Han saknade den rondör som många av hans jämnåriga män inom borgerskapet med åren lagt sig till med. Att få träda in i ett rum fullt med folk för att där inta en självklar plats, hade aldrig varit honom förunnat, då hans tunna lekamen allt som oftast hamnat i skuggan av mer storvuxna män. Hans ansikte däremot, var välformat och med fylliga kinder och en rundad haka. Många i hans bekantskapskrets – inte minst kvinnor – hade påpekat och beundrat hans behagfulla anletsdrag.

De bruna ögonen gjorde ett piggt och vaket intryck och näsan hade en liten böj, vilket gav hans ansikte en något aristokratisk utstrålning. Han hade alltid varit noga med sitt yttre, om vilket den välansade mustaschen skvallrade – inte för kortklippt och oansenlig – inte heller för välvuxen så att den dolde hans välformade läppar.

Skomakare Lundgren var på det hela taget knappast vad som kunde anses vara en ståtlig man. De magra benen och den något insjunkna bröstkorgen passade liksom inte ihop med det välformade huvudet och det behagfulla ansiktet.

Hans kropp verkade mest vara ett hopplock av delar som egentligen inte passade tillsammans. Ibland undrade han om Vår Herre råkat sätta ihop honom med delar som blivit över, eller rent av att han varit på skämtsamt humör den dagen. Naturligtvis slog han genast undan sådana hädiska tankar.

Huvudet täcktes av en kraftig hårväxt. De bruna täta lockarna och den något krokiga näsan fick honom faktiskt att likna gamle kung Karl Johan – den förste Bernadotten. Han hade länge undrat över detta. Hans far hade haft glest stripigt hår som, i den ålder han själv nu befann sig, nästan helt hade försvunnit. Hans två äldre bröder likaså.

Nåväl, vem kunde begripa och förstå naturens nycker? Han hade blivit tilldelad kroppsliga attribut som andra män i hans släkt – både hans far och hans bröder – saknat.

Var det bara slumpen, eller var han rent av resultatet av kunglig säd som i lönndom spridits några generationer tillbaka i tiden? Sådana tankar hade han aldrig delat med någon annan, inte ens med hustrun. Nej, det skulle säkert anses som lite väl självupptaget och oseriöst och samtidigt kanske rent av på gränsen till majestätsbrott.

Han var i stort sett nöjd med sin tillvaro. Han var frisk trots att han nu närmade sig de femtio och hade en vacker hustru, ett välvårdat och påkostat hem samt de flesta av sina tänder i behåll.

Så hände det som ibland inträffar. Det liv man trivs med och som man sedan länge tagit för givet, visar sig innehålla obehagliga överraskningar, vars följder ingen hade kunnat förutse eller ens ana.

Skomakare Lundgrens hustru lämnade plötsligt jordelivet.

En morgon låg hon bara där, orörlig och kall i sängen. Ingen förvarning hade kommit. Ingenting!

Hon hade inte klagat på något som rörde hälsan, inget illamående, ingen yrsel, inte det minsta tecken.

Just detta hade gjort honom upprörd – att vara så oförberedd. Att något eller någon kunde behandla honom så orättvist var för honom en gåta.

Han fylldes av en rasande ilska. Han var arg på allt och alla – på hustrun som bara lämnat honom, på sig själv för att han i sin enfald fått för sig att livet alltid skulle vara gott att leva, på sonen som inte var hemma och på hunden som inte förstod något, utan bara stod och glodde med sina stora ögon. Han hade låst in sig och vandrade av och an i det tomma hemmet, högljutt deklamerande om livets orättvisor, tillvarons meningslöshet samt ödets till synes slumpmässiga grymhet.

Han hade till och med – och det skämdes han djupt för efteråt – förbannat den höge Herren i himlen som så otacksamt behandlat honom och hans hustru. Hade han inte bett sina böner, bevistat gudstjänsten varje söndag, undvikit alla svordomar samt trätt in i nykterhetslogen?

Och detta hade han fått som tack! Det där med svordomar hade förresten bara gällt fram till denna dag. I sin bottenlösa förtvivlan och ilska hade några av de i minnet närmast liggande kraftuttrycken slunkit ur honom.

Först hade han blivit förskräckt, men när fler och fler forsade fram ur hans mun och ekande fyllde lägenheten kände han hur tveksamheten gav vika. Det var som att träffa gamla bekanta från förr. De kom till honom i en till synes aldrig sinande ström och han ropade deras namn, högt och tydligt. Likt ett lyckligt barn som plötslig hittat en glömd låda med leksaker gick han på, och när han använt alla svordomar han kunde komma på både en och två gånger och därtill hittat på egna, orkade han inte länge. Han blev sittande på sin säng.

Utmattad.

Förlorad.

Han hade nu fullständigt raserat en del av det osynliga fundament på vilket hans liv hade vilat. Efter detta kunde han inte gärna kalla sig kristen. Han hade förskjutit sin gud och åberopat Den Onde som tacksamt hade tagit emot honom. På något märkligt sätt kände han sig ändå lättad – ja nästan upprymd efter detta vulkanutbrott av svordomar och förbannelser.

Nu släpper de aldrig in mig i kyrkan igen, tänkte han sorgset.

Någonstans inom honom kämpade nu två krafter om herraväldet över hans hjärna. Den ena förmanade honom att ta sig samman och uppföra sig som det anstod en vuxen man – väl ansedd borgare därtill. Den andra viskade i hans öra om hur skönt det hade känts att få ur sig all ilska med hjälp av alla svordomar. Och nu när han, efter detta, antagligen skulle bli utkastad ur den kristna gemenskapen, kunde han väl lika gärna fortsätta och göra upp med nykterhetslogen också.

Skomakare Lundgren kände nu att han började förlora kontrollen över sig själv. Den ena rösten sa si, den andra så. Vem var han att ta sådana viktiga beslut, nu när hela hans liv verkade rasa samman?

Det som till slut avgjorde striden var det faktum att han fortfarande kände hur ilskan fanns kvar inom honom.

Han hade förkastat sin gud och kyrkan med alla svordomar. Varför inte låta även nykterhetslogen få sin beskärda del?

Han hade bestämt sig.

Han skulle dricka sig berusad!

Här uppstod nu ett problem som han, i all sin iver att förstöra sitt liv, ganska omgående blev varse. Det nyktra liv han och hustrun levt allt sedan den dagen de inträtt i logen hade dessvärre resulterat i en total brist på starka drycker i det Lundgrenska hemmet.

Uppgivet konstaterade han att allt nu verkade gå honom emot, och vredesmodet var nu nära att åter ta kontroll över honom då en tanke dök upp i hans huvud.

Men, visst fanns det väl kvar starkvaror någonstans?

Hade han inte efter att ha tagit den sista supen för många år sedan sparat flaskan och gömt den nere i verkstaden?

Visst var det väl så?

Bara för utifall, hade han tänkt då. Det mindes han nu. Det dåliga samvete han i början av sitt helnyktra liv måste ha känt inför detta svek mot själva idén med att ingå i en nykterhetsloge, hade med tiden tydligen förbleknat och till slut fallit i glömska.

Han intalade sig dock att hans lilla brott mot den helnyktra tanken kanske inte varit så allvarligt. Brännvinet i sig var ju inte farligt. Det var ju först när man satt i sig den förrädiska drycken faran uppstod, och druckit den hade han ju inte.

Att endast inneha den kunde väl inte ha varit så farligt och förresten hade det inte längre någon betydelse. Hans medlemskap i logen var härmed avslutat.

Det tog honom inte många minuter att rota fram den halvfulla flaskan med tiodubbelt renat brännvin, inköpt från spritvarubolaget i staden många år tidigare.

Så satt han då åter på sin säng med flaskan i handen.

Den första klunken kändes ovan. Det brände i halsen och han tvingades in i ett hostanfall. Därefter gick det bättre och skomakare Lundgren var obevekligt på väg att rasera även den andra halvan av det fundament uppå vilket hans liv hade vilat. Nu fanns ingen återvändo.

Brännvinet började så sakta bedöva hans hjärna. Allt kändes med ens så enkelt. Han hade straffat ut sig från kyrkan och nu även nykterhetslogen. Nu var det dags att straffa ut sig från själva livet.

Ilskan över det orättvisa och grymma ödet han drabbats av, hade nu ersatts av sorg över hustruns död. Saknaden efter henne kröp över honom som en mörk skugga.

Skomakare Lundgren bestämde sig där han satt gungande fram och tillbaka på sin säng.

Han skulle ta livet av sig.

Men inte än. Först skulle han dricka upp de sista resterna ur brännvinsflaskan.

När han vaknade var redan nästa dag långt gången, och han förstod inte först varför han inte befann sig i sin skomakarverkstad. Kunde det möjligtvis vara så att han glömt bort att det var söndag och det var dags att klä om för högmässan? Det slog honom då plötsligt att han redan några dagar tidigare varit i kyrkan och begravt sin hustru.

Missmodet och sorgen övermannade honom nu åter, och han mindes gårdagen med den våldsamma uppgörelsen med vår Herre och nykterhetslogen.

Kroppen smärtade i kapp med huvudet varför han beslöt att stanna i sängen ännu en stund. Långsamt och med stor möda försökte han reda ut vad som hänt dagen före. Steg för steg lyckades han pussla ihop hela händelsekedjan som slutade med löftet han givit sig själv om att ta sitt liv.

Även om han vaknat upp som en annan människa än den han varit dagen innan, stod beslutet fast. Han skulle ta sitt liv om än anledningen kanske inte var densamma som då beslutet togs. Då hade det varit resultatet av det raseri han känt över hur han behandlats och hur meningslöst ett fortsatt liv skulle vara. Nu var det mera det att han kände att han bränt alla broar då han förskjutit både Gud och kyrkan samt gjort narr av nykterhetslogen med sitt hejdlösa supande kvällen innan.

Han skämdes över allt detta och saknade sin hustru.

Hur han än vred och vände på sina tankar blev resultatet det samma. Han hade inget liv kvar. Utan hustrun, utesluten ur logen och inte längre välkommen i kyrkan skulle livet bli ensamt.

Så kom det sig då till slut att skomakare Lundgren liggande i sin säng målade upp en palett av olika metoder att ta sig själv av daga.

Någon expert på ämnet var han ingalunda, men han hade ju läst tidningar om människor som tagit sitt liv.

Till slut hade han fastnat för arsenik.

En stund senare samma dag klev poliskonstapel Eriksson in ursäktande sig att dörren faktiskt hade stått öppen. Med sig hade han Lundgrens hund – en stor svart något halvfet tik av obestämbar ras, som hans hustru övertagit efter sin syster som dött året innan.

Eriksson fortsatte genom lägenheten till sovrummet där Lundgren satt.

»Jag hittade henne ute på gatan och förstod att hon olovandes smitit ut, och enligt stadens ordningsstadga så … nåja som det nu är… det där med er hustru och allt, så drar vi ett streck över förseelsen,« upplyste han.

Lundgren sade ingenting. Han bara satt stilla och glodde ner i glaset där han blandat vatten och arsenik.

Konstapel Eriksson hade inte rykte om sig att vara den mest kvicktänkte av stadens poliskonstaplar, men han var heller inte, som man säger, född i farstun. Han insåg snabbt att inte var det mjölk Lundgren hade i sitt glas. Som polis hade han träffat på arsenikblandningar tidigare under sin tjänsteutövning.

»Lundgren tänker väl inte göra av med sig,« sade han frågande.

»Jag hade nog tänkt det,« svarade Lundgren långsamt och eftertänksamt. »Jag har förstört mitt liv, både förnekat Gud och kyrkan och skändat mitt löfte till nykterhetslogen.«

För konstapel Eriksson, som betraktade sig själv som ateist och näst intill periodsupare tycktes dessa anledningar vara något i futtigaste laget när det gällde att avhända sig livet.

»Lundgren ska inte ta livet av sig! Han kommer att ångra sig,« förmanade han. Det där sista lät på något sätt som om det inte riktigt passade in i sammanhanget, men han lät det bero.

Lundgren ryckte på sina tunna axlar.

»Det sa min hustru också,« suckade han och Eriksson kände sig lugnare. Han var inte ensam om att kläcka ur sig det där om att ångra sig.

Konstapel Eriksson var som sagt inte känd i staden för sin snabba tankeförmåga. Nej, det var nog mera hans resliga och starka kropp som gett honom denna tjänst inom stadens poliskår, men nu kände han ändå att något inte stämde.

»Er hustru … ähum… hon som är död?«

»Jo, död och begraven. Konstapeln ska veta att det hände något för en stund sedan när jag satt här med glaset i handen.«

Eriksson nickade och satte sig på en stol mitt emot Lundgren. Han fick plötsligt en känsla av att detta skulle komma att ta tid.

»Jo, som sagt. När jag satt här kom min hustru in genom dörren och sa till mig precis det som konstapeln sa alldeles nyss. Att jag inte skulle ta livet av mig. Och det där med att jag skulle ångra mig kanske hon inte sa rent ut, det bara lät så.«

Konstapel Eriksson tog emot detta budskap med en något besviken min.

»Sedan uppmanade hon mig att ta mig i kragen, att jag hade mycket kvar av mitt liv och att jag skulle gifta om mig, eller åtminstone skaffa mig en hushållerska och en piga. Ja, för att sköta hemmet. Själv skulle jag ju fortsätta arbetet som skomakare. Och inte skulle jag oroa mig för det där med kyrkan, Gud eller nykterhetslogen.

Vår Herre som ju är allseende hade säkert både sett och hört vad som skett föregående kväll, men det står i skriften att han kan förlåta den värsta av syndare och vad gäller nykterhetslogen är ju inte ens dess ordförande allseende, och ingen visste således något om hans brott mot nykterhetslöftet.«

Konstapel Eriksson kände sig nu något lugnad. Det verkade som att Lundgren inte skulle ta sitt liv trots allt. Försiktigt tog han glaset med arsenik ur Lundgrens hand och ställde det på golvet.

Lundgren satt tyst. Tydligen hade han redogjort klart för vad hustrun sagt.

Eriksson visste nu inte vad han skulle göra. Det enda rätta vore väl att få den stackars skomakaren att inse att han bara drömt det där om hustrun, vilket kanske inte var så märkligt i den vanmakt och sorg han måste ha känt efter hennes död. Lundgrens blick fick honom dock att tveka. Där fanns utan tvivel ännu kvar ett stänk av både ilska och besvikelse och han beslöt att ta det försiktigt.

Att formulera sig i eftertänksamma och förnuftiga ord och meningar var inte något man vanligtvis kunde tillskriva konstapel Eriksson, men nu kände han emellertid att han måste säga något.

»Jag håller med hustrun,« var det bästa han till slut kunde åstadkomma.

Att Lundgren nu mer och mer verkade komma bort från tankarna om självmord gladde konstapel Eriksson, men han började ändå bli lite orolig. Att avvika från sin patrullering allt för länge stred mot reglementet för polisman under tjänst. Visserligen kunde väl återförandet av en bortsprungen hund samt förhindrandet av ett självmord räknas som tjänsteutövning, men nu tyckte han ändå att han borde återgå till sin patrullrunda.

Och det där med att ha förhindrat ett självmord kunde måhända betraktas som en överdrift. Finge man tro Lundgren var det snarare dennes hustru man borde tacka för den insatsen.

Hur som helst, poliskonstapel Eriksson avslutade besöket med att försäkra den nu betydligt mer sansade skomakaren sitt stöd.

»Om Lundgren behöver hjälp med något ska han inte tveka att komma till mig. Han vet var jag finns.« var det sista han sade innan han gick.

På vägen nedför trappan och ut genom dörren insåg han att det han nyss lovat var en smula obetänksamt. Vad gällde Lundgrens eventuella återintåg i den kyrkliga och nyktra gemenskapen var han rädd att hans löfte om hjälp inte var mycket värt. Tanken på att han – en gudsförnekande ateist och därtill inbiten brännvinsdrinkare – var rätte mannen att lotsa den olycklige skomakaren tillbaka in i de saligas och nyktras skara, fick honom att le samtidigt som han ändå kände sig nöjd med hur klokt och väl genomtänkt han hade formulerat sig.

Så kom det sig att skomakare Lundgren inte berövade sig livet denna dag. Tvärtom verkade det som om han gått stärkt ur det förskräckliga som hänt. Han återgick till sin verkstad och arbetade intensivare och noggrannare än någonsin tidigare. Enligt de personer som kommit i kontakt med honom, berättade han att han varje kväll pratade med sin hustru och att det var dessa små samtal som gjorde att han kunde lägga tankarna på självmord åt sidan. Det råd han fått av hustrun om att hitta en ny hustru hade han dock inte haft några intentioner att följa.

Inte kunde han gifta om sig. Hans hustru, som visserligen var hädangången, besökte ju honom varje dag efter den förskräckliga kvällen med alla svordomar och supande, för att tala honom till rätta så att han inte for i väg på villovägar och gjorde fler dumheter. Detta om man fick tro Lundberg själv.

Han försvarade sitt beslut att inte gifta om sig med att påpeka det otänkbara i att ha en ny hustru bredvid sig i sängen samtidigt som han samtalade med sin förra.

Föga förvånande väckte sådana uttalanden ett visst uppseende i staden, men den allmänna meningen var ändå att det var allt för tidigt att döma den stackars skomakaren. De allra flesta förstod att en sådan sorglig händelse som så plötsligt drabbat Lundgren kunde få vem som helst att förlora fotfästet för en stund. Tids nog skulle det gå över. Och när en sådan klok man som kyrkoherden i stadens församling uppmanade till besinning och tålamod och att han själv skulle tala med Lundgren när tiden var mogen, lät man saken bero.

Lundgren själv hade helt enligt hustruns uppmaning besökt högmässan för att på så sätt återställa förhållandet till vår Herre. Sittande i kyrkbänken hade han väntat på att den gudomliga vreden på något sätt skulle drabba honom, men något sådant hade han inte känt. Inte heller hade något som kunde tyda på någon himmelsk nåd fyllt hans inre.

Kanske var vår Herre trots allt inte allseende som hustrun hade påstått, eller var det möjligen så att en enkel skomakares tillfälliga synder inte var viktiga nog att uppta den allsmäktiges tid. Han hade säkert viktigare saker att sköta.

Vad gällde nykterhetslogen hade hon däremot haft helt rätt. Ingen hade vare sig sett eller hört någonting om hans utbrott och när Lundgren i fortsättningen kom att jobba ännu hårdare i kampen mot de starka dryckernas fördärv, uppmärksammades detta på ett positivt sätt av såväl dess ordförande som övriga medlemmar.

Veckorna gick och Lundgren arbetade på som aldrig förr. Ingen tillverkade och lagade sådana skor som han – herrskor, damskor, kängor, barnskor – allt i yppersta kvalitet. Stadens borgare stod i kö för att lämna in beställningar. Vad gjorde det då att han, enligt vad han själv hävdade, samspråkade med sin döda hustru varje kväll? Vem hade rätt att lägga sig i vad han gjorde i sitt hem efter arbetsdagens slut så länge ingen annan tog skada? Dessutom var han en flitig kyrkobesökare och helnykterist, det visste ju alla.

Den allmänna meningen i staden var att de borde vara rädda om sin skomakare. Gamle Södergren som varit skomakare under många decennier hade blivit gammal och långsam och vem visste hur länge han skulle leva. Och den där Asp som var en riktig slarver och som bara söp och slogs kunde ju ingen lita på. Han skulle säkert sluta sina dagar bakom lås och bom, och då stod staden utan skomakare om Lundgren inte finge fortsätta.

Stadsfiskal Lenander som var lagkunnig hade letat och letat i lagböcker och bland förordningar och inte funnit något olagligt i att lyssna till sin hustrus åsikter även om denna var avliden, vilket hade fått stadsfiskalens hustru att syrligt påpeka att han borde kanske någon gång sätta sig ned och lyssna på sin ännu levande hustru.

Alla var således nöjda i den lilla staden och man enades om att aldrig nämna Lundgrens döda hustru då man samtalade med honom. Inte heller sprida rykten utanför staden att deras mest aktade skomakare hade blivit galen och börjat tala med sin döda fru varje kväll. I stället skulle man prisa hans utomordentliga yrkesskicklighet.

För att hinna med alla inkomna beställningar hade Lundgren till slut blivit tvungen att anställa två medhjälpare i verkstaden. Han hade även följt sin hustrus råd angående en hushållerska. Fruntimret i fråga var i hans egen ålder och med en betydligt stabilare kroppskonstitution än den han själv kunde ståta med. Hon gick under namnet Magda, vilket Lundgren antog var en förkortning av Magdalena i den mån han överhudtaget ägnade detta en tanke. Hon var av naturen snäll och tystlåten och skötte alla hushållsgöromål till all belåtenhet. Lundgren hade installerat henne i en liten lägenhet ovanför den han själv bebodde. Att ha någon inneboende skulle störa hans samtal med hustrun allt för mycket.

Han var tillfreds med sitt liv och därmed kunde även stadens invånare känna sig lugna. De skulle även i fortsättningen ha tillgång till välgjorda och slitstarka skor.

Den allmänna uppfattningen var att allt nästan var för bra för att vara sant. Det skulle också dessvärre visa sig att detta var mer en förhoppning än ett konstaterande.

Skomakare Lundgren började nämligen så smått att uppföra sig oroligt och en smula egendomligt – inte så att han misskötte arbetet, men de som dagligen mötte honom kunde berätta om en oroväckande personlighetsförändring.

Ryktet spred sig och nådde till slut även poliskonstapel Eriksson som kände ett visst ansvar för skomakarens väl och ve då han deltagit i förhindrandet av dennes självmordsförsök. Dessutom hade han ju lovat att ställa upp om Lundgren behövde hjälp.

En varm junikväll uppsökte han så Lundgren i dennes hem. Någon större människokännare ansåg Eriksson själv inte att han var, men visst kunde han i stort sett omedelbart lägga märke till en förändring hos skomakaren. Visserligen var det bara en yttre sådan i form av att den mustasch Lundgren tidigare odlat var borta, men det fordrade ändå en kommentar.

»Jag ser att Lundgren rakat bort…. är det hustrun som..? frågade han då han stigit in i Lundgrens tambur.

Lundgren hade då avslöjat att mustaschens avlägsnande hade varit hans eget beslut och förresten hade hans hustru slutat besöka honom.

När poliskonstapeln något senare inrapporterat detta faktum till sina överordnade i form av överkonstapel Gren och stadsfiskal Lenander i nämnd ordning, orsakade detta djupa veck i respektive pannor.

Eriksson hade som vanligt inte uttryckt sig helt kristallklart.

»Lundgrens hustru har lämnat honom,« hade han börjat. »Eller inte lämnat kanske, hon är ju redan död, men nu är hon död på riktigt… verkar det som, eller i alla fall om man får tro Lundgren. Enligt min menig har hon varit död hela tiden! Ingen ska tro något annat.«

Inför överkonstapeln och stadsfiskalens rynkade ögonbryn beslöt konstapel Eriksson att inte fortsätta sin utläggning.

Gren och Lenander såg på varandra. Trots den store polismannens något tvetydiga rapport ansåg de sig dock ha läget klart för sig.

Skomakare Lundgren hade slutat prata med sin döda hustru.

Frågan var nu, var detta bra eller dåligt? Och hur skulle man tolka borttagandet av mustaschen?

Överkonstapeln och stadsfiskalen rynkade sina pannor, kliade sig i håret och hummade tyst och allvarligt som vore det frågan om lösandet av ett allvarligt brott.

Nyheten om Lundgrens hustru, som nu verkade ha lämnat sin man och slutligen verkligen dött, delade stadens invånare i två läger. Optimisterna menade att detta var bra. Allt kunde nu återgå till det normala. Staden skulle åter få en skomakare vars beteende inte hade något övrigt att önska.

Pessimisterna däremot såg katastrofen komma. Deras mening var att det varit just samtalen med den döda hustrun som hållit Lundgren på fötter. Nu skulle allt rasa och skomakarens förstånd var i fara. Hur skulle det nu gå med deras skor?

Ej sällan i historien har det visat sig att pessimisterna till slut fått rätt. Så även i detta fall.

Skomakare Lundgren skulle sakta men säkert komma att bli någon annan än just skomakare Lundgren.

Lundgrens hushållerska var den första som noterade denna förändring. Egentligen var det inget märkvärdigt tyckte hon själv. Hon hade bara noterat att han spenderade mer och mer tid framför spegeln och att han tydligen börjat anlägga polisonger. Denna information togs emot med allvar av stadens befolkning.

Vad kunde detta betyda? Var det något att ta fasta på, eller hade hushållerskan endast överdrivit sina iakttagelser? Kommen från en socken på landet förstod hon sig kanske inte så mycket på livet i staden i allmänhet och om dess äldre medelålders män i synnerhet.

Alla noterade dock med tacksamhet att Lundgren fortfarande skötte sitt arbete som skomakare.

En måndag i juli reste han bort och var borta några dagar, vilket naturligtvis skapade viss oro bland stadens invånare. Emellertid kunde hans hushållerska meddela att Lundgren rest till huvudstaden för vissa inköp och snart skulle vara tillbaka.

Ingen funderade mer på Lundgrens inköpsresa till huvudstaden. Han var ju hantverkare och var naturligtvis i behov av vissa inköp.

En kväll en vecka senare råkade smeden Karlsson, under ett samtal med likasinnade på änkan Bergmans krog, nämna att han på en av stadens mindre gator mött ingen mindre än gamle kung Karl Johan Bernadotte. Karlsson var både gammal och skumögd och inte direkt känd för något nyktert leverne, varför hans prat bland de närvarande betraktades som just prat. Detta trots att Karlsson själv hävdade att han i sin ungdom i Stockholm minsann sett gamle kung Karl Johan i egen hög person, och nog visste han hur kungen sett ut med uniform, medaljer och allt.

Något annorlunda togs gamla änkan Rönnbergs ord emot då hon på en kaffebjudning hos bankdirektör Tivanders hustru, menade att även hon sett gamle kung Karl Johan spatserande i staden. Då ingen ens skulle komma på tanken att tvivla på änkan Rönnbergs trovärdighet höjdes både ett och två ögonbryn vid detta avslöjande. Hon var vida känd för sin skarpa syn, vilket gjorde att hon dagligen kunde iakttaga både det ena och det andra då det gällde det finare borgerskapets uppträdande på gator och torg, till munterhet så väl som nesa för den som ville lyssna till hennes skvaller. Hennes intellekt var, trots hennes höga ålder, lika skarpt som hennes tunga och starka drycker hade hon aldrig ens varit i närheten av.

Kort sagt – änkan Rönnbergs avslöjande var svårt att bortse ifrån.

Emellertid hade hon tillagt att inte var det den riktiga kungen hon sett. Han hade ju varit död i ett halvsekel, det visste väl alla.

Nej, någon toka var hon då rakt inte, och nog hade hon sett vem som gömt sig bakom den kungliga uniformen. Det hade varit skomakare Lundgren, så säkert som amen i kyrkan!

Ytterligare några dagar senare försvann alla eventuella tvivel angående kung Karl Johan och skomakare Lundgren.

Frivilliga brandkåren hade stor övning en afton i juli med samling på torget.

Slangar och pumpar hade hämtats från slang- och pumphus. Där fanns manskapet till de sex sprutorna med strålförare och pumpare, vattenavdelningens mannar samt standarförare med kårens standar lätt vajande i vinden. Alla uppställda i prydliga grupper, allt under ledning av brandchefen skollärare Häggström. Runt torget hade intresserade åskådare samlats – en del av ren nyfikenhet, andra kanske för att övertyga sig om att stadens brandkår fungerade tillfredsställande.

Brandchefen gav order om att övningen skulle inledas med marsch i god ordning mot den fiktiva eldsvådan i stadens utkant.

Innan någon hunnit förflytta sig enligt Häggströms order, kom en gestalt gående med långa steg över torget. Han var klädd i en uniform som med ordnar och medaljer inte alls passade detta tillfälle. De äldre bland åskådarna kände genast igen nykomlingen. Det var kung Karl XIV Johan själv i hög person. Åtminstone såg det så ut. Det mörka krulliga håret, de kraftiga polisongerna och den krökta näsan. Visst var det han!

Ett lågmält mummel spred sig bland de församlade.

Det är inte möjligt, tänkte någon. Kung Karl Johan är väl död sedan länge?

De något mindre upplysta och de yngre visste inte vad de skulle tro. Vad var det för figur? Inte var det väl kungen som några bland de äldre viskade om? Nej, inte var detta mannen på de bilder som satt på väggen i de flesta hem. Kung Oscar såg inte ut på detta sätt. Var det kanske landshövdingen som kommit på besök? Honom hade ju de flesta varken sett i verkligheten eller på bild.

Några av de allra äldsta kvinnorna neg djupt och några herrar tog av sig huvudbonaden och bockade då den mystiske nykomlingen passerade.

Mannen som såg ut som gamle kung Karl Johan gick långsamt förbi brandkårens olika avdelningar som om han inspekterade både mannar och redskap.

De flesta församlade, däribland brandchefen Häggström, såg att den man som var utklädd till kung i själva verket var skomakare Lundgren, men ingen sade något. Det var som om man inte ville störa den smått magiska stämning som intagit torget.

Lundgren stannade framför kårens standar och gjorde honnör. Standarföraren tittade nervöst på sin chef, men kunde inte tyda dennes ansiktsuttryck varför han svarade med en honnör.

Lundgren vände sig därefter mot brandchefen Häggström.

»Gott! Ni kan fortsätta övningen!« meddelade han med ljudlig stämma.

Poliskonstapel Eriksson som även han känt igen nykomlingen som skomakare Lundgren spanade mot sin närmsta chef överkonstapel Gren. Skulle han ingripa? Kunde man se det som att Lundgren störde ordningen på allmän plats och sålunda bröt mot stadens ordningsstadga? Överkonstapeln gav Eriksson ett tecken som denne tolkade som att han skulle vänta. Hos överkonstapel Gren snurrade tankarna i huvudet. Aldrig kunde han föreställa sig att han skulle råka i en sådan situation. Då vare sig borgmästaren, eller stadsfiskalen var närvarande insåg Gren att det var han som var den som nu hade ansvaret inför vad som skulle ske.

Att Lundgren mitt på torget inför alla församlade utgivit sig för att vara gamle kung Karl Johan var illa nog. Att gripa honom och föra honom till häktet skulle sannolikt enbart göra saken värre. Alla församlade hade behållit lugnet. Ingen skrek mot Lundgren. Ingen häcklade. Tysta och stilla noterade de hur han till slut lämnade platsen och försvann längs Stora gatan. Ingen följde efter. Det var som om alla fastnat i någon slags förtrollning som bröts först när brandchef Häggström återfunnit fattningen och gav order om avmarsch. I sakta mak förflyttades så de olika avdelningarna en efter en i vederbörlig ordning, med standarföraren i täten, mot den tänkta fienden i form av den röde hanen.

Överkonstapel Grens agerande fick senare beröm från såväl borgmästaren som stadsfiskalen. Han hade gjort rätt. Ett gripande av Lundgren hade lätt kunnat sluta i tumult. Incidenten med Lundgren utklädd till kung skulle med säkerhet ändå bli en stor nyhet i både den lokala som den rikstäckandet pressen när väl ryktet nått så långt.

Nu visade det sig att problemet med skomakare Lundgren var allvarligare än så. Flera av dagarna efter händelserna på torget visade han sig ute i staden klädd som Karl XIV Johan och vad värre var – han hade slutat arbeta i sin verkstad. Inga skor tillverkades eller lagades.

Bland de styrande i staden insåg man naturligtvis att något måste göras och man beslöt att i första hand ta ett samtal med Lundgren. Rådman Johansson utsågs till detta viktiga uppdrag och till sin hjälp fick han poliskonstapel Eriksson som ju redan var någorlunda insatt i fallet.

När dörren öppnades vid Lundgrens våning då rådman Johansson knackat på, visade sig hushållerskan Magda i öppningen.

Rådmannen redogjorde för deras besök och undrade om de möjligtvis kunde få ett samtal med Lundgren.

»Lundgren är bortrest. Här i lägenheten finns endast jag och kung Karl Johan, men han har meddelat att han inte tar emot audienser just nu. Han är upptagen med att regera,« svarade hushållerskan utan att blinka.

Johansson och Eriksson såg på varandra, båda tvivlande på om de hört rätt. Hade nu även hushållerskan tappat förståndet!?

Johansson rådgjorde snabbt med sig själv. Att diskutera problemet med Eriksson mitt framför hushållerskan ville han inte.

Han kom fram till att det inte vore lönt att gå hårt fram och tvinga sig in. Inget brott hade ju begåtts, vad han kände till. Bättre då att återvända och diskutera med övriga styrande i staden om nästa steg i frågan.

Med anledning av detta anordnades ett allmänt möte i rådhuset för att diskutera skomakare Lundgrens framtid.

Borgmästare Wixell betonade allvaret i situationen samt det faktum att en av stadens mest aktade borgare då och då trodde sig vara kung Karl XIV Johan, möjligen kunde leda till en del skämtsamma kommentarer, eller rent av dra ett löjets skimmer över staden. Inte minst kunde man befara att den rikstäckande pressen skulle göra en stor nyhet av det hela och det ville han inte se hända. Framför allt ville han förhindra att självaste landshövdingen skulle anse sig tvingad att tillskriva honom om vad som egentligen försiggick i staden.

En snar lösning på problemet var således av nöden.

Han lämnade därefter ordet fritt för alla församlade att inkomma med förslag på hur problemet skulle hanteras.

Någon menade att man först borde kontakta stadens läkare så att denne kunde ge en närmare och professionell bedömning av Lundgrens tillstånd.

Var det endast tillfälligt, eller var han för evigt förlorad i vansinnet?

Kunde man kanske skicka honom till hospitalet i Uppsala för vård?

Mot detta förslag protesterade tobakshandlare Engström. Hans svåger hade för flera år sedan råkat i ett något sinnesrubbat tillstånd, varför han hamnade på nyss nämnda hospital. Behandlingen därstädes hade, enligt Engström, endast bestått i lavemang och meningslösa terapiuppgifter. Svågern hade återvänt hem i än värre tillstånd och kort därefter tagit sitt liv.

Ett något upprört mummel hördes i församlingen.

Nej, något sådant ville man då rakt inte vara med om.

Fler och fler av de församlade kom nu med olika förslag, allt från just vård på hospital till att låta det hela bero. Lundgren skadade ju ingen.

Det allmänna sorlet ökade i styrka. Alla ville framföra sin mening.

Postmästare Svedin lade fram ett förslag som gick ut på att man skulle ta kontakt med Lundgrens son. Kanske han skulle kunna tala sin fader till rätta.

Förslaget resulterade inte enbart i medhållande nickar och ett jakande mummel utan även i en hastigt influgen tanke i hjärnan hos blecksslagare Nilssons son. Utan att först reflektera över denna tankes innehåll, lät han den omedelbart omsättas i verbal form. Till hans försvar må kanske framhållas hans ungdom, men också den nu något uppskruvade stämning som rådde i rådhuslokalen. Med utgångspunkt från det föregående förslaget om att kontakta Lundgrens son, kunde unge Nilssons förslag i all hast rent av betraktas som genomtänkt och klokt.

Ivrigt viftande med armen för att äska tystnad reste han sig från sin stol och lade fram sitt förslag:

»Eller varför inte prata med hans hustru? Hon kan tala honom till rätta!«

Förslaget lade med ens en kompakt sordin på det något upphetsade förslagsgivandet, och samtidigt som långa blickar riktades mot den stackars blecksslagarsonen då han långsamt åter satte sig ned på sin stol, konstaterade borgmästaren att det nu räckte med de förslag som kommit in, samt att han och rådmännen nu skulle diskutera vidare om fortsättningen. Mötet avslutades och man beslöt att ta kontakt med stadsläkare Östman.

Innan något möte med stadsläkaren och Lundgren hann planeras in spreds ett rykte i staden om att Lundgren hade setts i sin skomakarverkstad. Vad detta betydde kunde ingen riktigt vara säker på, men doktor Östman insåg genast att rätt tillfälle att tala med Lundgren nu infunnit sig.

Samtalet med Lundgren gav, enligt stadsläkaren, svar på två frågor. Lundgren bekräftade att han, efter det att hustrun slutat tala med honom, fallit in i ett tillstånd av förvirring och oro men att han inte mindes så mycket av vad som hänt annat än att han känt sig vara någon annan än den enkla skomakare han var, nämligen gamle kung Karl Johan.

Han konstaterade att han inte varit vid sina sinnens fulla bruk, men att han nu var återställd. Kung Karl Johan hade rest sin väg och skulle inte återkomma. Själv hade han rakat av sig polisongerna och samtidigt åter börjat odla sin mustasch.

Östman mottog detta besked med lättnad. Svaret på frågan om Lundgrens mentala tillstånd blev alltså att han visserligen drabbats av ett kortvarigt vansinne, men att det nu gått över.

Det där med att det gått över visade sig måhända vara en sanning med viss modifikation. Lundgren berättade nämligen samtidigt att hans mentala förvirring nu gått över, berodde på att hans kära hustru återkommit till honom för att tala honom till rätta. Hon hade fått honom att inse att det där med kung Karl Johan varit ett misstag och att tanken på att han skulle på något sätt vara släkt med gamle kungen inte var sann. Det beskedet hade hon fått från en, som hon sade, säker källa.

Det där sista hade fått Östman att tänka ännu ett varv. Lundgren var av allt att döma inte helt befriad från vansinnet och ett kort ögonblick funderade han på ett allvarligt samtal angående den döda hustrun, men hejdade sig. Hellre en skomakare som då och då talar med sin döda hustru än en som tror att han är kung Karl Johan.

Om detta hade han fått medhåll då han senare rapporterade till borgmästaren om sitt besök hos Lundgren.

Så kom det sig således att, när sensommaren inträdde i den lilla staden med något kortare dagar och färgskiftningar i lövverken, livet i stort sett återgått till det normala.

Ibland hände det att man kunde möta skomakare Lundgren på promenad med sin hund, lågmält talande med sin hustru som tydligen gick bredvid honom, men ingen gjorde någon stor affär av detta. Man hälsade vänligt och önskade en god dag såsom brukligt var då man möttes under spatserandet i staden.

Många förundrades över och uppmärksammade Lundgrens milda stämma och hans kärleksfulla och vänliga ord till sin hustru, och det hände att flera äkta män tog djupt intryck av detta och i fortsättningen kom att överraska sina hustrur med mer ömma och kärvänliga ord under söndagspromenaderna i det vackra sensommarvädret.

På detta sätt förflöt livet ännu flera år i den lilla staden, ända till den dag kom då även skomakare Lundgren lämnade livet för att återförenas med sin kära hustru.

I den lilla staden talade man långt därefter längtansfullt om dessa vackra och fridfulla år, som man nu kallade »på skomakare Lundgrens tid«.

RYSKA SÅGFILARE OCH ANDRA SPIONER

Det var trångt på det lilla polisvaktkontoret. Bakom överkonstapelns bord stod borgmästare Wixell och såg ut över den församlade skaran poliskonstaplar. Där fanns överkonstapel Gren stående intill fönstret, så att ljuset bakom honom fick hans gestalt att inta en något siluettliknande skepnad. Annars var överkonstapeln en lång och mager karl med ett ansikte fårat av rynkor, som fick honom att se äldre ut än de femtio år han var. Konstapel Eriksson stod därnäst. Med sin stora kroppshydda tycktes han dominera rummet, och hans något rödmosiga anlete kunde skvallra om ett liv inte helt i avsaknad av ett gediget intag av spirituösa drycker, men den röda näsan samt de rosaflammiga kinderna kunde även ha fått sin lyster av den snålblåst som rådde denna kyliga dag i mars. Ingen kunde med bestämdhet avgöra om det ena eller det andra var fallet, eller för tillfället rent av båda.

Konstapel Lind stod bredbent och stadig bredvid Eriksson. Hans kroppshållning avslöjade ett gott självförtroende, vilket måhända grundade sig i att han var äldst i tjänst bland stadens konstaplar. En stor slokande mustasch fick honom att se ständigt ledsen och bekymrad ut, vilket han inte alls var. Var det någon som kunde lätta upp stämningen och berätta roliga historier så var det Lind, och ibland kunde man höra honom gnola någon populär slagdänga under patrulleringen i staden.

Han var därför mycket omtyckt bland stadens invånare, undantaget busarna givetvis, som inte hade någon poliskonstapel på listan över personer, vilka man helst ville ta med på en runda på stadens krogar och ölställen.

Om Lind var omtyckt och folklig var konstapel Wasser det motsatta.

Hans högdragna och något överlägsna uppträdande, kunde understundom ge ett intryck av att han inte tyckte om människor, vilket också i stort sett stämde med verkligheten. Hans bästa vän var en häst vid namn Zephyr, på vilken han red en tur varje kväll då tjänstgöringen som polis inte hindrade honom. Som polisman var han mycket effektiv, vilket gjorde att varken överkonstapel Gren eller stadsfiskal Lenander delade invånarnas negativa bild av honom.

Wasser var skåning till födseln, vilket säkert stärkte intrycket av att han var något av en främmande fågel i den lilla mellansvenska staden.

Konstapel Johansson slutligen, var yngst bland poliserna. Prästson som han var ägnade han mycket tid till läsandet och då inte enbart i religiösa tryckalster. Han var kvick i tanken, vilket ibland irriterade en sådan som konstapel Eriksson, vars hjärntrådar syntes vara bra mycket längre än unge Johanssons. Detta resulterade då och då i att när Eriksson med möda tänkt ut och formulerat ett uttalande för att sammanfatta ett händelseförlopp hade Johansson redan levererat detta, dessutom ofta mer uttömmande och välformulerat än det Eriksson just sett fastnat någonstans i hans hjärnas bakgård, där det försvunnit bland andra ofullbordade tankar.

Om Johanssons formuleringar är som en vacker byrå fylld med sidenschalar, så är mina mera en lortig trälåda med rovor, hade en gång Eriksson överraskat sig själv med att tänka. Just denna mycket beskrivande tanke var han synnerligen nöjd med, och hade därför skrivit ned den i sin anteckningsbok som förutom dessa få rader ännu så länge var tom.

Borgmästare Wixell själv var en något rundlagd medelålders man med kal hjässa, och med en krans av grått hår, som vid öronen övergick i långa yviga polisonger. Med tanke på sitt ämbete försökte han alltid i publika sammanhang sträcka på sig. Om nu naturen i sin outgrundliga nyckfullhet förvägrat honom en ståtligare lekamen, finge han väl själv på egen hand avhjälpa denna brist. Förutom sträckandet hade han för vana att även bära skor med extra tjocka sulor.

I sin hand hade han ett papper. Det var en skrivelse, avsänd från landshövdingeämbetet, och ankommen dagen innan. Han ämnade inte läsa upp skrivelsen i dess helhet. Dels var den för lång, dels var den skriven på ett språk som inte alla enklare medborgare kände sig hemma i, utan var mer menat till de män som var ämnade att styra och leda menigheten, dit han själv och även landshövdingen självklart räknades.

Nej, det fick bli en sammanfattning av dess innehåll. Kort och koncist utan risk att missförstås. Detta var synnerligen viktigt. Det rörde sig nämligen om rikets säkerhet.

Han harklade sig lätt och tog sats.

»Polismän! Vårt land utsätts ständigt för fara från främmande makter, vilket av oss alla kräva såväl uppmärksamhet som vaksamhet,« började han.

Han gjorde här en kort paus för att låta denna uppmaning sjunka in bland åhörarna.

»Jag har här en skrivelse från landshövdingen i vilken han uppmanar oss att taga oss i akt för de utländska resande som i allt högre grad börjat genomkorsa vårt land. Det finns anledning att befara, att en del av dessa individer icke äro ute i fredliga avsikter, utan tvärtom söka att, genom att tillskansa sig upplysningar om vårt land, försvaga våra möjligheter att försvara oss vid angrepp.«

Ännu en kort paus.

Han lät blicken vandra förbi de församlade polismännen och därefter upp mot det porträtt av kung Oscar som satt på väggen mitt emot honom. Kungen blickade majestätiskt ut över det lilla polisvaktkontoret, och borgmästare Wixell fylldes av en så stark känsla av fosterlandskärlek att han nästan fick tårar i ögonen. Något liknande hade han inte erfarit sedan han som ung notarie bevistat och sett konungen inviga järnvägen ett kvarts sekel tidigare.

Denna känsla gjorde att fortsättningen av hans tal till polismännen inte i alla delar kom att följa de instruktioner han läst i skrivelsen från landshövdingen.

Visserligen hade han till en början följt de intentioner landshövdingen givit till känna och berättat om de ryska medborgare som färdades genom landet, uppgivandes att de försörjde sig som sågfilare, samt att flera av dem vid kontroll visat sig vara officerare, men därefter svävat ut något i sin iver att försvara sin konung och sitt fosterland. Således lät han sig inte stanna vid dessa tänkbara ryska spioner, utan lät alla utländska medborgare bli en del av de misstänkta personer de lyssnande polismännen skulle ge akt på.

När han talat klart kände han sig riktigt nöjd. Han hade försökt ingjuta insikten om den fara vilken hotade rikets säkerhet hos poliserna, och enligt vad han själv ansåg hade han lyckats väl med detta.

Själv tyckte han nog, tyst i sitt inre naturligtvis, att landshövdingen varit lite väl snål i misstänkliggörandet av utlänningar, då han enbart riktat sig mot ryska sådana. Nog fanns det väl ändå faror från andra håll. Vem vet vad danskarna kunde ta sig till och norrmännen hade ju mullrat och ondgjort sig över unionen i flera år nu.

När så borgmästaren lämnat vaktkontoret väntade en stunds tystnad bland de församlade. Allvaret i hans förmaningar om uppmärksamhet och misstänksamhet gentemot dessa rikets fiender satt ännu en stund kvar i väggarna. Den som till slut bröt tystnaden var överkonstapel Gren, som i sin egenskap av de församlade poliskonstaplarnas närmaste överordnad instruerade sitt manskap om hur de i praktiken skulle förfara om någon utlänning visade sig i staden.

Vederbörande skulle omedelbart uppmanas visa papper på sin identitet och nationalitet och vid problem föras till polisvaktkontoret, för att där förhöras samt visiteras. Om misstänkta föremål såsom kartor eller skrivna dokument skulle återfinnas bland den omhändertagnes ägodelar var det häktet som gällde.

I vanliga fall var det sällan någon av konstaplarna hade frågor att ställa till överkonstapeln, men denna eftermiddag var inte som andra. Det gällde ju rikets säkerhet.

»Hur kan vi förstå den misstänktes svar vid förhör?« undrade konstapel Lind.

»Utrikiska är inte lätt,« konstaterade konstapel Eriksson.

Överkonstapel Gren förklarade att i sådana fall finge den omhändertagne vänta i häktet till dess detta problem kunde lösas.

»Vi har dock information om att flera av de ryska sågfilarna kan tala och förstå något lite svenska, så ni behöver troligen inte oroa er för detta,« fortsatte han.

Oroa sig inför detta var emellertid precis vad konstapel Eriksson gjorde, utan att omtala eller ens med en min visa detta för någon. Att avgöra vem som var rysk spion eller inte, var inget han såg fram emot. Här fanns, som han såg det för sitt inre, oanade mängder tillfällen att begå misstag. Han kunde ju ibland inte ens förstå något av Wassers prat och han var ju ändå nästan svensk, skåning som han var.

Överkonstapel Gren gick till slut för att söka upp de två extra poliskonstaplarna, som ej hade varit närvarande vid borgmästarens besök. Även dessa skulle informeras om vad som nu gällde.

Unge konstapel Johansson menade att det borgmästaren berättat egentligen inte var några nyheter. Han hade själv läst i rikspressen om dessa ryska spioner och hur man hittat dem i närheten av försvarets anläggningar med både kartor och anteckningar. Dessutom hade han läst om hur man funnit ryska fiskebåtar vid svenska kusten i färd med att mäta vattendjupet helt nära land. Han kunde även förmedla nyheten om att man sett flera av dem i några av de närmast liggande socknarna.

Pannor lades i rynkor.

Allvarliga blickar utbyttes.

Läget var allvarligt. Därom rådde ingen tvekan.

Att så var fallet förstärktes redan dagen därpå då man i lokaltidningen kunde läsa om det borgmästaren meddelat poliserna.

Allmänheten skulle även den vara på sin vakt.

Att detta uppdrag som stadens lilla poliskår nu hade fått, inte skulle bli lätt att utföra utan missöden visade sig ganska snart.

Redan veckan efter borgmästarens besök i vaktkontoret, kunde man där räkna in de första personerna som efter hans beskrivning passade in som misstänkta utländska medborgare.

Poliskonstapel Anton Eriksson suckade så smått över hur fru Fortuna så illa drabbat honom. Att ta hand om och förhöra utländska medborgare var då rakt inget han någonsin önskat sig. Nej, hans insatser som polisman passade bättre då berusade individer skulle förvisas till häktet eller rent av nedbrottas och förses med bojor.

Då kom hans stora kroppshydda mer till sin rätt. Det här med misstänkta utländska spioner var något annat, om de inte gjorde motstånd vill säga. Han hade känt sig positivt uppmärksammad då han förhindrat skomakare Lundgrens självmord året innan. Det hade givit honom ett självförtroende han sällan tidigare känt.

Han hade behövts och han hade agerat rätt.

Nu anade han att allt detta kunde raseras. Man kan tycka att han var missmodig i överkant, men trots att han sällan funderade någon längre stund över livets oförklarliga nycker, kände poliskonstapel Eriksson sig själv både utan och innan.

»Det kommer att gå åt skogen!« muttrade han bestämt där han patrullerande närmade sig polisvaktkontoret.

Och visst hade han rätt.

Det skulle gå åt skogen.

Att oturen då och då kan vara en väl så ovälkommen och efterhängsen gäst, insåg konstapel Eriksson då han kunde konstatera, att han denna dag tilldelats en uppgift han gärna hade varit utan. Till hans försvar skall dock läggas att han gjorde så gott han kunde, och att han aldrig gav upp i första taget.

Det hela började med att rykten spreds i staden, om att man sett ett par – en man och en kvinna – i den yngre medelåldern, vandra omkring i de närliggande socknarna. De hade setts söka upp och prata med yngre personer, både män och kvinnor och det som gjorde det hela misstänkt var att de inte talade svenska. De som hade hört dem hade inte kunnat avgöra vilket språk det handlade om, men på tillfrågan tillstod man att visst kunde det vara ryska. Att det var utrikiska var alla säkra på, även om de två här och var slängde in ord som liknade svenska. Allt detta stämde med vad överkonstapeln sagt. Flera av dessa misstänkta, ryska spioner kunde ju tala lite svenska.

Enligt de senaste ryktena hade de nu setts i utkanten av staden.

Det fanns nu ingen tvekan.

Det okända paret skulle eftersökas och föras till vaktkontoret för att förhöras.

Att just konstapel Eriksson kom att drabbas av detta, som han tyckte, otacksamma uppdrag berodde på att han en bit från polisvaktkontoret blev upphunnen av handlare Sundbergs son Carl Gustaf.

Den unge mannen förklarade med andan i halsen att han sett det misstänkta paret uppe vid skolhuset, och att de nu uppenbarligen var på väg ned i staden.

Konstapel Eriksson mottog detta budskap en smula motvilligt, men som polisman i tjänst måste han självklart göra sin plikt.

»Sundberg följer med mig!« sa han och tog tag i dennes arm.

Visserligen skulle han säkert kunna föra kvinnan och mannen till vaktkontoret på egen hand, men ett moraliskt stöd kunde han behöva. Dessutom trodde sig Eriksson veta att handlarens son läste och studerade i Uppsala, och kanske hade han kunskaper i de utrikiska språken som kunde vara till hjälp.

Det dröjde inte många minuter innan Eriksson såg de två personerna uppe i backen mot läroverkshuset. Där gick de och småpratade med varandra som om inget hade hänt!

Vilken fräckhet, tänkte han. De brydde sig inte ens om att försöka hålla sig undan! Detta förvånade honom mycket. Hans bild av en spion var mera i form av en man som försiktigt smög omkring i skuggorna, men han kunde naturligtvis ha fel. Han hade ju aldrig sett en spion i verkligheten. Hur som helst, nu gällde det att skrida till verket.

Han stegade fram och stannade framför det okända paret som stirrade förvånat på honom.

»Halt i lagens namn!« sade han med myndig stämma.

Kvinnan och mannen stannade och stirrade på honom.

»Hvad vil politimanden?« sade mannen och såg mot sin kamrat.

Detta gjorde Eriksson en smula irriterad. Det var han som skulle ställa frågorna och ingen annan. Samtidigt nådde mannens ord hans hjärna. Där synades och rådbråkades de både ut och in samt for fram och tillbaka och jämfördes med det Eriksson lagrat i skrymslan och vrår då det gällde främmande språk. Bland det lilla som där fanns passade inget av orden in, varför dessa snabbt förpassades till den del, där allt onödigt och obegripligt till slut hamnade.

Eriksson tittade osäkert på unge Sundberg, vars blick dessvärre avslöjade att inte heller han lyckats dechiffrera den utrikiska rotvälskan. Besviken över frånvaron av den förväntade hjälp han sett fram emot, vände han sig åter mot paret.

»Har ni papper på vilka ni är?« frågade han långsamt och så tydligt han förmådde.

Mannen lyssnade noga och sade sedan som Eriksson tyckte lät som:

»Beskyldes vi for noget?«

Inför den store polismannens något oförstående ansiktsuttryck upprepade mannen långsamt vad han nyss sagt. Resultatet förblev dock i stort sett detsamma, även om polismannen nu intog en ännu bistrare min.

Eriksson insåg att han inte skulle kunna förstå vad det misstänkta paret sade, och beslöt att i stället ta dem till polisvaktkontoret för att söka hjälp i detta omöjliga uppdrag. Dessutom rev den ilskna nordanvinden i kinderna, och ett förhör inomhus i värmen vore att föredra.

Han gjorde en gest och sade barskt:

»Ni följer med mig till vaktkontoret!«

Till sin förvåning verkade de misstänkta genast förstå vad han sagt. De två såg på varandra, ryckte lätt på axlarna och gjorde ansatser att följa Eriksson då han tog ett steg nedför backen.

På vägen mot polisvaktkontoret hörde han hur mannen och kvinnan småpratade utan han kunde uppfatta något som helst som liknade svenska. Han vände sig till unge Sundberg.

»Känner Sundberg igen utrikiskan? Kan det vara det ryska språket?«

Sundberg skakade på huvudet.

»Det liknar inget jag hört.«

»Men han läser ju i Uppsala. Lär man sig inte utrikiskan där?« undrade Eriksson med en något uppfordrande ton.

»Jag studerar juridiken,« förklarade Sundberg. »Om rikets lagar.«

Detta besked mottog Eriksson inte helt utan tillfredsställelse. Lagar? tänkte han. Då kan man trots allt kanske få nytta av Sundberg. Han borde ju veta något om lagar angående spioner.

Som enkel polisman fanns inga krav på att han skulle känna till alla landets lagar. Vad som var olagligt på stadens gator och torg, kände han nog till. Det var ju hans plikt att ingripa om lagen överträddes. Han hade sett boken »Svea rikes lag« en gång i tingshuset och hade då sänt en tanke av tacksamhet till de högre makterna som låtit honom undslippa läsandet av den. Nej, konstapel Eriksson var inte, och hade aldrig varit, en läsare. Han var en nog mera en görare om han själv fick bestämma.

Nog kunde han både läsa och skriva hyggligt, det hade skolan och prästen sett till. Han kunde så här långt efteråt inte minnas vilket som varit värst – Folkskolans läsebok eller Luthers lilla katekes med förklaringar.

Visst kunde han då och då läsa en eller annan notis i lokaltidningen, men enligt hans bestämda uppfattning tillskansade han sig fler nyheter om vad som, såväl i staden som övriga världen sig tilldragit, över en öl på krogen tillsammans med likasinnade.

Hans salig far hade alltid varit bekymrad över sonens klena läsförmåga – fattas bara, klockare som han varit. Modern hade dock alltid försvarat honom och påpekat för fadern att alla minsann inte var födda med läshuvud, och med detta fick fadern sig nöja. Hon hade alltid stöttat sin son och gjorde det fortfarande. Trots sina dryga trettio år bodde han kvar hemma hos henne i den gamla lägenheten i södra delen av staden. Det var ett arrangemang de båda var nöjda med. Hon fick sin försörjning säkrad och han hade någon som skötte hushållet. Att detta inte skulle vara för evigt var något han sällan funderade över, även om han någon gång snuddat vid tanken. Att behöva tänka på framtiden gjorde honom oftast en smula irriterad. Framtiden hade nämligen, enligt vad han erfarit, en benägenhet att bära med sig besvärligheter och bekymmer, oavsett om det var på kort eller lång sikt.

Som nu exempelvis, tänkte han missmodigt då han närmade sig vaktkontoret med unge Sundberg och de två misstänkta i släptåg. Det här skulle inte bli lätt. Om detta var han helt övertygat.

Konstapel Lind satt bakom skrivbordet i vaktkontoret när Eriksson klev in med sitt sällskap. Lind, som hade vakttjänst på kontoret ännu några timmar framåt, drog uniformsjackan tätare omkring sig när den kalla fuktiga marsvinden svepte in och tog ett varv runt i det lilla rummet.

Eriksson förklarade situationen för Lind. De misstänkta var utlänningar och måste förhöras, allt enligt instruktionerna från borgmästaren.

I kraft av längst tjänstgöringstid tog Lind befälet, något som Eriksson inte hade något emot.

Innan Lind hann starta utfrågningen tog den okända kvinnan till ord på sitt säregna tungomål.

»Har vi stjålet…har vi myrdet?«

Hennes röst var vass och aggressiv.

»Vad fan pratar hon om. Är det ryska Lind?« undrade Eriksson.

Innan Lind han svara tog unge Sundberg till orda.

»Jag tycker det låter som norska,« lät han meddela. »Det har jag hört i Uppsala!«

Konstapel Eriksson som helst velat hålla sig i bakgrunden kunde dock inte hejda sig.

»Jag är ingen stor språkkännare,« förklarade han helt sanningsenligt. »Men norska känner jag igen. Ni kommer väl ihåg den där cirkusen på höstmarknaden förra året. Där uppträdde »fröken Grete, världens starkaste kvinna«, hon som ville få mig upp på scenen för att bryta arm. Hon var norska, det är jag säker på!«

»Var inte hon från Danmark?« inflikade Sundberg något försynt.

»Norska!« svarade Eriksson och spände blicken i unge Sundberg.

De två misstänkta spionerna stirrade först oförstående på varandra och sedan mot Lind som nu drog in andan för att åter ta befälet. Han kände att hela situationen höll på att glida honom ur händerna.

»Nu slutar vi…

Längre hann han inte.

»Fröken Grete är norsk. Vi har også sett hende,« avbröt den främmande mannen.

Det blev nu dödstyst i rummet. Tiden stannade och de två poliserna och unge Sundberg stirrade förvånat på varandra. Så här fick det inte gå till! Misstänkta personer skall endast yttra sig vid tilltal och inget annat!

»Jasså!? De ryska sågfilarna har något att säga!« sade Eriksson och tog ett steg mot de två misstänkta. »Ni ska inte säga någonting! Ni ska visa papper på vilka ni är!« avslutade han.

Vem som helst hade nog ryggat undan för den store, nu något ilskne polismannen, men den främmande kvinnan tog i stället ett steg framåt och skrek:

»Hva fanden vil de oss?! Russiske savfiler!? Vi er danske stadsborgare!«

Hade nu inte konstapel Wasser kommit in på vaktkontoret efter avslutad patrullering vet ingen hur detta hade slutat.

Han såg förvånat på de församlade.

»Vi har gripit misstänkta spioner,« förklarade Eriksson. »Förhör pågår, men har ännu inte givit önskvärt resultat. Vi har svårt att förstå utrikiskan. Jag tror att de påstår att de är danskar.«

Wasser vände sig till det misstänkta paret och sade något, och med ens sken de två upp och skrattade vilket fick Eriksson att känna hur ilskan steg upp i hans kropp. Inte nog med att de hela tiden slingrat sig och spelat oförstående. Nu skrattade de åt honom också. Han var nära att översätta dessa hotfulla tankar i handling då Wasser yttrade sig.

»Det hela rör sig om ett missförstånd,« började han. »Ni förstod inte danska och de hade svårt att förstå er. De ber om ursäkt för detta.«

Det där med ursäkt togs väl emot och lugnade den något uppretade Eriksson. Jasså? De två var danskar? Ja, Wasser vet väl bäst. Han är ju nästan dansk själv. Helt kunde han dock inte släppa sin upprördhet. Han gick därför åter på offensiven.

»Varför har de strukit omkring både här och där och setts samtala med ungt folk som vore de utrikiska spioner?!«

Wasser lyssnade på parets förklaring som Eriksson upplevde både som lång och obegriplig.

»De arbetar för Paulsens kommissionskontor i Stockholm och försöker värva folk till arbete i Danmark och då i första hand på sockerbetsfälten,« översatte Wasser.

»Hur vet vi att de inte ljuger?« inflikade unge Sundberg med en självsäker ton som vore han en av stadens poliskonstaplar.

Kvinnan rotade i sin väska och tog fram ett papper samtidigt som hon sade något som var riktat till Wasser. Helt tydligt hade hon förstått att tala med någon av de andra vore meningslöst.

Wasser läste och nickade och hummade tyst.

»Det verkar stämma,« mumlade han medan han läste. »Här finns ett telefonnummer till kommissionskontoret i Stockholm,« förklarade han till slut och stegade fram till vaktkontorets telefon. I vanliga fall var det förbehållet överkonstapel Gren att använda telefonen, men då han inte var närvarande kunde även de andra poliskonstaplarna använda den i brådskande och angelägna fall. Detta tog sin lilla tid. Nummer skulle uppges och uppkopplingar göras och under tiden inträdde en tryckande tystnad i det lilla vaktkontoret.

Efter en stunds samtal nickade Wasser och avslutade samtalet.

»Stockholm bekräftar deras berättelse. Alla papper verkar vara i sin ordning.«

Han vände sig sedan till det danska paret och meddelade att de var fria att gå, samt undrade om de hade några frågor.

»Kan jeg få en öl?« frågade mannen.

För första gången denna eftermiddag förstod konstapel Eriksson fullt ut vad främlingen sade.

»En öl?! Vem fan skulle inte vilja ha en öl!? Men detta är ingen krog! Seså packa er nu i väg!«

Inför den store polismannens utfall fann de två danska medborgarna bäst att fly fältet. De smet hastigt ut genom dörren där de togs emot av den bitande nordanvinden.

Lugnet och tystnaden lägrade sig så åter på det lilla vaktkontoret.

De församlade kom överens om att någon rapport om detta inte behövde skrivas. Inget brott hade ju trots allt begåtts.

På vägen hem genom staden efter sina tio timmars tjänstgöring fick Eriksson sällskap av unge Sundberg en liten bit.

Innan de skildes åt vid torget sa Eriksson till slut.

»Jag hade rätt ändå. Fröken Grete var norska.«

Dagarna gick och fler vittnesmål om ryska sågfilare strömmade in. Många av dem berättade snarare om duktiga och skötsamma yrkesmän än om tänkbara spioner. Från högsta ort i Stockholm kom också skrivelser om att ryktena om ryska spioner kanske varit något överdrivna, men att alla ändå uppmanades att vara uppmärksamma. Spioneri kunde icke uteslutas.

Oavsett om dessa omtalade ryska sågfilare var spioner, och därmed rikets fiender, eller inte,

var de emellertid ännu inte färdiga med poliskonstapel Eriksson. Knappt hade han i stort sett lyckats förtränga incidenten med det danska paret, förrän de åter gjorde sig påminda. Eriksson satt som vakthavande på vaktkontoret och upplevde tillvaron för tillfället något tråkig och händelselös och hoppades därför att något skulle hända.

Innan dagen var slut skulle han ett flertal gånger bittert ångrat dessa tankar.

Han väcktes plötsligt i sitt halvdåsande tillstånd av att dörren till vaktkontoret slogs upp och två män kom in. Den ene stor, medelålders och något fetlagd – den andre mager och äldre. Den store mannen höll den andre i ett stadigt grepp.

»Jag heter Jansson. Den här tog jag en bit utanför staden,« förklarade han. »Jag tror han kan vare en sådan där rysk sågfilare.«

Eriksson betraktade mannen. Kläderna var trasiga och smutsiga. Halva ansiktet doldes bakom ett yvigt skägg. Ögonen stirrade mot honom.

»Han ser mer ut som en vettskrämd trashank,« menade han till slut.

»Jag har försökt prata med honom, men allt han säger låter obegripligt. Svenska är det inte och jag tänkte att han är kanske en rysk spion,« sade Jansson.

Eriksson suckade tungt. Bränd av historien med danskarna, beslöt han nu att gå varligt fram.

Han befriade den misstänkte ur Janssons grepp och satte honom på en stol.

Därefter uppmanade han honom att uppge sitt namn och sin hemort.

Svaret som kom var mycket riktigt obegripligt och liknade mest barnpladder i Erikssons öron.

»Kan det vara ryska?« frågade Jansson. »Vem vet hur moskoviterna pratar?«

»Det är i alla fall inte danska,« tänkte Eriksson högt.

»Danska? Varför..?«

Eriksson slog undan frågan med sin stora hand och upprepade frågan om den okändes namn och hemort.

Svaret blev lika obegripligt som förra gången.

Eftersom den misstänkte, inte kunde avge något begripligt svar återstod så att visitera honom. Kanske hade han papper på vem han var och varifrån han kom.

Inför den store polismannens grävande händer drog främlingen rocken tätare omkring sig och gnydde tyst.

Eriksson lyckades ändå få av honom rocken som genomsöktes. Där fanns inget förutom en dosa med snus. Inga papper, inget pass, men heller inget som pekade mot att han skulle vara rysk spion.

Kanske innanför skjortan.

Påhejad av Jansson tog Eriksson av honom skjortan.

Ingenting där heller.

Mannens bröstkorg lyste vit och mager i det dunkla ljuset.

»Kanske har han det i byxorna,« sa Jansson som nu visade tecken på missnöje. Hans insats som spionfångare förbleknade alltmer ju fler klädesplagg den misstänkte blev av med.

Inför tanken på att dra av den gamle mannen byxorna tvekade Eriksson. Han började misstänka att allt var ett misstag – precis som med danskarna.

Denna korta tvekan uppfattade tydligen den misstänkte. Han for plötsligt upp från stolen och innan någon han reagera försvann han halvnaken ut genom dörren.

Konstapel Eriksson må ha varit storväxt och ibland givit ett något trögt intryck, men att han, allt som oftast, kunde förflytta sin väldiga lekamen snabbare än väntat, var något som många av stadens busar vid flera tillfällen bittert fått erfara.

Nu kastade han sig mot dörren samtidigt som han föste undan mannen som kallade sig Jansson och fortsatte ut på gatan.

Rop och skrik nådde hans öron, och han såg hur den flyende mannen nu hamnat mitt i gruppen av flickor från flickskolan, som just avslutat sin skoldag. Flickorna ylade och skrek och den gamle mannen verkade helt förvirrad. Eriksson kom med några snabba steg i fatt den flyende och grep tag i honom. Jansson anslöt från vaktkontoret.

Flickorna hade samlats i en tät grupp och stirrade med förskräckelse på det som utspelade sig.

Konstapel Eriksson kände att han måste säga något.

»Seså! Det är ingen fara. Han är helt ofarlig. Jag tar honom tillbaka till vaktkontoret.«

»Han är en misstänkt rysk spion,« tillade Jansson som ännu ej givit upp hoppet om att han ändå gjort ett viktigt ingripande.

En skarp blick från Eriksson gjorde att han tystnade direkt.

Den gamle magre mannen lät sig villigt föras tillbaka mot vaktkontoret.

»Konstapeln!« hördes en flickröst.

Eriksson stannade och vände sig om. En av skolflickorna kom småspringande mot honom.

»Det där är ingen rysk spion,« sade hon ivrigt och pekade på den gamle.

Eriksson var på väg att svara att det trodde inte han heller, men nöjde sig med en frågande blick mot flickan.

»Det där är »Dumb-Sven«. Jag känner igen honom. Han bor på fattigstugan hemmavid. Han måste ha rymt därifrån. Han är både döv och stum och hör inte vad man säger. Inte kan han prata heller.«

»Så han är både döv och stum!?« började Eriksson smått irriterad. Han hade tänkt fortsätta med: »Varför sa han inte det från början då?« men avstod. Någonstans kände han att det var något med den tanken som inte riktigt stämde.

I stället sade han frågande:

»Hemmavid? Var är det?«

Flickan berättade var hon bodde och att hennes far var präst där.

»Han heter Axel Rundin.«

»Dumb-Sven?« undrade Eriksson och pekade mot den gamle.

»Nej, min far heter så. Vad Dumb-Sven heter vet jag inte. Han kallas inget annat.«

»Tack. Det var bra att fröken sade till.«

På vägen tillbaka till vaktkontoret sade Eriksson till Jansson att han kunde gå, och att det hela varit ett missförstånd.

Jansson suckade besviket, men tordes inte protestera inför den store polismannens nu något trötta och förmanande blick. Allt detta besvär förgäves. En farlig rysk spion hade, som han såg det, allt för lätt förvandlats till ett menlöst fattighjon.

Konstapel Eriksson däremot kände sig lättad. Hans första intryck av den gamle visade sig vara rätt. Han var bara en uppskrämd gammal stackare, och på villovägar långt hemifrån dessutom.

Han tyckte med ens synd om den gamle mannen och han funderade på hur han skulle förmedla detta. Hur talar man med en som är både döv och stum?

Sedan slog det honom att allt inte behövde sägas med ord. Han kom att tänka på smörgåspaketet han hade i skrivbordslådan. Han hade ännu inte hunnit äta matsäcken som hans mor som vanligt skickat med honom. Han plockade fram paketet och tog bort det styva prasslande omslagspapperet.

Den gamle mannen följde honom med blicken och när Eriksson sträckte fram smörgåsen till honom syntes först tveksamhet i hans små ögon, men när den store polismannen satte smörgåsen i hans hand försvann all förvirring och rädsla. Ett brett tandlöst leende spred sig i hans ansikte.

När »Dumb-Sven« ätit smörgåsen öppnades dörren och överkonstapel Gren klev in. Eriksson reste sig och gjorde honnör som brukligt var när en överordnad visade sig. Han förklarade vem mannen var och varför han blivit omhändertagen. Visserligen utelämnade han allt det där med misstänkt rysk spion, men allt annat berättade han helt sanningsenligt. Utan att det egentligen hade varit meningen, tänkte han samtidigt att måhända hade han framställt sin egen insats något väl överdriven, men när överkonstapeln berömde honom för ett rådigt ingripande och väl utförd insats, kände han att han kunde låta det bero.

Överkonstapeln meddelade vidare att han själv nu skulle överta ärendet. Den gamle skulle få vila under natten i en cell samt förses med mat och dryck. Dagen därpå skulle prästen i hans hemsocken kontaktas och rymlingen fraktas tillbaka till sitt hem i fattighuset därstädes.

Konstapel Eriksson kände sig nöjd när han långsamt vandrade hemåt. En lätt ljummen vind mot hans rödflammiga kinder förkunnade att den kalla bistra månaden mars var på väg att övergå i april.

KÄRLEK MED FÖRBEHÅLL

Carl Gustaf Sundberg hade kommit till en punkt då han inte längre visste varthän hans liv skulle bära. Nyss fyllda tjugo kunde man kanske tänka att detta var ett helt naturligt tillstånd, men för unge herr Sundberg kändes det extra svårt. Hans far, den framgångsrike järnhandlaren Adolf Sundberg, hade styrt och ställt allt för mycket i sonens liv, om man fick tro unge Carl Gustaf.

Efter avlagd studentexamen hade han börjat studera juridik i Uppsala, allt efter faderns önskemål. Målet hade varit att han i framtiden skulle bli en av pelarna i faderns tänkta affärsimperium. Hans äldre bror hade studerat ekonomi och redan inrättats på sin plats i faderns företag.

Ett problem i detta storslagna projekt var att ingen egentligen hade tillfrågat Carl Gustaf hur han såg på sin roll. Han hade gjort precis som fadern velat, dock utan den entusiasm man kunde kräva av en son, som av en ansvarstagande och framåtseende fader anvisats den väg som skulle leda till både lycka och framgång i livet.

Visst kunde väl studentlivet i Uppsala ha sina goda sidor. Om inte annat gav det ju en stunds respit från faderns ständigt övervakande ögon. Livet som student kunde i många fall vara en ren njutning med tillställningar av olika slag med både punsch och vin samt frotterande med stadens borgerskap och då kanske främst dess döttrar. Det kunde helt enkelt vara den mest fulländade tillvaro om det inte vore det där med studerandet.

Han upplevde det mest som en plåga, men redan tidigt hade han insett att utan studieresultat skulle den mer angenäma delen av livet i Uppsala förbli honom oåtkomlig.

Vid ett flertal tillfällen hade han funderat över detta olyckliga samband, men inte funnit någon tänkbar väg ut ur dilemmat, varför han ändå lagt ned tillräckligt med arbete för att genomföra studierna. Egentligen hade han lätt för sig och kunde utan större besvär ha klarat av detta med glans, men han hade redan tidigt insett att entusiasmen och glädjen i studerandet sällan gick hand i hand med monotonin och träaktigheten i den juridiska litteraturen.

Nej, han var mer av en drömmare, en hängiven betraktare av det sköna i världen. Han ville läsa och skriva poesi, studera konsten och rent av teckna och måla på egen hand. Att få vandra i naturen och med sinnena uppleva dess rikedom, var för honom den optimala lisan då de torra juridiktexterna hotade att helt bränna ut hans hjärna.

Han fann naturens lagar långt mer fascinerande än de som styrde människors liv. Allt uti naturen syntes honom så enkelt. I det stora verkade allt ske efter en plan, men i det lilla var det slumpen som avgjorde vem som skulle leva och vem som skulle dö.

Om dessa tankar eller om hans vurm för konst och poesi hade han naturligtvis inte talat med sin far.

Att studentlivet hade sina mer angenäma sidor visste fadern mycket väl. Han hade också en gång i tiden studerat i lärdomsstaden och upplevt dess alla olika sidor och var väl medveten om de faror som kunde lura. Dock insåg han att sonen inte helt kunde skyddas från eller förbjudas deltaga i studentlivets lockelser, som han antog nu var ymnigare än på hans egen tid, men för mycket fick det ju inte bli.

»Studierna först min son! Tänk på det!« hade han uppmanat sin son vid ett otal tillfällen. Vid lika många tillfällen hade Carl Gustaf svarat:

»Ja far, självfallet.«

Om han nu inte kunde tala med sin far om livet som student och hans intresse för konsten och naturen, så fanns det någon annan som gärna lånade sitt öra därtill.

Det var hans farbror Oscar som var familjens, om inte svarta, så i alla fall gråa får. Han var mycket yngre än Carl Gustafs far – faktiskt bara femton år äldre än Carl Gustaf. Han hade alltid sett honom mer som en storebror än en onkel. Med honom kände han att han kunde prata om allt.

Farbrodern hade tidigt i livet valt att gå sina egna vägar, bort från det utstakade liv hans far hade valt åt honom. Som ung vuxen hade han varit på sjön några år och kunde berätta om länder och livet i hamnarna både i Europa och övriga världen. Hemkommen hade han prövat på ett antal sätt att försörja sig – fabriksarbetare, handelsexpedit, lärare och mycket annat. Ett tag hade han till och med provat livet som torpare.

Numera hade han fast anställning på stadens lokaltidning och bodde inneboende hos en gammal änka i utkanten av staden dit det finare folket, till vilket Carl Gustafs far räknades, sällan hade vägarna förbi.

När så sommaren kom och studerandet tog en paus, befann sig Carl Gustaf hemma hos föräldrarna. Det ansågs självklart att han under denna ledighet skulle hjälpa till i faderns järnhandel. Att en tjugoårig man gick och slog dank, dagarna i ända gick ju inte an. Själv hade Carl Gustaf faktiskt inte så mycket emot att återkomma till staden och föräldrahemmet. Nu fick han ju dessutom tillfälle att träffa farbrodern.

Han hade nämligen ett viktigt spörsmål att diskutera och det var inget han kunde avhandla med föräldrarna. Nej, ärendet var av känslig natur och vem kunde ge bättre råd än farbrodern som sett så mycket av världen?

De hade stämt träff och en varm dag strax efter midsommar satt de på uteserveringen till Olga Valentins kafé vid torget.

Farbrodern sörplade försiktigt på kaffet. Carl Gustaf som ännu inte funnit behaget och njutningen i kaffedrickandet hade beställt ett glas lemonad.

Efter inledande småprat om studierna i Uppsala sade farbrodern plötsligt:

»Jag antar att du inte kommit för att enbart prata om juridikstudierna käre brorson.«

»Nej, du har så rätt. Det är en annan sak. Jag kan behöva några råd. Det gäller en flicka.«

»Ah, rakt på sak. Det gillar jag, men en sak vill jag säga först som sist. Problem med det motsatta könet är inget ovanligt. Tvärtom ganska vanligt förekommande.«

»Det motsatta könet?« undrade Carl Gustaf. »Finns det andra flickor?«

Han tyckte nog själv att frågan lät något märklig, när han tänkte efter. Men farbrodern hade ju rest över hela världen och vad han träffat för sorts människor var ju inte lätt att veta.

»Jodå, de allra flesta kvinnor jag träffat har varit av det motsatta könet, men låt oss inte fördjupa oss i det. Vad är problemet?«

»Problemet?«

Farbrodern tog åter en klunk av kaffet.

»Du ville ha råd. Angående en flicka.«

»Jo, ja just så. Egentligen är det inget problem… än, men jag bör ju tänka på framtiden och inom en snar framtid kanske binda mig och bilda familj. Jag vet att det förväntas av mig, inte minst från far och mor.«

»Jag antar att du har en speciell flicka i åtanke?«

»Jag såg henne vid midsommarfirandet ute vid Sjöängen. Hon heter Amanda och är fullkomligt bedårande med sommarblont hår, rosiga kinder, glittrande ögon och ett förtjusande skratt och nu undrar jag över en sak. Hur vet jag att hon är den rätta för mig?«

Farbrodern satte ned koppen och rätade på ryggen.

»Den frågan min käre Carl Gustaf vet ingen svaret på. Det enda du kan vara säker på är att de rosiga kinderna med åren övergår i rynkor och det sommarblonda håret antar en något gråare ton samt att det förtjusande skrattet med tiden ej sällan omvandlas till ett ständigt pågående gnat och tjat.«

Vid sin brorsons något besvikna anletsdrag ångrade han sin kanske något överdrivna beskrivning av det mänskliga förfallet åldrandet understundom kunde medföra.

»Nåja, om du vill veta hur denna tös kommer att se ut som vuxen kvinna och moder bör du titta på hennes mor. Döttrar ärver ofta sina mödrars … ska vi säga … exteriör. Får man fråga vem denna tös är?«

»Amanda. Vinhandlare Rylanders dotter.«

»Ser man på,« skrockade farbrodern. »En förmögen familj. Jag kan inte påstå att jag känner till familjen särskilt väl, men modern verkar vara rätt väl bibehållen, om jag minns rätt.«

»Hennes mor tror jag inte att jag såg. Däremot var hennes syster med och de var inte speciellt lika varandra, men så kan det vara. I ärftligheten spelar slumpen en viktig roll,« förklarade Carl Gustaf.

Farbrodern såg något förvånat på sin brorson.

»Jasså, du är bekant med ärftlighetsläran minsann?«

Carl Gustaf berättade då att han funnit ärftlighetsläran mycket intressant efter det han råkat lyssna på en föreläsning i ämnet tillsammans med en studiekamrat och att han därefter läst en hel del böcker i ämnet.

Inför sin alltmer förvånande farbror redogjorde nu brorsonen för sina kunskaper i ämnet och att han med djupt intresse studerat den egna släkten och då kommit fram till att han själv var mer lik sin farfar än sin far, förutom det ljusa svallande håret som han tycks ha ärvt av sin morfar.

Vidare hade han konstaterat att, så långt han kunnat följa släkten tillbaka, kvinnorna fött ovanligt få barn. Fadern och farbrodern var exempelvis de enda barnen i den kullen.

Farbrodern hade nu druckit ur sitt kaffe och såg forskande på sin brorson.

»Var detta allt du ville prata med mig om? Jag känner att ditt tal om den unga tösen och om hon vore den rätta för dig tillsammans med det du berättat om ditt intresse för ärftlighetsläran på något sätt hänger ihop.«

Carl Gustaf viftade bort hans slutsats.

»Inte alls,« försäkrade han. »Jag vill bara se framåt och inte rusa i väg. När allt kommer omkring kanske hon inte är den rätta för mig, men jag tar till mig ditt råd och se på hennes mor.«

Därmed skildes de två för denna gång. Carl Gustaf med tillförsikt i sinnet och med bilden av den vackra Amanda i sitt minne, farbrodern med funderingar rörande brorsonens något märkliga intresse för det ärftliga.

Under den följande veckan gjorde Carl Gustaf Sundberg allt för att få en skymt av flickans moder, vilket inte visade sig vara lätt. Han kunde ju inte gärna slå sina lovar runt det Rylanderska hemmet allt för ofta. Det skulle väcka misstankar. Dessutom hade han ju arbetet i faderns handelsbod att utföra.

Så kom det sig att av en händelse råkade han befinna sig på gatan som ledde bort mot kyrkan vid högmässotid en söndag, och precis som han trott, var vinhandlaren och hela hans familj på väg mot kyrkan.

Carl Gustaf kunde ännu en gång konstatera hur vacker Amanda var. Hennes syster däremot hade inte samma sköna anletsdrag och de två yngre bröderna verkade vara sin fader upp i dagen. Utan att verka allt för intresserad närmade han sig familjen. Nu var det ju Amandas moder han i första hand var ute för att studera. Han kunde konstatera att hon var en ganska högrest kvinna – ståtlig, men utan det välformade ansikte som Amanda hade. Hon liknade mer den andra dottern, både till kroppsbyggnad och anletsdrag. Emellertid var det helt tydligt att hon fött fyra helt friska och, som det verkade, välartade barn. Detta gjorde honom nöjd. Sådana egenskaper plägade ofta gå i arv till nästa generation, det hade han läst i den litteratur han tillskansat sig rörande ärftlighet och arvsanlag.

Någorlunda nöjd med sin upptäckt promenerade han långsamt mot hemmet. Nu återstod två saker. Han måste finna ut ett sätt att närma sig den sköna Amanda. Hur detta skulle gå till visste han ännu inte. Kanske skulle hans farbror kunna ge honom råd även om detta.

Samtidigt visste han ännu inte tillräckligt om hennes släkt. Fanns där ärftliga sjukdomar eller missbildningar, fanns alkoholmissbruk eller andra okända böjelser? På något sätt måste han få klarhet i alla dessa frågor. Han var lite kluven i tanken på hans tycke för vinhandlarens dotter. Visst var hon vacker, men ännu kände han ju inte henne till hennes sinnelag.

Var hon snäll och beskedlig, trofast eller bedräglig, kärleksfull eller oförsonlig? Därom visste han intet för stunden. Här gällde det att vara noggrann. Visserligen var han ung men nog hade han sett äktenskap där allt så småningom gått fel. Att skynda långsamt och inte låta känslorna styra allt för mycket till en början var av största vikt.

För stunden kändes allt detta som om han stod inför ett oöverstigligt problem, men han var övertygad om att han, innan sommarledigheten var slut, skulle ha svaren på alla dessa frågor.

Åter ämnade han ta hjälp från sin farbror som ännu en gång skulle visa sig vara villig att ge råd. En sval kväll i början på juli träffades de i en av stadens parker. Luften var klar och ren efter ett häftigt regn och här och där bildade vattenpölar ett mönster av små sjöar på marken.

Carl Gustaf berättade om mötet med vinhandlarens familj och att han var nöjd med vad han sett, men att detta inte räckte på långa vägar. Nästa steg måste bli att närmare undersöka släktens historia bakåt, ty det var ju där eventuella negativa arvsanlag skulle kunna visa sig.

»Vi kan aldrig komma undan våra arvsanlag,« sade han som om han ämnade hålla en föreläsning i ämnet. »Detta känner alla till som är lite insatta i läran om arvet. I växt- och djurförädling letar man ständigt efter de goda anlagen att korsa, medan man väljer bort de dåliga. Dessvärre har vissa anlag en benägenhet att ligga gömda i både ett och två släktled och därför måste man se bakåt flera generationer.«

»Min käre brorson! Är det månne ett nötkreatur vi talar om, eller en häst? Jag trodde det var en flicka,« bröt farbrodern in, något förvånad över brorsonens utläggning.

»Åh, naturligtvis gäller det en flicka, men när det gäller arvsanlagen fungerar det på samma sätt som hos djur och växter.«

»Mitt råd är att strunta i allt detta. Gör dig bekant med flickan och låt det gå som det går innan det är för sent. En dag kanske en ung stilig man kommer och tar henne ifrån dig, allt medan du sitter och grunnar över arvsanlagen.«

Inför detta råd funderade Carl Gustaf en kort stund. Och visst hade farbrodern rätt, åtminstone delvis. Självklart skulle han på något sätt göra sig bekant med Amanda, men det krävde planering och eftertanke. Under tiden gjorde det väl inget om han försökte få fram lite om hennes förfäder

»Visst ska jag göra mig bekant med henne. Men det hindrar väl inte om jag försöker utröna något lite om hennes familj? Jag vill ju inte köpa grisen i säcken.«

Ännu fler djur, tänkte farbrodern en smula uppgivet. Kärlek kan vara nog svårt ändå utan att man blandar in ärftlighetsläran. Har gossen råkat ut för ett hjärnspöke månne, eller var det så här det gick till i finare kretsar? Visserligen tillhörde han själv en ansedd borgarsläkt, men hade självmant valt att gå egna vägar. Nog hade han träffat kvinnor av både den ena och den andra sorten. Någon gång hade även tycke uppstått, men aldrig hade han väl blandat in nötkreatur, nyttoväxter och ärftlighetsläran i denna lek. Det skulle just ha sett ut det.

»Mitt hjärta tillhör er min sköna, men först måste jag få veta om mer om er farfars röda näsa. Har han förfrusit sig i ungdomen eller är den röda färgen mer ett resultat av ett ohejdat intag av starka drycker, och i så fall har detta varit vanligt i er släkt?«

Eller:

»Jag ser att er gammelmoster haltar svårt. Är hon född med klumpfot eller har hon bara trampat snett och stukat sig? Och är det förresten sant att din fars kusin har suttit på anstalt för sinnesslöa?«

Nej det hade naturligtvis inte gått för sig.

Nu, var brorsonen ute på en väg som inte skulle sluta lyckligt. Frågan var bara hur mycket han själv skulle lägga sig i? Vore det kanske bäst att spela med och hoppas att den unge mannen till slut insåg att den väg han valt knappast var den rätta?

Nåja, ännu lite skulle han hjälpa sin brorson. De bästa läromästarna i livet var trots allt de misstag man gjorde. Livet kunde vara en svår skola, men i slutändan var det kanhända den bästa.

»Hur skall du gå till väga för att utröna mer om hennes släkt hade du tänkt?« började han och väjde för en vattenpöl. »Ska du knacka på hos vinhandlaren och fråga honom och hans hustru om de haft missbrukare, självmördare eller missfoster längre tillbaka i släkten?«

»Nej, inte alls,« svarade Carl Gustaf med ett något nervöst skratt. »Men det måste väl finnas människor i staden som vet mer om den Rylanderska släkten.«

»Förvisso. Själv vet jag att vinhandlaren själv är född här i staden. Flickans mor däremot vet jag inget om. De lär ha bott i Stockholm en längre tid och där är nog alla barnen födda. För något år sedan flyttade Rylander tillbaka hit till sin barndomsstad med sin familj

Om jag inte minns fel bodde de i Norge ett tag också. Det är allt jag känner till. Inte mycket till hjälp antagligen.«

Carl Gustaf förstod nu varför han inte sett Amanda tidigare. Hennes familj hade anlänt till staden först efter det att han flyttat till studierna i Uppsala.

Efter frågan om det inte kunde finnas någon annan av de äldre stadsborna som kunde veta något funderade Oscar Sundberg en stund.

»Ja, vi har ju gamle prästen Berggren förstås. Förr var han som ett levande uppslagsverk när det gällde stadens invånare. Numer vet jag inte. Alkoholbegäret tog honom. Han söp bort både sin tjänst och familj. Nu lever han ensam en bit utanför staden och livnär sig på att sälja kvastar som han själv tillverkar.«

Detta besked gjorde att Carl Gustaf sken upp. Det som först såg ut att vara ouppnåeligt hade så smått förbytts i en tänkbar strategi som förhoppningsvis skulle leda till ett lyckligt slut.

Förutsättningen var givetvis att någon slags kontakt togs med den gamle prästen och att han själv såg till att på något sätt bli bekant med den åtrådda flickan.

På frågan om han kunde tänka sig ta kontakt med den försupne prästen kände sig farbrodern först en smula tveksam. Var inte detta på väg att gå överstyr?

Samtidigt beundrade han brorsonens entusiasm och framåtanda och själv måste han tyst erkänna att han trots allt var nyfiken på hur det hela skulle sluta varför han lovade att ställa upp.

Carl Gustaf Sundberg kände sig på det hela taget ganska nöjd med hur hans plan utvecklade sig. Samtidigt insåg han att utan att han kunde komma i kontakt med den vackra Amanda skulle allt annat vara förgäves. Hur detta skulle gå till visste han inte. Deras familjer umgicks inte, vilket när han tänkte efter, inte var så märkligt. Hans familj umgicks inte med så många i staden. Hans far var en duktig handelsman men ägnade hela sin tid till sitt arbete.

Någon tid över till sociala kontakter inom borgerskapet hade det aldrig funnits. Fadern var en streber som helst arbetade i sin ensamhet. Ett kort ögonblick kände han en viss besvikelse över att fadern var som han var, men nu var situationen denna, och det var upp till honom själv att lösa problemet.

Under alla lediga stunder upptog detta hans tankar. Hur han än vred och vände på olika alternativ förblev han rådlös.

Han kunde ju inte gärna knacka på hos vinhandlaren och be att få tala med hans äldsta dotter.

Nej, kontakten med flickan måste ske spontant – av en händelse som om slumpen spelat dem ett spratt. Annars riskerade han att bli avslöjad i sin plan på att erövra den sköna. Frågan var nu:

Hur kan man påverka slumpen i den riktning man önskar då den per definition ej går att styra?

Man kan nog utan tvivel påstå att unge herr Sundberg stod inför ett till synes olösligt problem. Visst skulle han kunna be sin farbror om ytterligare råd, men han anade att gränsen för vad denne kunde hjälpa till med gick vid just styrandet av slumpen.

Men just när livet förmörkas av till synes olösliga svårigheter händer det att denna slump griper in och i sin outgrundliga gåtfullhet styr tillvaron i en riktning man aldrig kunnat ana.

En vacker och solig söndagseftermiddag då Carl Gustaf Sundberg var på väg för att söka upp sin farbror med anledning av hur kontakterna med den gamle prästen hade avlöpt, upptäckte han dem.

Där spatserade de, Amanda och hennes syster, på andra sidan gatan med en liten hund i koppel. Han stannade och drog sig omedvetet intill väggen som för att inte synas, en ganska egendomlig reaktion kom han på sig att tänka. Varför skulle han gömma sig? Vare sig Amanda, eller hennes syster kände ju igen honom. De visste med stor sannolikhet inte ens att han existerade.

Han fortsatte på sin sida om gatan, och promenaden verkade leda mot parken nere vid ån.

Väl framme vid nästa gatukorsning väntade han för att se åt vilket håll systrarna fortsatte. Därpå vek han av åt samma håll. Han hade ännu ej korsat sista gatan före parken, men kunde ändå tydligt se vart Amanda och systern var på väg.

Nu fick han bråttom. Han ville inte nöja sig med att följa efter dem. Han ville möta dem och se Amandas ansikte, kanske möta hennes blick.

Han rusade längs gatan och vek sedan av mot ån så att han nu kom släntrande mot dem längs grusgången. Pulsen dunkade i hans huvud. Om det var språngmarschen eller tanken på den vackra Amanda kunde han inte avgöra, men nu gällde det att sköta korten rätt.

Försynen hade i all sin godhet förunnat honom detta tillfälle. Han kunde inte tro att det verkligen hände. Dessvärre hade han ingen aning om hur han skulle agera när de möttes.

Ögonkontakt?

Ett leende?

Men skulle det räcka?

Förtvivlat pressade han sin överhettade hjärna att leverera en plan, men där fanns endast en euforisk glädje över det som väntade. Några kloka och konstruktiva tankar fanns inte inom räckhåll.

Nej, hans hjärna var som förlamad i en blandning av skräck och för-väntan och således helt oduglig som hjälpare i denna hastigt uppkomna situation.

Ödet, eller de högre makterna, var dock inte färdiga med honom än. Som vore de helt inställda på att hjälpa den unge mannen i hans dilemma lät de, i sin kraft av styrandet och ställandet, slumpen och tillfälligheterna gripa in och bereda vägen för honom.

Där kom de två systrarna långsamt spatserande, ivrigt pratande och skrattande. Hunden Amanda höll i ett koppel var liten och vitlurvig och för Carl Gustaf av okänd ras. Den nosade sig fram genom gräset med ryckiga rörelser som letade den efter något. Han kunde nu se hur sommarbrisen spelade och lekte i en liten hårslinga som tagit sig loss ur Amandas ljusa sommarhatt.

Han blev alldeles varm i kroppen.

Men så uppfattade hans blick något annat. Det hände något en bit bakom systrarna. En stor hund kom springande till synes helt herrelös, och i nästa ögonblick hade flickornas hund upptäckt vad som stod på.

Skrämd av den framrusande besten drog den i väg så fort de korta benen förmådde. Amanda som inte alls varit beredd på detta tappade greppet på kopplet.

»Nej!« skrek hon. »Kom tillbaka Fifi!«

I samma ögonblick rusade den stora hunden förbi. Den hade fått syn på vad som nu var ett enkelt byte att infånga och skällde samtidigt högljutt.

När systrarna nu förstod vad som var på väg att ske gav båda till ett hjärtskärande skrik som fick Carl Gustaf att rycka till. Även han insåg faran för den lilla hunden. Med några snabba steg rusade han mot flickornas hund som nu nästan var upphunnen av det jagande skällande odjuret.

Han hann inte tänka mer än att han måste försöka fånga upp den jagade lilla hunden undan förföljarens käftar.

Nu gick dock inget som han hade planerat. Någon idrottsatlet var unge herr Sundberg sannerligen inte och skulle heller aldrig bli. Otränad som han var i språngmarschandets svåra konst, snubblade han på sina egna fötter och föll raklång ut över grusgången. En hastig våg av smärta for genom honom när gruset skrubbade hans handflator då han tog emot sig. Samtidigt kände han en stöt och insåg att han i sitt fall krockat med och knuffat till den jagande stora hunden. Med ett ylande gnäll for den sprattlande ned i det gråsvarta åvattnet för att sedan med några simtag ta sig till motsatta sidan där den kravlade sig upp och slutligen försvann.

Förvirrad och något mörbultad försökte Carl Gustaf resa sig upp. Till sin förvåning upptäckte han att han höll den lilla hundens koppel i handen.

Det som sedan hände var som i en dröm, tänkte Carl Gustaf. De två flickorna hjälpte honom upp från gruset. Amanda med den lilla hunden i famnen som hon ivrigt smekte. De två tackade honom om och om igen för hans hjälteinsats. Han hade räddat livet på deras lilla älskling. Carl Gustaf visste inte vad han skulle säga. Han böjde sig framåt för att borsta bort grus och sand från byxorna och blev då medveten om såren på händerna.

»Men ni är skadad!« utropade Amanda och tog hans hand för att syna skadorna. Hennes hand kändes varm och behaglig och Carl Gustaf lät sig bli omhändertagen. Allt verkade gå hans väg. Endast några minuter tidigare hade han desperat funderat på hur han skulle komma i kontakt med Amanda och nu stod han här och hon höll honom i handen. Överväldigad av denna framgång och känslan av hennes lena hud mot hans hand, gjorde honom nästan svimfärdig och han tog ett osäkert steg åt sidan för att inte tappa balansen.

Systrarna trodde, i sin iver, att smärtorna i handen fått honom så när tappa sansen och lotsade honom bestämt mot den närmaste parkbänken.

Amanda tog ett resolut tag i hans ena hand, synade såren noga och började plocka bort gruskorn som trängt in under huden. Carl Gustaf njöt ohejdat av situationen. Egentligen kände han inte mycket av såren på händerna, men för att förlänga denna underbara stund ryckte han till vid Amandas mjuka men ändå handfasta omvårdnad.

»Åh! Har ni ont?«

»Det är ingen fara,« kom han sig för att svara. »Det viktiga var att jag lyckades rädda er lilla hund.«

Det sista hade han lagt till för att han tyckte det lät bra, men också för att få fortsätta samtalet. Amanda och systern uppfattade dock inte hans ord så. De bröt hejdlöst ut i tacksamma utrop under kärleksfulla smekningar över den lilla hundens rygg.

»Ni är vår hjälte… herr…?«

»Åh, Sundberg… Carl Gustaf.«

»Jag är Amanda och min syster heter Anna. Vår far är vinhandlare Rylander.«

»På så vis,« svarade Carl Gustaf i en något förvånad ton för att dölja den vetskap han redan hade i saken.

Amanda höll fortfarande i hans ena hand.

»Jag tror vi måste rengöra de här såren ordentligt. Ni får följa oss hem herr Sundberg,« sade hon och drog upp honom från bänken.

Och så kom det sig att Carl Gustaf Sundberg, denna soliga sommardag, vandrade genom staden mellan de två systrarna Rylander, med en något skadad och blödande kropp men med en jublande sång inombords och med den vackra Amandas stadiga grepp om hans arm.

Väl hemma i det Rylanderska hemmet blev uppståndelsen stor när systrarna ivrigt och i mun på varandra berättade vad som hänt. Fru Rylander tog genast hand om hans sår och tvättade rent. Under tiden flödade berättelsen från systrarna om hur han i dödsförakt slängt sig för att fångat deras lilla Fifi, och hur han utan att blinka hade förvisat den jagande besten ned i ån.

Carl Gustaf kunde inte annat än njuta av den lyckliga stunden, glad och lättad över att ingen av systrarna uppenbarligen sett att han i själva verket hade snubblat och att den stora hunden hamnat i vattnet efter en oundviklig och högst oplanerad kollision snarare än en avsiktlig aktion från hans sida.

Någon hjälte var han sålunda knappast, men nu var ju situationen sådan att han omöjligt kunde göra annat än att blygsamt hålla med.

»Det viktiga är i alla fall att lilla Fifi klarade sig,« förklarade han ursäktande. »Vad är mina små sår i jämförelse med vad som kunde ha hänt henne?« fortsatte han och hörde genast hur bra det lät. Så skulle vilken hjälte som helst ha uttryckt sig.

Att hans ord föll i god jord insåg han då både fru Rylander och hennes döttrar lät undslippa små snyftande ljud. När han mötte Amandas tårfyllda varma blick visste han inte vad han skulle ta sig till.

Han räddades av fru Rylander som frågade:

»Kan vi bjuda på något, herr...?«

»Sundberg... Carl Gustaf, min far är järnhandlare Sundberg om han är bekant?«

Det var han, men varför kände hon, eller döttrarna inte igen honom? Så stor var ju inte staden.

Han förklarade att han bott och läst i Uppsala i några år och ej vistats hemma.

Resten av denna underbara eftermiddag satt han tillsammans med fru Rylander och hennes döttrarna drickandes te.

Flera gånger under tedrickandet förklarade modern hur tacksamma alla var för att han räddat lilla Fifi från ett hemskt öde – även hennes man, försäkrade hon, var tacksam fastän han naturligtvis ännu inte kände till vad som hänt.

»Om det finns något vi kan göra för er för att gottgöra för skadorna ni ådrog er,« sade hon i en frågande ton.

Carl Gustaf visste inte vad han skulle säga, men så hände något oväntat som kom att hjälpa honom i hans önskan att komma närmare den vackra Amanda. Den lilla hunden som hela tiden legat på golvet mellan systrarna och modern, tittade plötsligt upp och mötte hans blick. Genast reste hon sig på sina korta ben och hoppade upp i hans knä. Detta lika plötsliga som oväntade tilltag utlöste skratt och fniss.

»Fifi vill också tacka er. Ni har fått en ny vän herr Sundberg,« konstaterade fru Rylander och log.

I sin häpnad över detta gick tankarna runt i Carl Gustafs huvud. Han hade fått en ny vän, visst. Men det var ju Amanda han ville ha, inte en hund. Detta gjorde honom en smula besviken, men det öppnade också för nya möjligheter.

Han kliade den lilla hunden försiktigt bakom örat vilket den verkade tycka om.

»Jo, Kan man tänka sig att jag skulle kunna få träffa min nye lille vän igen, under en promenad med era döttrar fru Rylander – om de vill det förstås?«

Amanda och Anna såg på varandra, log och nickade.

Även deras mor log och dagen för denna promenad bestämdes.

På väg hem kände Carl Gustaf att allting gått hans väg, utan att han egentligen hade ansträngt sig. Det var som om hans möte med Amanda var förutbestämt. Nu gällde det att vårda denna framgång ömt och inte förhasta sig. Ännu återstod flera veckor av sommaren.

Redan nästa dag tog han åter kontakt med farbrodern. Han berättade om sin framgång med Amanda och att han kände sig säker på att han till slut kunde få henne.

Hur hade det då gått med den gamle prästen?

Jodå, farbrodern hade sökt upp denne och hört sig för angående familjen Rylander och fått ett jakande svar, men det skulle förstås kosta en del.

»Helt i sin ordning. Han förväntas ju göra ett arbete,« konstaterade Carl Gustaf. »Min kassa är inte helt tom.«

»Han är nog inte i första hand intresserad av pengar,« upplyste farbrodern. »Det blir nog till att bjuda på en eller annan sup.«

»Brännvin?« sade Carl Gustaf tveksamt. »Kan vi lita på en nedsupen präst? Han kan ju svamla ihop vad som helst!«

»Kan hända. Men om jag känner honom rätt kan vi nog lita på honom. Som präst hade han skött kyrkböckerna och han lär ha ett otroligt minne. Dessutom verkade han uppriktigt glad inför denna uppgift. Någon behöver hans hjälp. Det har han inte varit med om på många år.«

»Något annat alternativ har vi väl inte,« suckade Carl Gustaf.

En kväll några dagar senare satt så unge herr Sundberg och hans farbror hemma hos den gamle prästen Berggren. Carl Gustaf förvånades över hur välvårdad den gamle var. Inget av det rödplufsiga anlete och okammat hår eller slitna trasiga kläder han hade förväntat sig, kunde skönjas. Nej, han gav faktiskt ett trevligt och förtroendegivande intryck vilket gladde Carl Gustaf. Han intalade sig att detta skulle gå bra.

Under den närmaste timmen fick så Carl Gustaf och hans farbror en genomgång av släkten Rylanders historia. Det Carl Gustaf mest gladdes åt var de många friska och välartade barnen. Vinhandlare Rylander själv var den äldste i en syskonskara på fem – alla ännu levande och välmående. I den gamle prästens berättelse fanns inga spår av sjukdomar eller annat som kunde tänkas ge negativa skördar i kommande led. Inga kända missbruk av starka drycker och endast ett fall av kontakt med rättsväsendet och då i en bedrägerihärva där en farbroder till vinhandlaren till slut blivit frikänd.

Vad gällde hustru Rylanders släkt visade det sig att även den hade sina rötter i staden, även om det var två generationer tillbaka i tiden. Hennes flicknamn var Westman och i släkten hade förekommit både rådmän och andra inom stadens tjänstemannakår, exempelvis en stadsfiskal och en apotekare. Flera av medlemmarna ur släkten fanns fortfarande kvar i staden eller dess omgivningar.

Carl Gustaf förundrades över den gamles minne. Var allt med sanningen överensstämmande eller svamlade han bara på i hopp om att till slut bli ägare av den halvlitersbutelj brännvin Carl Gustaf i förbigående visat då han anlänt?

Hans farbrors nickande och blick lugnade honom. Som präst under flera decennier i staden hade den gamle haft total kontroll på församlingsborna och deras förfäder. Carl Gustaf beslöt att tro på den gamles berättelse och kände sig med ens säker på sin sak. Amanda var den rätta för honom och när han skildes från farbrodern och den gamle prästen hade han redan bestämt sig för att tala med Amanda om sina känslor för henne.

Han sov gott den natten.

Redan helgen därpå infann sig det rätta tillfället. Han och systrarna skulle nu ta en promenad med hans vän Fifi. Dessvärre hade systern dragit på sig en förkylning varför hon nödgades avstå och med fru Rylanders tillåtelse fick han promenera ensam med Amanda. Ännu en gång förundrades han över de makter som styrde hans liv och som så uppenbart ville honom allt väl. En hel promenad med Amanda, med alla möjligheter att samtala förtroligt utan andras nyfikna öron, låg nu framför honom.

Solen värmde lagom och en svag sommarvind förde med sig doften av blomster från åpromenadens rabatter. De samtalade om allt möjligt från fjärilarna som virvlande dansade i den lätta brisen och vädret, till livet i den lilla staden i största allmänhet. Vid flera tillfällen mötte han hennes blick. Det glittrade av glädje och nyfikenhet i hennes ögon. Hon ville veta mer om honom – om hans studier och om livet i Uppsala. Allt detta gjorde honom både glad och en smula yr. Hennes intresse kunde väl bara betyda en sak och han beslöt nu att nu skulle det ske.

Sittande på en parkbänk beskrev han sina känslor och att han hoppades hon kände på samma sätt. Han vågade därtill berätta om sina drömmar om ett långt liv med en stor familj tillsammans med henne.

Naturligtvis uteslöt han sådana detaljer som att deras arvsanlag sannerligen skulle passa ihop och att han, så gott vetenskapen nu tillät, undersökt hennes släkt och funnit hennes anlag synnerligen goda.

Allt runt omkring honom försvann för ett ögonblick som tycktes växa till en evighet innan hon vände sig mot honom och svarade.

Två dagar senare träffade Carl Gustaf åter sin farbror på Olga Valentins café vid torget. Sommaren led mot sitt slut och Carl Gustaf skulle snart återvända till studierna i Uppsala. Oscar Sundberg var bekymrad. Han bar på en hemlighet.

Kvällen hos den gamle prästen hade inte slutat då hans brorson lämnat dem. Oscar hade stannat ännu en stund. Den gamle hade nämligen velat fira besöket, och kanske framför allt tillskottet vad det gällde starka drycker, med en sup. Oscar hade inte nekat därtill och under tiden den gamle slog upp två supar hade han frågat om den unge Sundbergs intresse för familjen Rylander.

Oscar hade inte funnit någon orsak att inte berätta om brorsonens intresse för den vackra Amanda, och att det inte kunde skada att få reda på lite om hennes familj och släkt.

»Förvisso en klok ung man,« hade prästen sagt och därpå skålat.

Efter supen hade han åter tagit till orda.

»Amanda Christina Rylander. I sanning en skön ung mö, men jag är rädd att unge herr Sundbergs efterforskning varit förgäves.«

Oscar hade förvånat och tyst väntat på fortsättningen.

»Flickan är adopterad. Vare sig jag, eller någon annan utanför familjen vet något om hennes föräldrar.«

Oscar hade suttit stum en lång stund innan han lämnat prästens grå medfarna stuga.

Ett slag hade han tyckt det hela varit komiskt och skrattat högt, men så slog det honom att han måste berätta detta för brorsonen.

Hur skulle han ta det?

Allt arbete rörande arvsanlagen var plötsligt inte värt något. I värsta fall skulle unge Carl Gustafs värld rasa samman.

På väg till mötet med brorsonen förbannade han sig själv för att han inte i tid framlagt ärendet hos prästen på ett bättre sätt. Nu var det för sent och inget att göra.

Carl Gustaf kom med bestämda steg gående över torget mot caféet där farbrodern väntade. Han satte sig på en stol och stod i begrepp att säga något.

»Jag har något att berätta,« avbröt farbrodern. Orden om adoptionen han tänkt ut fanns färdiga att levereras.

»Nej, först vill jag berätta något,« sade Carl Gustaf något sammanbitet.

Oscar hejdade sig inför det allvarliga tonläget från brorsonen. Hade han talat med Amanda eller var han på väg att göra det?

Carl Gustaf berättade så om promenaden med Amanda och om hur han avslöjat sina känslor för henne.

»Hon ville inte ha mig,« konstaterade han kort. »Jo, som vän, men inget mer.«

Farbrodern satt tyst ett ögonblick. Han såg nu hur ledsen brorsonen var, men motgångar tillhörde nu en gång livet, och han funderade på vad han skulle säga. Han kunde ha sagt något om att man gick stärkt genom motgångar och att han ännu var ung och någon annan flicka kanske väntade på honom någonstans, men han förmådde inte.

»Du hade något att berätta,« avbröt Carl Gustaf honom i hans tankar. Brorsonens röst var trött och uppgiven. Att berätta om vad den gamle prästen avslöjat för honom angående Amandas okända härkomst skulle inte göra livet lättare för brorsonen. Han beslöt därför att behålla denna hemlighet för sig själv och i stället försöka förmå Carl Gustaf att gå vidare i livet och glömma denna historia.

Själv skulle han inte ta upp ämnet igen om Carl Gustaf inte gjorde det.

»Det var inget viktigt,« sa han och tog en klunk av kaffet samtidigt som en kall vind svepte in över torget, förebådande den annalkande hösten.

MAGISTERN OCH SKÖKAN

Det var höstmarknad i staden och trängseln på gator och torg var stor. Det milda och vackra höstvädret hade gjort sitt till då ovanligt många besökare, både stadsbor och utsocknes, nu samlats för att göra affärer, eller bara för att se och uppleva folkvimlet. Torget var till brädden fyllt av olika salustånd och där försåldes allt från grönsaker, spannmål, frukter och annat den odlade jorden producerat, till allehanda hantverksprodukter.

Där fanns också försäljning av nippervaror i form av billiga smycken, glitter och allsköns grannlåt.

Även nöt- och svinkreatur samt hästar och fjäderfä bytte ägare, dock icke på stadens centrala torg. Av sanitära orsaker hölls denna handel på en öppen plats i stadens utkant.

Nu var emellertid inte alla församlade intresserade av sådana affärer. Nej, det fanns även många tillfällen att spendera en eller annan slant på nöjen. På kapten Åkerströms obebyggda tomt, hade som vanligt en cirkus inrättat sig med karusell, skyttebanor, kägelbanor, lotterier, uppträdande av diverse djur samt lindanserskor, eldslukare, jonglörer, den norska jättedamen Grete och mycket annat.

På kvällen kunde musikaliska tillställningar med både sång och diverse instrument, avnjutas på stadshotellet, där även biljardrummet och matsalongen var öppna.

Alla krogar och ölställen hade naturligtvis öppet. Där avslutades många affärer med en gemensam sup eller två.

Här och var i den församlade människomassan syntes marknadsvakternas blå mössor. Stadens polisstyrka var allt för liten för att på ett nöjaktigt sätt säkerställa ordningen med så mycket människor församlade. Ett drygt tiotal extra vakter hade därför anställts av staden att bistå polisen i denna uppgift. Framför allt skulle dessa ingripa vid bråk och oroligheter. Ju längre marknadsdagarna led och ju mer ölen och alla andra alkoholhaltiga drycker flödade, desto mer riskerade de hämmande band, som vanligtvis höll vissa individers uppträdande inom rim och reson, att lätta.

Vakternas uppgift var även att spana och hålla utkik efter ficktjuvar och andra besökare med oärligt uppsåt, vilka anlänt i syfte att, som så många andra, utöka sitt innehav av pekuniära medel.

Att marknaden även drog till sig något annorlunda affärsidkare visade sig redan vid middagstid den första marknadsdagen.

På stadens huvudgata kom ett hästdraget ekipage i form av en kärra, som onekligen gjorde ett visst intryck på många av de församlade. Nu var det vare sig den bruna hästen eller den alldagligt klädde mannen på kuskbocken, som fick ögonbryn att höjas. Han hette för övrigt Axel Danielsson och var en välkänd figur i staden.

Nej, det var de två unga kvinnorna som trängdes med Danielsson på den lilla kärran, som rönte all uppmärksamhet.

Deras klädsel avslöjade att de inte tillhörde stadens befolkning, utan att de snarare anlänt från rikets huvudstad. Kvinnornas eleganta och något iögonfallande utstyrsel betydde för många åskådare, inget annat än att Danielsson fått besök av fint folk från storstaden. Andra mer erfarna och luttrade stadsbor kunde tyst konstatera att Danielsson ännu en gång hyrt ut rum till två av huvudstadens mer lättfotade kvinnor. Somliga kallade dem glädjeflickor eller nattfjärilar. I bibliska sammanhang benämndes de oftast skökor. Andra åter, vars språkbruk kanske var något mindre nyanserat, talade om luder eller horor, medan de i polisiära och juridiska sammanhang gick under benämningen prostituerade.

Att dessa företrädare för storstadens lätta garde, då och då gjorde kortare sejourer ut på landsbygden var inte ovanligt, och marknader, med den stora tillströmningen av folk, gav naturligtvis rika möjligheter att förvärva nya kunder. För dessa unga kvinnor var marknaden således, precis som för handlare, hantverkare, underhållare av alla slag, samt ficktjuvar och bettlare, endast ett tillfälle bland andra att berika sig ekonomiskt.

Den ena kvinnan var mörkhårig medan den andra visade upp ljusa hårslingor under den breda sommarhatten. Om denna olikhet var en tillfällighet eller om det var ett försök att tillfredsställa olika smakinriktningar hos presumtiva kunder, var det sannolikt endast Danielsson själv som ägde kunskap om.

Givetvis sågs dessa kvinnor med upprördhet och avsky hos de flesta av stadens invånare. Det moraliska och sedliga förfallet kunde gärna få stanna i huvudstaden menade man.

Ingen var heller förvånad över att det var just Axel Danielsson som upplät rum åt dessa kvinnor. Han var allmänt känd som en man som levde i samhällets utkanter och inte brydde sig så mycket om lagar och bestämmelser.

Alla trodde sig veta att han var skyldig till många av stadens ännu ouppklarade stölder och inbrott, men endast en gång hade han dömts för brottslig verksamhet, då det uppdagats att han i sin dynghög gömt delar av bytet från en kyrkostöld i en socken nära staden, vilket hade slutat i böter och en kortare vistelse bakom galler för handel med stulet gods.

Detta var heller inte första gången han samarbetade med prostituerade från Stockholm, och han hade under åren upparbetat en liten, och naturligtvis endast för honom känd kundkrets i staden och dess omgivningar.

För polismakten var Danielsson och hans affärer naturligtvis en nagel i ögat. Att ta emot besök från huvudstaden var dock i sig inget brott, oavsett de besökandes yrke, och att föra i bevis att något olagligt skett i de rum Danielsson hyrt ut var inte lätt då vittnesmål om detta var mer än sällsynta.

Den enda möjligheten i praktiken att lagföra dessa kvinnor var för förargelseväckande beteende, i de fall de uppträtt utmanande och provokativt, men detta kände kvinnorna väl till, och att aktivt uppsöka och tilltala män på gator och torg var något de undvek.

Danielsson och de två kvinnornas ankomst till torget denna marknadsdag var inte en tillfällighet. Vare sig han själv eller de två passagerarna klev av ekipaget. Endast långsamt tog man sig fram bland folk tillräckligt länge för att många av besökarna skulle notera deras ankomst.

Kvinnorna möttes av både hånfulla rop och visslingar. Enstaka män, redan tidigt denna marknadsdag märkbart påverkade av starka drycker, visslade, vinkade och bugade som för att hälsa besökarna välkomna.

Det hela var naturligtvis ett sätt för Danielsson att torgföra nyheten om att han åter hade kvinnor från huvudstaden inneboende, vilka var villiga att mot betalning erbjuda vissa tjänster. Alla visste var han bodde, och ekipagets närvaro signalerade nu att kvinnorna var redo att göra affärer med eventuellt intresserade.

Något annat sätt att sprida denna nyhet hade han i praktiken inte. Att sätta in en annons i lokaltidningen var givetvis uteslutet.

Magister Arvid Mohlin hade precis som många andra begivit sig mot stadens torg, inte i första hand för att göra affärer utan snarare att uppleva stämningen och kanske från bekanta och vänner få höra nyheter och skvaller.

Han var änkling sedan några år och saknade det sällskap hustrun utgjort vid tidigare marknader, varför han till en början tvekat inför detta marknadsbesök. Kanske skulle den ensamhet han kände plåga honom ännu mer, då hans tankar gick till de många åren de två tillsammans trängts bland folk på torget.

Ensamheten i den stora villan hade emellertid drivit ut honom. Att få träffa människor var kanske rätt medicin ändå mot alla dystra tankar.

Några barn hade han och hustrun aldrig fått, vilket naturligtvis inte gjorde livet lättare nu när han blivit änkling.

Kollegorna vid läroverket hade han givetvis daglig kontakt med, men de flesta av dessa var mycket yngre och ägde i många stycken en något annorlunda syn på livet än den han hade. Diskussioner och samtal kom mer att handla om ordningsregler, undervisningsplaner och anskaffandet av läroböcker än om djupare filosoferande runt livet och tillvaron i allmänhet och rollen som mentor och uppfostrare av den nya generationen samhällsmedborgare i synnerhet. Han saknade sin mångårige vän och kollega Bergman som var några år äldre och således pensionerat sig några år tidigare. Han fanns inte längre kvar i staden, då han efter att ha slutat vid läroverket flyttat till sin dotter i Göteborg. Avståndet hade blivit allt för långt mellan de två för att kontakten obehindrat skulle kunna vidmakthållas.

Att den forne kollegan flyttat till sin dotter sved stundom i hans hjärta. Avsaknaden av egna barn tyngde honom nu när hustrun var borta och han ensam fick bära denna sorg.

Han kände sig alltmer trött och såg fram emot att avsluta sitt yrkesliv. Hans sista läsår bland ynglingarna hade just inletts. Samtidigt som tanken på den kommande pensioneringen något lättade den trötthet han kände, kom även ibland en ängslan för det okända över honom. Vad skulle han sysselsätta sig med efter avslutad tjänst?

Han fruktade att ensamheten skulle bli honom övermäktig utan hustru och utan barn. Vem skulle han prata med?

Visserligen ägde han ett genuint historiskt intresse, och hade forskat en del om bygdens historia, vilket resulterat i några smärre skrifter om traktens kyrkor, men skulle han ha kraft att fortsätta detta arbete?

Han hade ett knappt år på sig att vänja sig vid tanken på den osäkra framtiden, och han var säker på, där han nu stod i folkvimlet vid torget, att det sista tjänsteåret förmodligen skulle bli tungt och mödosamt.

Som alla andra församlade kunde han inte undgå att upptäcka Danielssons och de två kvinnornas entré längs huvudgatan. Utan att egentligen reflektera närmare på orsakerna till dessa kvinnors leverne, instämde han tyst i stadsbornas avoga inställning till Danielssons respektlösa tilltag.

Han såg upp mot kvinnorna på vagnen.

Så unga de var, hann han tänka innan han kände att hjärtat nästan stannade. Det var som att blixten slagit ned i honom.

Under en bråkdel av en sekund hade han mött hennes blick.

»Emilia!« flämtade han tyst.« Emilia, det kan inte…«

Han kände samtidigt att världen runt omkring honom snurrade till och han blev tvungen att ta stöd mot en vägg för att inte falla omkull. Benen kändes svaga och hjärtat slog som en hammare i bröstet.

Några av de närmast stående personerna lade märke till hans belägenhet. Som magister vid läroverket var han välkänd i staden och de flesta kände således igen honom. Många av de yngre och medelålders männen hade han haft som lärjungar under deras tid vid läroverket.

»Hur är det, magister Mohlin. Mår ni inte bra?«

En ung man hade tagit tag i hans arm.

Mohlin såg förvånat mot den unge mannen. Han hade svårt att förstå vad som hänt. Det hade gått så fort.

Han fann sig dock fort och såg mot främlingen som han nu kände igen som rådman Petterssons yngste son.

»Tack, jag kände mig en smula yr ett ögonblick, men nu är det bra,« sade han.

»Det är väl värmen, eller kanske trängseln,« föreslog unge Pettersson.

Mohlin nickade och höll med, men han visste att det varken var värmen eller trängseln som orsakat den plötsliga yrseln. Det var flickan på vagnen.

Under tiden han tog sig samman och lämnade huvudgatan för att söka sig till ett lugnare ställe kom minnena över honom.

»Emilia.« mumlade han tyst. Hur kan du vara...?«

Han fullföljde inte den tanken. Naturligtvis kunde flickan på vagnen inte vara den Emilia han känt för länge sedan.

Hon hade inte funnits i hans tankar på många år, och nu svepte saknaden och sorgmodet över honom.

Vart tog du vägen min älskade Emilia? Varför försvann du från mig? Han mindes nu brottstycken från åren i Stockholm då han mött den vackra Emilia Andersson.

De hade blivit ett par.

Han, då redan nästan medelålders, och hon en ung servitris på hans favoritkafé.

Minnena kom nu fram ur den mångåriga glömskan, vilket han skämdes för en smula.

Hon hade som sagt varit borta ur hans minne många år nu, allt sedan han gift sig med sin nu nyss bortgångna hustru. Den korta tid han och Emilia fått tillsammans fick honom att tvivla på att det verkligen hade hänt.

Ett svunnet ögonblick i livets långa rad av tillfällen och händelser, tänkte han.

Sedan hade hon varit borta, försvunnen utan att han fått veta varför. Länge hade han sökt henne men endast funnit tomhet och förtvivlan.

Minnet av de promenader de under ljumma sommarkvällar gjort längs Stockholms kajer hade med tiden förbleknat.

Hon hade varit borta så många år, och nu hade han åter sett hennes anletsdrag hos en ung prostituerad kvinna i hans egen lilla hemstad.

Naturligtvis insåg han att allt måste ha varit ett misstag, ett tillfälligheternas spratt som lurat honom.

Han uppsökte en bänk där han satte sig.

Vimlet av folk runt honom försvann i en dimma. Hur han än försökte övertyga sig själv om att allt varit en tillfällig förvillelse i hans hjärna, kunde han inte få bort bildan av hans Emilia ur huvudet.

»Tänk logiskt!« uppmanade han sig själv. Om det inte var Emilia han sett, vilket ju var uteslutet, vem var hon då? Kunde slumpen ha gjort att två olika kvinnor fötts med samma anletsdrag, samma ögon och läppar?

Ju mer han tänkte på detta desto säkrare blev han att hans ögon bedragit honom. Bilden av en kvinnas ansikte hade i hans hjärna blandats ihop med ett gömt minne av en flicka han en gång älskat.

Sittande på bänken beslöt han detta måste ha varit fallet. Han reste sig för att bege sig hemåt. För ögonblicket var lusten att trängas med folk på torget som bortflugen. Det kunde få vänta till senare.

Under den långsamma promenaden hemåt försvann ekipaget med de två kvinnorna, inte endast ur hans tankar, utan även i verkligheten från stadens torg. Den korta incidenten mellan gamle magister Mohlin och den unga kvinnan på vagnen tycktes vara borta.

Emellertid skulle det visa sig att så inte alls var fallet.

Under natten hemsökte detta möte Mohlin i hans drömmar, där minnen från tiden i Stockholm åter dök upp, vilket gjorde att han på morgonen inte alls var lika säker på att det hela hade varit en synvilla.

Djupt inom honom växte en oro han inte kunde stilla.

Självklart kunde det inte ha varit hans Emilia han sett, och hans hjärna letade febrilt efter andra alternativ och fastnade för det enda tänkbara.

»Det kan ha varit hennes dotter,« sade han högt för sig själv.

Magister Arvid Mohlin lät sig nu övermannas av ett hugskott, vars förverkligande onekligen kunde betraktas som i det närmaste ogenomförbart.

Han skulle ta reda på vem flickan var.

Han hade nämligen räknat åren tillbaka i tiden. Visserligen visste han ju inte hur gammal hon var, men några och tjugo var rimligt. Hon måste alltså ha fötts ungefär då hans Emilia hade försvunnit.

Nästa tanke fick honom att sätta sig en stund.

Hade han gjort Emilia havande?

Var det därför hon lämnat honom och Stockholm så hastigt?

Var den unga kvinnan hennes dotter…och hans dotter?

Rimligtvis borde nu en röst inom honom gjort sig hörd, och påtalat hur lösa grunder hans funderingar vilade på. Fortsatt rotande i saken skulle i värsta fall få honom att framstå som en gammal förvirrad tok.

Denna röst, om den nu ens hade sökt hans uppmärksamhet, hade emellertid varit för klen och undfallande, och förmådde inte stå emot den kraft som fötts ur en förälders sökande efter ett förmodat förlorat barn.

Hade han haft någon nära att tala med om denna sin belägenhet, hade han måhända kunnat ändra sig, men så var inte fallet.

Magister Mohlin lämnade rim och reson bakom sig, och gav sig nu ut på synnerligen okänt vatten.

Hur han skulle gå till väga hade han till en början ingen föreställning om, men han tänkte att i dessa moderna tider i det nya seklet, måste det väl finnas en möjlighet att lösa detta.

En första tanke var att helt enkelt bege sig till Danielssons gård och fråga den unga kvinnan vem hon var och vem som var hennes mor.

Bråkdelen av en sekund senare hade denna tanke lämnat hans hjärna.

Den respekterade och väl ansedde magister Mohlin vid stadens läroverk hade besökt Danielsson och hans prostituerade kvinnor från Stockholm. Det skulle just se ut det. Även om nu hans ärende skulle vara så oskyldigt, som att endast ställa några enkla frågor. Ingen av kvinnorna skulle väl ha något intresse av att sprida rykten om honom. Danielsson däremot var inte en man att lita på.

Nej, det var inget tänkbart alternativ. Helt förlorad i den besatthet som så plötsligt drabbat honom, var han dock ännu inte.

Polisen, tänkte han. Så mycket kände han till om prostitutionen i rikets huvudstad att den reglerades efter vissa bestämmelser, och att de prostituerade kvinnorna tvingades att via besiktning bevisa att de ej förde med sig smittosamma sjukdomar. Likaså kände han till att de flesta av kvinnorna var registrerade med namn hos polismyndigheten.

Kanske hade dessa kvinnor tvingats anmäla sig hos den lokala polisen nu när de lämnat Stockholm?

Han begav sig således redan nästa dag till polisvaktkontoret.

Vaktkontoret var för tillfället bemannat av den store polismannen Eriksson vilken Mohlin kände väl till. Detta var ingalunda på något sätt märkligt. Staden var liten och alla dess invånare var väl bekanta med poliskårens mannar.

Eriksson såg upp mot Mohlin där han satt bakom ett skrivbord.

»Magister Mohlin. Stig in för all del,« hälsade han.

Mohlin tackade och harklade sig.

»Jo, jag har kommit för att ställa några enkla frågor…. om Danielssons besökande kvinnor.«

Denna information tycktes intressera den store polismannen. Han log och lade det pappersark han läst åt sidan och väntade på en fortsättning från den gamle magistern.

Mohlin påpekade först för säkerhets skull hur illa han tyckte om Danielssons verksamhet innan han lade fram sitt ärende.

Att bara nämna de prostituerade kvinnorna kändes som att beträda farlig mark. Han ville för allt i världen undvika eventuella missförstånd angående hans intresse för kvinnorna.

Man kan nog påstå att han till en början misslyckades med detta.

Om detta berodde på hans oförmåga att på ett tydligt sätt framföra sitt ärende, eller på polisman Erikssons hjärna som redan från start på egen hand fantiserat ihop bilder av magistern vid läroverket och de två prostituerade kvinnorna, må vara osagt.

Misslyckandet stod helt klart för Mohlin då han, efter att ha framfört frågan om huruvida kvinnornas namn fanns registrerade hos polisen, hörde följande svar:

»Deras namn är väl inte så intressant. Huvudsaken är väl att de kan sina saker…jag menar om magistern är intresserad av…«

Mohlin avbröt honom.

»Jag vill meddela konstapeln att det konstapeln talar om har jag inget som helst intresse av, och jag kan dessutom upplysa konstapeln om att den aktivitet han tänker på varken är möjlig eller önskvärd att deltaga i för en så gammal man som jag!« svarade han med uppriktighet och en smula ilska i rösten.

Konstapel Eriksson ursäktade sig:

»Ber om ursäkt magister Mohlin… jag bara tänkte att..«

»Konstapeln skall undvika att tänka! Han skall endast svara på frågan: Finns kvinnornas namn och andra eventuella uppgifter om dem här på vaktkontoret!? Eller måste jag tala med överkonstapeln?«

Eriksson blev något förvånad över Mohlins utfall och det där med överkonstapeln lät i högsta grad onödigt.

»Nej, här finns inget sådant,« svarade han.

Mohlin insåg nu att han varit något brysk i sitt tal till den store polismannen, varför han förklarade att han trodde sig ha känt igen en av kvinnorna som dottern till en avlägsen bekant, och att hans avsikt med det hela var att försöka rädda henne ur prostitutionens hemska garn. Den lilla lögnen skämdes han inte alls för.

»På så sätt,« sa Erikson i en ton som avslöjade en viss aktning för Mohlins tänkta räddningsaktion.

»Kanske jag kan bistå magistern,« fortsatte han. »Jag kan ta mig ut till Danielsson och hans besökande damer i kväll…enbart i tjänsten naturligtvis. Ingen skall tro något annat!«

»Bevare mig väl, nej!« utbrast Mohlin.

»Jag kan nog klämma ur Danielsson kvinnornas namn!« fortsatte Eriksson.

En blick på konstapel Erikssons imponerande kroppshydda räckte för Mohlin att inse det troliga i att Eriksson skulle lyckas med detta utan större besvär.

I och med det kände han sig nöjd, trots de något obehagliga bilderna han fick i huvudet när Eriksson sagt det där med att »klämma ur« Danielsson detta.

Han hade tagit det första steget i en vandring som skulle komma att förändra resten av hans liv.

Dagen därpå kunde polisman Eriksson meddela namnen på de prostituerade kvinnorna.

Efter en smärre övertalning, som han uttryckte det, hade Danielsson slutligen avslöjat namnen.

»Jag tog tag i honom och...« började den store polismannen.

»Tack, jag tror inte jag behöver få reda på detaljerna,« avbröt Mohlin och såg för sitt inre en blodig och sönderslagen Danielsson.

Med spretiga bokstäver hade Eriksson skrivit ned namnen på en papperslapp som han gav Mohlin. Med darrande läppar läste han.

»Johanna Karolina Andersson och Anna Stina Viktorsson.«

Andersson! Samma efternamn som hans Emilia!

»Den blonda flickan. Var det hon som hette Andersson?« frågade han.

Konstapel Eriksson betraktade Mohlin med en frågande min.

»Vem som är vem, vet jag inte. Magistern måste nog ta sig till Stockholm för att reda ut det. Alla hor..., alla de där kvinnorna lär finnas registrerade hos polisen därstädes.«

Så kom det sig att magister Arvid Mohlin en vecka senare befann sig i Stockholm. Han hade begärt och fått ledigt från lärartjänsten under en vecka med motiveringen att han måste besöka sin kusin som varit sjuk en längre tid och nu låg för döden. Detta var sant så till vida att kusinen varit sjuk en tid, men det där med döden må ha varit en smula överdrivet.

Att kusinen inom en snar framtid förväntades lämna det jordiska var kanske mera en förhoppning dennes barn närde, än en mer realistisk syn på framtiden. De två barnen bodde numer båda i Skåne, vilket på senare år hade gjort omsorgen om fadern mycket sporadisk. Inte heller Mohlins egna besök hos den sjuke kusinen hade, de senaste åren, varit av den mängd att de lämnat samvetet helt rent och obefläckat.

Vid senaste tillfället de träffats hade han fått intrycket av att kusinen var missnöjd med barnens totala frånvaro, och att han klamrade sig fast i livet bara på ren vilja.

Att bo hos kusinen under tiden han letade efter sin, som han trodde, återfunna dotter, passade alldeles utmärkt. Vad han förstod av kusinens mentala status anade han att hans egentliga ärende i huvudstaden inte behövde förklaras. Dock kände han inget dåligt samvete för detta. Hans ärende var viktigare än så.

De första dagarna gick han mest omkring på stadens gator i hopp om att kanske möta den unga kvinnan han sökte, men insåg snart att detta knappast skulle leda någon vart. Det var nog som polismannen Eriksson menat, att han skulle bli tvungen att ta kontakt med polisen i Stockholm. Om det var som Eriksson sagt, att de flesta prostituerade var registrerade, borde han kunna få reda på hennes adress.

Efter besök på poliskontoret på Myntgatan hade han alla uppgifter han trodde sig behöva. I deras register stod att hon var född i Stockholm och födelseåret stämde överens med Emilias försvinnande.

Man hade till en början varit något tveksamma, men när det stort klart att han enbart var ute efter att rädda en ung kvinna ur prostitutionens träsk blev man mer än tjänstvilliga. Varje prostituerad som försvann från stadens gator gjorde deras arbete lättare.

Enligt polisen var det inte så enkelt att leta upp den kvinnan han sökte. Visserligen fanns hennes, liksom alla prostituerades bostadsadress registrerad, men dessa uppgifter hade i många fall visat sig inte vara med sanningen överensstämmande. Till sin stora glädje kunde han konstatera att han fick en ung poliskonstapel till hjälp i sökandet. Denne hade sin tjänst inom avdelningen för prostitution, och kände till mycket om hur dessa kvinnor rörde sig i staden. Han förklarade att de skulle bli tvungna att fråga sig fram och han visste vilka av de prostituerade kvinnorna som det var lönt att tala med. Många var, av naturliga skäl, något tveksamma inför samtal med poliser.

Så leddes magister Mohlin genom staden av den unge konstapeln, som vid de tillfällen de träffade på några av stadens prostituerade frågade efter »Hertiginnan«. På Mohlins fråga förklarade han att de flesta av kvinnorna gick under påhittade namn, och att det främst var deras kunder som myntat dessa. Johanna Karolina gick alltså under namnet »Hertiginnan«. Anledningen till namnet kände polismannen inte till.

Genom några tips förstod den unge polisen att kvinnan de sökte denna dag befann sig vid besiktningsbyrån på Trädgårdsgatan dit de genast begav sig.

Väl framme kunde Mohlin konstatera att där ringlade sig en kö av kvinnor som alla väntade på att bli undersökta och förhoppningsvis få ett friskhetsintyg som bevis på att de inte bar på några smittosamma sjukdomar.

För dessa kvinnor måste detta ha varit en obehaglig upplevelse. Då och då kastades glåpord mot dem från förbipasserande. Några av kvinnorna spydde å sin sida högljutt sin galla över folk som stannade för att se och höra detta spektakel. En del av kvinnorna stod stilla och stirrade med tom blick ned i gatan.

Magister Mohlin förfärades av denna scen. Aldrig i sin vildaste fantasi kunde han ha föreställt sig något sådant.

Han väcktes ur sina funderingar av en gäll röst då han och polismannen närmade sig kön.

»Är gammelfarbror här för att smaka lite mus?! Kom ska han få se!«

Polismannen reagerade snabbt och tystade den skrikande kvinnan. Mohlin förundrades över hur van den unge polismannen verkade vara i tjänsteutövandet bland dessa kvinnor.

Polismannen fortsatte längs kön. Mohlin höll sig för säkerhets skull på avstånd.

Plötsligt stannade polismannen.

»Johanna Karolina Andersson?«

Kvinnan framför honom tycktes inte reagera först.

Vid återupprepandet av frågan såg hon upp. Mohlin kände hur hjärtat slog extra slag. Visst kände han igen henne.

»Jag har inte gjort något,« sade hon tyst.

»Du följer med mig!« beordrade polismannen.

Hon lämnade kön med en del kommentarer bakom sig. Att bli hämtad av en polis betydde i de allra flesta fall att man brutit mot någon av bestämmelserna i det reglemente som omgav prostitutionen i staden samt att häktet och domstolen väntade.

När kvinnan kinkade och upprepade att hon inte brutit mot reglementet förklarade polismannen att hon inte blivit anhållen.

»Det gäller bara en herre som vill tala med dig.« Han pekade mot Mohlin.

»Men inte här. Vi går till poliskontoret.«

En halvtimme senare satt Mohlin och den unga kvinnan i ett litet förhörsrum hos polisen.

Han förklarade lugnt sitt ärende. Han hade kontrollerat hennes födelseuppgifter och kunde konstatera att det stämde ungefär med tiden för hans Emilias försvinnande. Han kunde där även konstatera att uppgifter om hennes föräldrar saknades.

När hon nu satt framför honom blev han ännu mer säker på att hon var Emilias dotter och med största säkerhet att han var hennes far.

Han berättade om hennes mor som han känt en gång i tiden, och hur hon en dag försvunnit ur hans liv. Under tiden satt den unga kvinnan tyst och stilla. Hon betraktade den gamle magistern utan att visa någon sinnesrörelse.

Först när han förklarade att han förmodligen var hennes far, och att han kommit för att hämta hem henne, reagerade hon med en häftig inandning.

Hon yttrade dock inget, varför han fortsatte att berätta varifrån han kom, och hur han känt igen henne på Danielssons vagn.

Hon sade ännu inget, men kunde notera att den gamle mannen verkade uppriktig. Hon såg mot honom och tycktes tveka innan hon började tala.

Tyst och något trevande berättade hon att hon aldrig känt sin mor, men att hon trodde att modern var död. Hon hade växt upp på landet hos morföräldrarna som nu också var borta, men att hon aldrig hört talas om sin far.

»Du har just fått en far och jag har fått en dotter.« sa magister Mohlin och lade sin hand på hennes.

För första gången sen de träffades log hon.

»Jag har en liten dotter. Hon heter Anna,« sade hon tyst. »Hon är omhändertagen och finns på barnhemmet. De låter inte mig ta hand om henne så länge jag är pro..., så länge jag lever det här livet.«

»Det gör du inte längre, så du kommer att få tillbaka din dotter.... mitt barnbarn.«

Så kom det sig att Magister Mohlin återvände till sin lilla hemstad med sin dotter. Han hade gott om utrymme i sin stora villa som nu äntligen fylldes med liv. Några veckor senare efter flera besök på barnhuset i huvudstaden och med intyg och bevis med de rätta stämplarna kunde även Johanna Karolinas treåriga dotter flytta in.

För gamle magister Mohlin hade livet startat på nytt. Det talades allmänt i staden om hur glad och lycklig han verkade. Den fordom något krumma ryggen hade rätats ut och kinderna var ovanligt rosa och friska.

Ingen verkade ha känt igen dottern som en av Danielssons prostituerade under senaste höstmarknaden.

Den ende som i viss mån kände till sanningen om detta, var polismannen Eriksson, som ju själv kunde känna sig delaktig i Mohlins pånyttfödda liv, då han hjälpt denne att få ur den motsträvige Danielsson namnen på de två kvinnorna.

Han hade inte nämnt detta för någon, inte ens då han, sin vana trogen, på krogen råkat få i sig både en och flera supar för mycket.

Han blev glad då han mötte Mohlin på staden och nickade igenkännande. Framför allt då Mohlin kom i sällskap med dottern.

Naturligtvis undrade man i staden över magister Mohlins okända dotter. Han förklarade för de närmaste bekanta att han innan han kommit till staden, då han bott i Stockholm, varit gift och fått en dotter. Vidare att hans unga hustru dessvärre dött kort därefter och att dottern omhändertagits och uppfostrats av sina morföräldrar då han själv fallit in i en djup depression efter sin hustrus död.

Ingen i staden ägde någon djupare kunskap om hans liv innan han påbörjat sin tjänst vid läroverket många år tidigare, varför man inte ifrågasatte hans historia. Varför skulle en högt aktad och väl ansedd lärare vid läroverket fara med sådana osanningar?

Till en början hade han känt en skavande oro för att dotterns rätta identitet skulle avslöjas – att hon tidigare levt ett liv som prostituerad, och han hade varit beredd på att flytta med henne från staden om sådana rykten spreds.

Det första året förflöt dock utan att något sådant hördes och Mohlin kände att han kunde slappna av.

Livet hade vänt för den gamle magistern.

Dagarna fylldes av den gemenskap umgänget mellan far, dotter och barnbarn kunde ge. Även om år efter år lades till magister Mohlins ålder kände han sig yngre än på länge.

Johanna Karolina hade funnit sig till rätta och hade kunnat lägga åren som prostituerad i Stockholm bakom sig.

Emellertid lade Mohlin så småningom märke till att något tyngde henne. Den glädje hon visat över att ha fått ett nytt liv med sin dotter, verkade mer och mer få vika undan för ett alltmer synligt svårmod.

Till slut brast det för henne.

En kväll då hennes dotter somnat satte hon sig vid köksbordet mitt emot Mohlin, precis som de suttit på polisstationen i Stockholm några år tidigare.

Hon lade sin hand över hans.

Hon hade efter en tid börjat kalla honom sin far.

»Far,« började hon tyst och mötte hans blick. »Jag har något att berätta. Det har plågat mitt samvete länge och nu orkar jag inte längre stå emot.«

Hon kunde inte längre se honom i ögonen. Med tårar i ögonen stirrade hon ned i bordet.

»Jag är inte er dotter,« sa hon slutligen. »Min mor hette inte Emilia och hon bodde endast en kort tid i Stockholm. Hennes fästman, som är min riktige far, övergav henne och emigrerade till Amerika. Det enda jag har efter honom är ett brev han skrev till min mor. Min mor och jag flyttade in hos hennes föräldrar på landet där hon dog när jag var två år.«

Hon gjorde en paus och snyftade högt.

Mohlin satt tyst och så på henne.

»När ni så berättade att ni skulle ta hand om mig, där hos polisen i Stockholm, kunde jag inte låta bli att ljuga ihop det jag sa om min mor. Jag är en bedragare och en lögnare, men tanken på att kanske återfå min dotter, gjorde att jag spelade teater och har gjort det ända sedan dess. Mitt svek är oförlåtligt och jag förstår om ni inte längre vill kännas vid mig. Jag kan flytta med Anna redan i morgon. Jag har gått med dåligt samvete länge. Ni har varit så snäll mot mig och Anna.«

Mohlin lade nu sin andra hand över hennes.

»Johanna, jag vet att du inte är min riktiga dotter.«

Hon tittade förvånat upp mot honom.

»Jag är rädd att även jag spelat teater. Jag råkade en dag se det där brevet från din far du talade om, bland dina saker. Där fanns även ett fotografi på din mor. Din riktiga mor, och jag såg ju att det inte var min Emilia. Först blev jag förstås besviken och jag kände mig lurad, men jag insåg också vilken tok jag varit, och att det inte var du som lurat mig. Det var mina egna hjärnspöken. Du må ha varit någon annans dotter en gång i tiden, men nu är du min dotter och Anna är mitt barnbarn. Ni skall inte flytta någonstans. Utan er blir mitt liv dystert och ensamt, precis som under åren efter min hustrus död.«

Den natten sov alla gott i den Mohlinska villan och många gånger under tiden därefter funderade magister Mohlin över hur oändligt lite man visste om framtiden, och hur en hastig blick mellan två främmande människor under en bullrande och livlig marknadsdag kunde förändra livet för tre enkla människor vars levnadsbanor aldrig annars skulle ha korsats.

HISTORIEN OM TVÅ BRÖDER

Gryningsljuset började så smått lätta på nattmörkret. Tjocka moln täckte himlavalvet, men långt bort i öster kämpade sig solen upp över den svarta skogens taggiga horisont. En svag vind från sydväst gjorde vad den kunde för att skingra septembernattens kyla. Det rasslade lätt i de närstående trädens lövkronor, där de begynnande höstfärgerna knappt kunde urskiljas i det dunkla ljuset.

Platsen vid den gamla eken syntes öde och övergiven. En halv fjärdingsväg i söder skymtade kyrkan som tyst vakade över den ännu sovande staden.

En ensam hare rusade plötsligt upp ur en buske invid den gamla landsvägen, uppskrämd av något.

Ett ljud?

En rörelse?

På den uppkörda vägen skymtade så två figurer. Två män kom långsamt, men ändå till synes målmedvetet, gående mot den gamla eken. Och där, en bit efter kom ytterligare två män, uppenbarligen på väg mot samma mål. De gick i samma hastighet som de två första och verkade inte ha några avsikter att komma ifatt dessa.

En ensam kråka uppe i ekens grenverk hälsade de nyanlända med ett lågmält kraxande som undrade den vad de hade för ärende denna tidiga morgon, men ingen av männen tycktes ta någon notis om detta.

De två första männen stannade vid eken och inväntade de andra. Stående under det väldiga trädets lövkrona tycktes de se mot varandra under tystnad. Ännu sade ingen av dem något.

Vad gjorde dessa fyra figurer, ensamma på denna plats, i denna arla morgonstund då ännu ingen annan var vaken? De hade kommit gående från staden, därom rådde inget tvivel och de hade uppenbarligen anlänt till denna plats i ett speciellt ärende.

Detta skulle komma att bli avslutningen på en lång historia, och av vad som tidigare hänt, vet vi namnen på de fyra inblandade.

De var Oscar Sundberg, Emil Nord samt Albert och Albin Andersson.

Oscar Sundberg var före detta sjöman och äventyrare. En orolig själ som sysslat med lite av varje utan att ha fastnat för något som gav livet trygghet och hemkänsla. Ett tillfälligt arbete vid lokaltidningen gav en tillfredsställande försörjning för stunden, men där skulle han troligen inte bli kvar någon längre tid. Oron hemsökte hans sinne allt för ofta, och snart skulle hans liv förmodligen ta ny riktning.

Emil Nord var Sundbergs motsats. Han hade en gång varit soldat och tjänade för tillfället som lokomotivputsare vid järnvägen och hade varit hemtrakten trogen hela livet, barnfödd som han var i staden. Få var de tillfällen han färdats utanför häradsgränsen under sitt snart femtioåriga liv.

Albert och Albin Andersson var inte bara bröder. De var tvillingar. Det hade de varit ända sedan födseln brukade de säga, men det var nu länge sedan. Sedan länge talade de inte med varandra om det inte var absolut nödvändigt.

De fyra männens närvaro vid den stora eken denna tidiga septembermorgon hade sitt ursprung i en händelse som inträffat fem år tidigare.

Tvillingarna Anderssons far hade då lämnat jordelivet och kvarlämnat de två bröderna ensamma då deras mor gått hädan redan några år tidigare.

I och med faderns död hade de två stått som gemensamma ägare till en liten gård, kallad Ekbacken, belägen en halv fjärdingsväg utanför stadens gator och kvarter, men fortfarande inom stadens område. Till gården hade hört några jordplättar, men dessa hade varit allt för små för att kunna försörja en familj. Tillfälliga arbeten och påhugg hade därför varit nödvändiga både för fadern och de två bröderna.

Ingen av bröderna var gift, vilket borde ha underlättat situationen något efter faderns hädanfärd. Gården hade inte plats för två familjer, men så länge bröderna förblev ungkarlar kunde de bo kvar i boet tills vidare.

Omsorgen om gården hade hela tiden varit föräldrarnas angelägenhet, men när nu båda var borta föll denna uppgift på de två bröderna.

Albin och Albert var visserligen tvillingar och helt lika till utseendet, men utrustade med tvenne helt olika sinnelag.

Albin ville att allt skulle förbli som det varit. Nymodigheter och förändringar såg han mest som onödiga påfund som enbart skulle kosta i så väl arbete som i pekuniära medel. Pengar skulle, enligt Albin, sparas på bankkonto för kommande tider under mottot: »Man vet aldrig hur det blir.«

Föräldrarna hade visserligen inte lämnat efter sig någon förmögenhet, men nog fanns det medel till både upprustning och smärre nybyggnationer på gården om man så ville.

Det ville Albert.

Han ville inte förbli i det gamla. Att investera och se framåt, var i hans tycke den enda vägen man kunde gå. Målet borde, enligt hans åsikt, vara att göra gården bärkraftig – att den skulle kunna försörja de två. Kanske satsa på djurhållning, svin eller varför inte får? Han hade många idéer att bolla med om han hade haft någon att bolla mot. Som bollplank var Albin inte mycket att ha. Eventuella utkastade bollar tenderade att, med en trött suck, falla till marken och där bli liggande som övermogen fallfrukt.

Kort sagt: Risken för en kommande konflikt var överhängande.

Och konflikt blev det.

Till en början hade det mest handlat om framläggandet av olika åsikter. Att kalla det diskussioner vore att överdriva. En diskussion innebär inte endast framläggandet av åsikter. Där bör även finnas utrymme för lyssnandet och intagandet av andras påståenden, och efter analys och skärskådande av dessa, utmynnandet i en saklig och vederhäftig kritik, samt därefter avgivandet av ett i ämnet alternativt förslag.

Intet av detta förekom vid Ekbacken eller dess omgivningar.

Om Albert ville en sak, ville Albin en helt annan.

Om Albin föreslog en sak tyckte Albert det motsatta.

Inga diskussioner behövdes sålunda.

»Om man tycker en sak så gör man det!« sa Albin.

»Man kan inte ändra sig enbart för att någon annan tycker annorlunda!« konstaterade Albert.

På detta sätt pågick det en tid utan större konflikter. Ville den ena odla potatis och den andra rovor eller andra rotfrukter, finge man väl dela upp jordplättarna i tvenne lika stora delar så att var och en kunde odla vad den så önskade.

Hade den ena för avsikt att låta ett av de två lidren stå kvar, medan den andre ville bygga om ett till hönshus eller något annat kunde väl det gå för sig.

Kontot med gårdens alla tillgångar på den lokala banken kunde lätt delas upp i två olika i samma bank, vilket naturligtvis förhindrade en del konflikter.

Sällan såg man de två bröderna samarbeta om något på gården. Var och en skötte sitt och brydde sig inte mycket om den andre.

Svårigheterna kom då det gällde boningshuset. Att ordna det så att de tog var sin halva att bebo, innebar till en början inga större svårigheter. Vad gällde kökets och spismurens nyttjande krävdes dock samarbete.

När så Albert tyckte att en renovering av huset var nödvändig för att förhindra ett kommande förfall av detsamma, var naturligtvis Albin av motsatt mening. Ville Albert måla om sin del av huset finge han väl göra det, och ville han lägga nytt taktegel så gick väl det för sig.

När Albert skred till verket med målning och takläggning på sin halva, medan Albin lät sin förbli som den varit, orsakade detta en del höjda ögonbryn samt bekymrade miner bland grannar och andra. Visst hade man känt till hur olika de två bröderna var till sättet, men detta var väl ändå att gå för långt.

Med intresse och nyfikenhet betraktades således de två brödernas allt märkligare beteenden, och man frågade sig vad som skulle komma härnäst.

Om nu bröderna var oense om allt så insåg de att detta inte kunde fortsätta. Därom var de faktiskt ense.

En dag meddelade Albert att han ämnade ta ner sin halva av huset och bygga upp en ny liten stuga borta vid bäcken så långt man kunde komma österut på gårdens mark. Vad Albin sedan skulle göra med sin halva lade han sig icke i.

Albin tillkännagav då att han hade för avsikt att ta ned sin halva och bygga upp en liten stuga vid landsvägen så långt västerut man kunde komma på gårdens mark.

Att ta ned varsin halva av huset innebar egentligen inga större problem. Skorstenen och spismuren fick dock bli kvar. Av den fanns ju bara en och den gick inte att flytta. Annars kunde man se de två streta och arbeta på var sitt håll med nedtagandet av huset.

Problem uppstod emellertid vid uppdelandet av de gemensamma föremålen och möblerna som föräldrarna inskaffat genom åren. Vem skulle få vad?

En del föremål var behäftade med ett visst ekonomiskt värde, andra åter med ett värde mer av känslomässig natur. Möbler och husgeråd och annat lösöre var lätt att värdera, men hur sattes värdet på porträttet av kungafamiljen på väggen i köket, som fadern fått av självaste borgmästaren för sin insats vid släckandet av en svår eldsvåda för många år sedan, eller den bonad med Jesusbarnet och Maria som modern broderat under mörka vinterkvällar?

Så trots att de båda så helt var inriktade på att sköta sitt, insåg de ändå att här behövdes hjälp utifrån. Om detta var de överens, vilket något överraskade, inte bara de två bröderna själva utan även grannar och andra intresserade. Detta var den sista gången på mycket länge de två visade sig vara ense om något.

Sålunda kom två av bröderna Anderssons bekanta att tillfrågas om hjälp i detta så viktiga värv. För Alberts del blev det Oscar Sundberg som ställde upp. Att påstå att Oscar och Albert Andersson skulle vara nära vänner vore att överdriva. Deras bekantskap låg snarare på en affärsmässig nivå. Oscar Sundberg var nämligen en mycket god cyklist och deltog då och då med viss framgång i diverse tävlingar, och hade ofta anlitat Albert Andersson som mekaniker vad gällde åkdonets fulländade funktion och tillförlitlighet. Albert var mycket tekniskt begåvad och samarbetet hade resulterat i belåtenhet för de båda – Sundberg vad gällde idrottsliga framgångar och Andersson mer ekonomiska. Förtroendet mellan dem var ömsesidigt.

Albin hade aldrig haft nära vänner. Därtill var han allt för inbunden och tystlåten. Emellertid kunde han finna stöd hos den före detta soldaten Emil Nord, vars kontakter med familjen visserligen mest handlat om fadern, men den då unge Albin hade gärna lyssnat till Nords berättelser om soldatlivet. Något krig hade ju Nord av förklarliga skäl aldrig upplevt, men historierna om övningar, marscher och vapen hade roat och fascinerat Albin.

Sundberg och Nord anlitades således i den nog så knepiga uppgiften, att på ett någorlunda rättvist sätt fördela det forna gemensamma hemmet.

Efter diskussion med var och en av bröderna kom man fram till att fördela föremål och lösören i grupper utifrån deras värde och därefter anlita slumpen, eller fru Fortuna om man så vill, dvs man drog lott.

När så det hela var över hördes inget från någon av bröderna.

Inga beklaganden över orättvisor.

Inga kraftuttryck angående fru Fortunas brist på visad välvilja.

Detta kunde kanske betyda att de båda var helt nöjda, men troligare var kanske för att de nu äntligen kunde dra streck över deras gamla gemensamma liv och starta ett nytt på egen hand, utan hänsynstagande till den andre.

Så började då bröderna nya liv i var sin ände av gårdens mark. Avståndet mellan de två nya små stugorna var inte längre än att den ene kunde se vad den andre sysselsatte sig med. Detta underlättades ytterligare av att allt buskage och en häck som delvis skymt sikten togs bort. Den stora eken på den forna gårdsplanen fick dock stå kvar.

Endast skorstensmuren avslöjade platsen för det gamla boningshuset där den stod ensam pekande mot skyn. Lider och andra uthus samt avträdet hade rivits och flyttats.

Livet som ovänner och trätobröder tvingade dem till en viss planering. Ingen av dem ville stöta på den andra i onödan.

Sålunda kom det sig att besök i staden fördelades på så vis att den ene tilldelades jämna datum och den andra ojämna. För att förhindra eventuella missförstånd kunde man se att den som för tillfället inte befann sig hemma, drog ned rullgardinen i det fönster som vette mot den andres hus.

Vad gällde kyrkobesöken kunde man se den ena den första och tredje söndagen i månaden och den andre söndag nummer två och fyra. I de fall en femte söndag skulle dyka upp avstod båda. Ingen av bröderna var emellertid särskilt flitiga kyrkobesökare, vilket gjorde att misstag i fråga om söndagar var i stort sett obefintlig.

Bröderna Anderssons något märkliga beteende rönte till en början mycken förundran och uppmärksamhet bland stadens befolkning, men nu har ju tillvaron ordnat det så att när det onormala får råda under en längre tid, övergår det till slut till att betraktas som det normala.

Av denna anledning kom pratet och skvallret om de envisa bröderna så småningom att ebba ut. Så länge de själva såg till att inte stöta på varandra, skulle det förmodligen fortgå på detta sätt om inget annat av slumpartad karaktär inträffade.

Det gjorde det, dessvärre.

Som så ofta plägar vara fallet då män kommer i konflikt med varandra är en kvinna inblandad. Så även i detta fall. Dock skall påpekas att kvinnan i detta fall var helt oskyldig, och i stället närmast må ses som ett offer för de nyckfulla tillfälligheter som ibland tycks styra vår vardagliga tillvaro.

Kvinnan i fråga hette Elvira Ekman och var nyinflyttad i staden och kommen från Stockholm. Sålunda kände hon inte till något av bröderna Anderssons något turbulenta historia.

Hon hade träffat Albert tidigare och de två hade börjat umgås och betraktade sig snart som fästfolk. Om hon någonsin besökt Albert i hans lilla stuga så hade Albin inte uppmärksammat det. Han visste alltså inget om broderns nya liv med sin fästmö. Hon kände inte heller till att Albert hade en tvillingbror.

Då och då hände det att någon av bröderna tog sig in till staden en kväll för att besöka krogen för en bit mat eller kanske bara en öl eller två.

Albin kontrollerade än en gång i almanackan att det verkligen var den första september och således en av »hans« dagar att göra ett besök i staden. Innan han gav sig av drog han ned rullgardinen i det fönster Albert kunde se från sin stuga.

Ada Bloms krog vid torget var enligt många – inklusive bröderna Andersson – stadens bästa krog. Inte för att där serverades den bästa maten eller den godaste och fylligaste ölen. Nej, det var nog mest för det klientel som oftast utgjorde besökskretsen. Dit sökte sig nämligen, vad man kunde kalla, vanligt folk – människor som inte tillhörde den övre borgarklassen, vilka i stället gärna styrde kosan mot det ståtliga och förnämare stadshotellet vid samma torg.

På Ada Bloms krog kunde man umgås med likasinnade utan de manér och den etikett som frotterandet bland stadens societet understundom krävde.

Denna kväll, den första september, såg inte så många besökare på krogen som vanligt. Kanske berodde det på det något bistra vädret med snålblåst och regn i luften.

Albin Andersson satt ensam vid ett bord med en tallrik sill och ett snapsglas. Efter sillen och supen hade han för avsikt att skölja ned allt med en öl eller två. Sedan skulle det bära av hemåt. Allt var som det brukade och han såg ingen anledning att ändra på det. Han brydde sig inte så mycket om krogens övriga gäster. De flesta av dem kände han till utseendet, men få av dem hade han språkat med mer än i korta hälsningsfraser.

Albin Andersson var inte en man som inbjöd till umgänge, vilket de flesta besökarna på krogen mycket väl kände till. Annat var det med brodern Albert. Med honom kunde man diskutera och pokulera om det mesta mellan himmel och jord. Brödernas arrangemang med jämna och udda datum kände i stort sett alla till, och ingen gjorde någon större sak av detta. Deras ovänskap sinsemellan var även känd, och man undvek nogsamt att ta upp ämnet till diskussion i deras närvaro. Även om man tyckte att brödernas uppträdande med delning av boningshuset och allt annat var en smula märkligt, lät man det vara så. Att lägga sig i skulle sannolikt bara leda till mer konflikt och elände.

Ett lågmält sorl fyllde krogrummet. Då och då hördes ett skratt eller en höjd röst. Allt var som sagt som vanligt denna vardagskväll.

Så skulle det emellertid inte bli i fortsättningen.

När dörren öppnades och en kylig vindpust svepte in tillsammans med två kvinnor, avbröts alla samtal. Visserligen var det inte helt ovanligt med kvinnor på krogbesök, men oftast skedde det i manligt sällskap.

Här seglade två unga kvinnor in, ivrigt pratande och skrattande. Även Albin noterade givetvis de nyinkomna, men återgick sedan till sin sill och nubbe. Därför lade han inte märke till att en av kvinnorna med snabba steg tog sig fram till honom. Först när hon satte sig bredvid honom gick det upp för honom vad som höll på att hända.

Flickan kuttrade kärleksfullt.

»Min älskling, vad gör du här?«

Nu var det som om tiden hade gjort halt för ett ögonblick. Alla tystnade. En del stannade upp för att det som hände var så osannolikt att man måste nypa sig i armen. Aldrig kunde man väl ha anat att en ung kvinna skulle närma sig den tyste och tråkige Albin Andersson på detta frimodiga sätt. De som känt igen kvinnan som Albert Anderssons fästekvinna Elvira Ekman, förstod att hon uppenbarligen tagit miste på de två bröderna. Hur skulle hon kunnat veta att det var Albin och inte Albert som satt på krogen denna kväll?

Allt hade gått så fort och nu var det för sent att ingripa.

Ingen sade något.

Alla verkade huka inför vad som nu skulle ske.

Hos somliga av dem som inte visste vem denna kvinna var, föddes säkert tanken på att de två kvinnorna måste vara »lösa fruntimmer« på turné från huvudstaden. Den tanken delade de med den överraskade Albin Andersson.

Några djupare kunskaper i ämnet kvinnor samt deras beteende ägde han inte, men så mycket förstod han, att detta uppförande inte tillhörde det normala. Nog hade han läst i tidningar om livet i huvudstaden och den myckna förekomsten av prostituerade kvinnor, men att någon sådan skulle dyka upp här i denna lilla landsortsstad hade aldrig föresvävat honom.

Han kände sig bortkommen och ytterst obekväm i den situation han så plötsligt råkat in i.

När så kvinnan bredvid honom kröp upp mot honom och kysste honom på kinden gick hans hjärna i baklås. Han ville både fly därifrån och stanna kvar. Aldrig hade han haft en kvinna så nära inpå och han måste i hastigheten villigt erkänna att det inte kändes allt för oangenämt.

Han såg också att alla i krogrummet stirrade på honom som om de väntade på hans reaktion. Djupt inom honom växte insikten om att han måste säga något.

Ord och fraser for runt i hans förvirrade hjärna, men alla försök till konstruktivt byggande

sköts i sank av inkräktarna panik och skräck.

Resultatet blev att det som nu kom över hans läppar vare sig var genomtänkt eller hade genomgått den nödvändiga slutbesiktningen innan det passerade gränsen mellan hjärna och talorgan.

Albin Andersson såg sig om och höjde sitt snapsglas och utbrast med hög stämma:

»Skål! Jag tror jag fått ett stockholmsluder på halsen!«

Detta uttalande spred genast både förvåning och bestörtning bland åhörarna.

Förvåning eftersom detta var den längsta mening de flesta någonsin hört komma över denne mans läppar. Bestörtning för att man nu fruktade vad som skulle hända, speciellt bland de som visste att kvinnan var broderns fästmö.

Det som sedan hände gick mycket snabbt. Albin uppfattade endast en hög smäll samt en efterföljande smärtförnimmelse i ena kinden.

Elvira Ekman hade plötsligt rest sig, givit honom en örfil och därefter tillsammans med sin kamrat störtat ut från krogen.

Tystnaden och förstämningen i krogrummet hade, innan örfilen, varit så tät och total att den inte kunde bli värre. Därom hade alla församlade varit överens.

Efter örfilen kunde de flesta i krogrummet gå ed på att visst kunde den det.

Albin hade förvirrad och upprörd lämnat krogen i hast och begivit sig hemåt. Ingen i krogrummet gjorde någon ansats till att förklara för honom vem kvinnan hade varit. Att hon helt enkelt trott att hon sett Albert sitta där han suttit.

Först efter några dagar när ryktet om denna händelse spridit sig i staden, hade han förstått vad som hänt. Förvirringen och oron han känt förvandlades nu till ilska och vrede. Inte mot kvinnan som uppfört sig så utmanande utan fastmer mot brodern som borde hålla mer kontroll på sin fästmö.

Även i den lilla stugan på andra sidan Ekbackens marker låg vreden tung och tjock. Albert Andersson hade blivit utskämd offentligt. Hans fästmö hade i all hast lämnat staden och honom samt via sin kamrat, som varit närvarande på krogen, meddelat att han kunde betrakta deras förlovning som bruten. Aldrig hade hon blivit så illa behandlad. Han hade kallat henne luder på allmän plats! Vad hade flugit i honom? Föga hjälpte det att han försökt förklara det där med sin tvillingbror, en förklaring som lät minst sagt hastigt påkommen och hemsnickrad i det utskickade sändebudets öron.

Hon hade avslutat sitt korta besök med orden:

»Du är ett svin, Albert Andersson!«

Mörkret sänkte sig över den tillintetgjorde Albert.

Ilskan och vreden växte inom honom och den riktades mot brodern. Allt var dennes fel och detta skulle han få ångra!

Någonstans djupt i hans medvetande pep en liten mus någonting om att allt kanske egentligen var hans eget fel, som inte berättat för fästmön om sin tvillingbror och att Albin således var helt oskyldig. Men vad kan en liten mus göra annat än att uppslukas av det rytande lejon som nu intog hans kropp?

Albert Andersson hade bestämt sig.

Han skulle hämnas!

Något senare mot kvällen kunde Albin urskilja att någon stod med en lykta under den stora eken vid det forna barndomshemmet.

Naturligtvis var det Albert. Vem skulle det annars vara?

Albin tog sin lykta och gav sig av mot eken med bestämda steg.

Så stod de två bröderna på var sin sida om den linje som skiljde deras domäner åt, högljutt kastande glåpord och förbannelser mot varandra.

En cynisk åskådare kunde måhända ha känt en viss tillfredställelse i det faktum att de två bröderna nu, efter så många år, äntligen talade med varandra.

Någon diskussion var det emellertid inte frågan om. Ingen av de två lyssnade på den andra.

Att vräka ur sig sin vrede räckte gott och väl för båda.

Till slut försvann dock orken.

Invektiven och svordomarna som helt nyss haglat mellan de två låg nu förbrukade och livlösa på marken.

Allt blev åter tyst.

Någonstans i deras inre började en insikt vakna om att detta vettlösa skrikande kanske inte var det bästa sättet att lösa konflikten.

»Vi skall göra upp en gång för alla!« sade Albert.

»Så här kan vi inte ha det,« svarade Albin.

»En av oss måste dö, eller båda,« konstaterade Albert.

»Ett slut så bra som något,« genmälde Albin.

Som tvillingar de var tycktes nu samma tanke dyka upp samtidigt i deras hjärnor.

»En duell!« sade båda samtidigt.

När detta var sagt var det som om all tyngd hade lättat från deras axlar. Äntligen hade de hittat ett slut på detta elände. Fem års osämja hade satt sina spår. De båda var innerligt trötta på rullgardiner, jämna och udda veckodagar och den eviga rädslan att oplanerat stöta ihop någonstans.

En duell skulle lösa allt.

Men hur skulle det gå till? Ingen duellerade längre. Ingen av dem ägde eller hade tillgång till något vapen.

Det var nu Oscar Sundberg och Emil Nord kom in i bilden.

Bröderna enades denna sena eftermiddag under den stora eken att Sundberg och Nord skulle kontaktas. Förhoppningsvis skulle de två tillsammans lösa alla problem rörande en duell. Sundberg hade ju rest ut i världen och sett ett och annat och Nord ägde djupa kunskaper om allehanda vapen.

Varken Sundberg eller Nord hade tagit emot erbjudandet om att arrangera duellen med någon större glädje. Den första tanken som dykt upp i deras huvuden var att tacka nej och i stället försöka övertala bröderna att lösa konflikten på annat sätt.

Bröderna Andersson hade dock stått på sig. Det skulle bli duell med eller utan Sundbergs och Nords hjälp.

Oscar Sundberg och Emil Nord kände inte varandra närmare, men beslöt ändå att träffas för att tala om saken. Under detta möte kom de gemensamt fram till att de på något sätt måste ingripa. Annars skulle helt säkert bröderna Andersson ta livet av varandra med spett, spadar eller andra tillhyggen.

En duell kanske ändå inte var en så dålig idé. En sådan skulle man ju kunna ha lite kontroll över.

Nu var ju dueller förbjudna enlig rikets lag, men det hade de varit länge och det hade inte hindrat förolämpade hetsporrar att utmana varandra, ej sällan med dödlig utgång, både i Sverige och annorstädes.

Det där med dödlig utgång måste nu för allt i världen undvikas. Visserligen var det brödernas bestämda åsikt att konflikten endast kunde lösas med en eller bådas död, men med lite list och humbug kanske man skulle kunna lura de två duellanterna.

Sundberg och Nord som nu kunde betrakta sig som sekundanter till bröderna, tog kontakt med var och en av dem och avkrävde ett löfte om att båda skulle hålla sig lugna till dess att en duell var färdigplanerad.

Emil Nord var i grunden skeptiskt till det hela.

Det var inte Sundberg. Han hade nämligen fått en idé.

Nord som var kunnig vad gällde alla sorters eldvapen var den som nu skulle skaffa fram dessa.

Hade han tillgång till revolvrar?

Nord var tveksam.

Det gjorde inget, menade Sundberg, revolvrar skulle inte användas. De var allt för farliga.

Hade Nord tillgång till äldre mynningsladdade pistoler månne?

Det hade han. Närmare bestämt tvenne slaglåspistoler som han ärvt från sin farfar via sin far. Båda fullt funktionsdugliga, men de var lika dödliga som pistoler trots sin ålder.

»Dödligheten kan manipuleras beroende på vad de laddas med, eller hur?« frågade Sundberg.

Nord nickade och syntes nu mer intresserad av vad Sundberg hittat på.

»Skulle de laddas med lösa skott? Det skulle bröderna aldrig låta sig luras av.«

»Förvisso, men några lösa skott skulle det inte bli tal om. Skulle dessa pistoler kunna laddas med någon typ av liten påse i stället för kulor?«

Nord såg på Sundberg.

»En påse, innehållande vad? Småhagel? Lika dödligt som kulor,« konstaterade han.

»Jag hade nog tänkt mig något helt annat,« log Sundberg och förklarade närmare sin idé.

De fyra männen vid den stora eken talade lågmält en stund.

Sekundanterna – Sundberg och Nord – instruerade bröderna Andersson om hur denna duell skulle gå till. Duellanterna nickade att de förstått.

Nord öppnade en låda han burit med sig. Där låg de långpipiga pistolerna färdigladdade och klara att användas.

Albin tog den ena och Albert den andra. De hade nu tagit av sig sina rockar. Deras skjortor lyste vitt i det svaga morgonljuset.

De följde sina sekundanters anvisningar och ställde sig med ryggen mot varandra och med pistolerna i handen, riktade upp mot skyn.

Nu skulle det ske!

Fem år av frustration och hat skulle äntligen få ett slut.

Allt var så enkelt.

På Sundbergs uppmaning skulle de båda gå tolv steg framåt, vända sig om och skjuta.

Sundberg räknade.

Bröderna tog sina steg utan att tveka.

De vände sig till slut om och avlossade sina pistoler.

De båda skotten brann av i stort sett samtidigt. Blixtar av eld slog ut genom pistolmynningarna.

Under bråkdelen av en sekund blev allt stilla.

Sedan hördes ett stön och ett sammanbitet skrik.

Albin tog sig för magen, såg den röda fläcken och föll långsamt framåt.

Albert såg förvånat ned mot bröstet. Skjortans vita färg var fläckad av rött. Han föll bakåt med ett lågmält kvidande.

Albin tänkte att nu skulle han dö. Han visste att han var träffad. Han hade känt stöten och sett det röda blodet.

Alberts första tanke var att han knappt kände någon smärta. Han var ju träffad och fylldes av ett förunderligt lugn. Det skulle inte bli så svårt att dö ändå. Så kom tanken på brodern över honom. Hade han dödat honom? Skulle de dö båda två?

Mödosamt lyfte han huvudet och såg Albin ligga ett stycke bort.

Han kände med ens en oemotståndlig sorg. Han hade dödat sin bror. Han reste sig med ett stön upp på armbågen och mötte broderns blick.

»Albin! Lever du?« kved han.

»Ja, men jag tror vi båda dör,« svarade Albin.

Så började de två krypa och åla mot varandra.

»Förlåt Albin! Jag är så ledsen för allt.«

»Nej, Albert. Felet var mitt!«

Samtidigt som han ålade framåt kom en smått irriterande tanke över Albin. Varför hände inget. Inga änglakörer. Inget ljus. Bara doften av kall blöt jord!

En liknande insikt dök upp i Alberts hjärna. När blir det färd mot himlen? Ska det ta så här lång tid att dö? Varför är både Sundberg och Nord här? Är de också döda?

Långsamt började en känsla av besvikelse och missräkning att fylla de två bröderna. Detta var inte himlen. De var fortfarande kvar i de levandes värld.

När de nådde varandra, mitt för den gamla eken, föll de i varandras armar.

»Jag har varit en dåre«, sade Albin.

»Jag har betett mig som en tok,« genmälde Albert.

Ett snabbt ögonkast mellan de två sekundanterna visade att de instämde till fullo i vad som nyss sagts.

»Man varför dör vi inte?« undrade Albin.

»Hur lång tid ska det ta?« frågade Albert.

Båda såg samtidigt på de röda fläckarna på sina skjortor.

»Men, detta är inte blod!« utropade Albin.

»Det är något annat. Det luktar lingonsylt! utbrast Albert.

Båda smakade på det som de hade trott vara blod.

»Sannerligen. Vi har skjutit lingonsylt!« konstaterade Albin.

De såg mot Sundberg och Nord.

Sedan föll alla i skratt.

Och medan skrattsalvorna spred sig över Ekbackens ägor syntes en liten rispa i det annars så täta molntäcket och några ljusstrimmor trängde igenom ned mot de fyra männen.

Och lyssnade man riktigt noga kunde man kanske höra hur även brödernas mor och far där uppe brast ut i ett hjärtligt skratt.

ÄKTENSKAPSBESVÄR

Krig är aldrig bra, tänkte Carl Victor Fredriksson, ordförande i stadens fattigvårdsstyrelse. Om detta var han överens med de flesta, men ibland föreföll striden oundviklig. När fienden vägrar att ta reson och inte ens försöker inse sakernas rätta tillstånd, kan man inte ge efter. Nu var det naturligtvis inte ett krig med kulor och krut det handlade om, utan snarare ett dito brevledes, där tonen både i och emellan de skrivna raderna med tiden blivit alltmer hätsk och fientlig.

Carl Victor ansåg sig vara en resonabel och klok man, som hade lätt att komma överens med sina närmaste medmänniskor, egenskaper som han själv tyckte att han haft nytta av under de åren han suttit på ordförandestolen i fattigvårdsstyrelsen.

Om hans föregångare arbetat efter devisen »försiktig är inte detsamma som feg«, så hade hans snarare blivit »att ha rätt kan inte vara fel«.

Att vara ansvarig för fattigvården hade aldrig, och skulle aldrig komma att bli lätt. Behoven för understöd till de fattiga, var alltid långt större än vad stadens tillgångar tillät, och målet hade alltid varit att försöka öka inkomsterna och minska utgifterna då det gällde fattigvårdskassan.

De flesta i staden, inklusive han själv, ansåg att han var den rätte mannen på den post han nu innehaft i tre år. Han ägde det mod som var nödvändigt då det gällde att skära i utgifterna, något som företrädaren saknat. Han hade tagit över ett skepp som hade varit på väg att sjunka, men som nu åter börjat segla någorlunda säkert, undan grynnor och skär på den kommunala ekonomins något oroliga och osäkra hav.

För att sitta på en sådan betydelsefull post i den kommunala administrationen, var han ovanligt ung, men ibland kan egenskaper som framåtanda och förslagenhet gott och väl räcka till där erfarenhet och rutin saknas. Vid endast några år och trettio stod han nu vid rodret och styrde över fattigvården i staden. Visserligen satt ytterligare fyra män i nämnda församling, men de betraktades, åtminstone från hans sida, mest som fripassagerare eller näst intill. Gamla och trötta lät de sig villigt ledas av denna nya unga kraft som ständigt verkade hitta nya vägar att få fattigmedlen att räcka till.

En del av arbetet bestod i att anskaffa varor i form av mjöl, korngryn, salt fisk, kaffe med mera till fattighjonens försörjning. Att förhandla om detta med tänkbara leverantörer var en av Carl Victors uppgifter, vilken han genomförde med stor skicklighet. Han lyckades alltid få ut det mesta för så lite kostnad som möjligt. De flesta i staden hyste stor respekt för hans hårda och kompromisslösa förhandlingsteknik.

Det berättades allmänt om hur den förre ordföranden vid namn Sahlgren saknat allt detta. Denne hade vid ett tillfälle godkänt ett kontrakt med en änkefru Berger, om att fattigkassan skulle stå för hennes försörjning livet ut, mot att den fick hela hennes egendom till skänks vid hennes död, eftersom hon inte hade några arvingar. Denna egendom bestod framför allt i jord både på och utanför stadens ägor – jord som kunde arrenderas ut eller säljas och således ge kassan en viktig inkomst.

Änkefru Berger hade vid detta tillfälle varit väl så ålderstigen samt hemsökt av en hel rad krämpor varför Sahlgren tillsammans med dåvarande styrelse hade räknat med att få tillgång till gåvan inom en snar framtid. Nu hade det dessvärre visat sig att änkan levt i ytterligare fjorton år under vilka hon således kom att belasta kassan med en avsevärd penningsumma, vilket naturligtvis kom att påverka dess ekonomi.

Många i staden menade att detta aldrig skulle ha hänt med den nye ordföranden. Han hade med all säkerhet, och med sin drivna förhandlingsteknik, övertygat änkefru Berger att det bästa för alla vore nog om hon kunde lämna jordelivet så snart som möjligt.

Inkomstsidan i fattigkassans budget var dock ingen större utmaning för dess unge ordförande. Mycket av medlen inflöt per automatik. Således avsattes varje år en viss summa i stadens budget till fattigvården. Vidare inflöt en hel del medel via gåvor där gåvorna inför julen varje år utgjorde en stor del.

Givmildheten till julen var bland allmänheten stor då tankarna gick till stadens mindre lyckligt lottade invånare. Vid en närmare titt på den lista på alla givarna av julgåvor, som publicerades i stadens tidning, kunde man också notera att de som skänkt mest i allmänhet var samma personer som röstat för att fattighuset borde placeras ett stycke utanför staden, då ett nytt sådant planerats ett antal år tidigare.

Så hade det också blivit. Nu låg fattighuset väl utom stadens bebyggelse, emellertid inte längre bort än att det var fullt synligt där det låg på slätten, påminnande var och en om att livet var skört, och att olyckan ständigt kunde ligga på lur bak nästa krök på livets ringlande stig.

Det som dock innebar mest bekymmer i fattigvården var fördelningen av de influtna medlen. Vem skulle få understöd och vem skulle nekas? Detta var en nog så grannlaga uppgift även för en så skicklig och hårt arbetande ordförande som Carl Victor Fredriksson.

Enligt honom, och många andra, fanns en betydande skillnad bland de hjälpsökande fattighjonen.

Mest ömmade man för barnen. De hade hamnat i denna olyckliga belägenhet helt utan egen skuld och prioriterades alltid högt i fördelandet av understöd.

Därnäst kom änkor med underåriga barn, eller kvinnor med barn där mannen genom sitt leverne satt sin familj utan försörjning. Gamla och sjuka måste naturligtvis även tas om hand.

Längst ned på listan fanns de som genom ett övermått av alkoholintag, kriminalitet och annat ogudaktigt liv, själva bar ansvaret för sin situation. Dessa individer kunde inte räkna med samhällets stöd. Det var Carl Victors och hela fattigvårdsstyrelsens fasta övertygelse.

Då och då kunde andra röster dock höras som menade att med någon form av hjälp skulle kanske vissa av dessa människor i mindre omfattning begå brott som stöld, inbrott eller rån. Ingen i ledande ställning anammade emellertid dessa idéer.

Städer och socknar emellan fanns en tyst överenskommelse att var och en tog hand om sina fattiga, vilket knappast kunde ses som kontroversiellt och inte borde leda till konflikter. Det gjorde det inte heller, så länge man var överens om var de fattiga hörde hemma. Vid minsta tvekan om ett hjons hemort beslöt man i de flesta fall att vederbörande borde vara någon annans ansvar.

Sålunda skulle det nu dyka upp ett fall på fattigvårdsstyrelsens bord, som kom att ställa till det i Carl Victors liv på ett sätt vare sig han, eller någon annan kunnat ana. Att detta fall i form av ett brev kom mycket olämpligt, berodde på att han gick i giftastankar. Dessa tankar kände dock den tilltänkta unga damen ännu inte till.

Hon hette Anna Josefina Sundelin och var dotter till en professor i Stockholm och var det vackraste han sett. De hade visserligen endast känt varandra i några månader och var inte ens förlovade, men Carl Victor var säker på att hon hyste samma varma känslor för honom som han kände för henne.

Förlovning och bröllop skulle därför inte bli något problem. Var det någon som med framgång kunde planera och genomföra ett projekt liknande detta så var det just han. Självklart ingick samtal med Anna Josefina och hennes far i dessa planer. Allt skulle gå rätt till, inte tal om annat. Ingen skulle få anledning att tro att han var en äventyrlig lycksökare. Han var mycket seriös i detta ärende om än möjligen något otålig.

Enligt hans så noga uttänkta plan borde ett första samtal med Anna Josefina ske inom de närmsta veckorna och därefter, räknade han med, skulle vägen mot lyckans land ligga såväl ansad som krattad.

De hade träffats på ångbåten mellan Uppsala och Stockholm, hon på hemresa efter ett besök hos sin moster och han på affärsresa angående ett eventuellt lån för fattigkassans räkning. En utbyggnad av stadens fattiggård var nämligen på tapeten. Det hade varit i slutet av maj och det vackra vädret med en ljum fläktande bris hade gjort resan behaglig. Det vackra landskapet hade långsamt glidit förbi och han hade bjudit henne på lunch med påföljande kaffe med chokladpraliner.

Hon hade varit lätt att samtala med och hade nära till skrattet. Timmarna på Mälarens glittrande vatten hade, i hans tycke, förflutit allt för snabbt. Innan ångbåten lade till vid kajen i Stockholm hade de utbytt adresser och lovat att senare höra av sig brevledes.

Vid avstigningen hade Anna Josefina tagits emot av en äldre herre som hon presenterat som sin far, en något rundnätt man med gester och en kroppshållning man ofta ser bland människor som med självklar rätt räknar sig till den allra översta toppen på samhällspyramiden. Det visade sig att han titulerades professor Sundelin.

De hade samtalat en stund om oväsentliga ting som vädret, ångfartyg och om trängseln i Stockholm och på kajen i synnerhet.

När så Anna Josefina och hennes far hade försvunnit i folkvimlet blev Carl Victor kvar en stund och njöt av solvärmen. Han hade känt sig nöjd. Detta skulle bli en vändpunkt i livet, det hade han bestämt känt och för första gången på länge kom tankar angående framtiden över honom.

De två hade därefter, såsom de sagt, skrivit brev i vilka de båda försäkrade hur mycket de hade uppskattat varandras sällskap under båtresan, och att de såg fram emot att träffas igen. Längre än så hade han inte vågat gå. Ibland var det av nöden att skynda långsamt även om det på ett irriterande sätt gick i otakt med hans något otåliga sinnelag.

Några veckor senare hade han blivit bjuden till professorshemmet i Stockholm för att tillsammans med Anna Josefina och hennes familj intaga lunch.

Familjen hade visat sig endast bestå av Anna Josefina, fadern samt en bror och en syster – båda ännu ogifta. Dessa båda hade dessvärre för tillfället varit bortresta, och därför inte kunnat närvara. Modern hade gått ur tiden några år tidigare och fanns till städes endast genom ett antal fotografier som var placerade på en byrå i våningens finrum. Samtalen med professorn som för övrigt hette Nicodemus i förnamn, hade avslöjat att bakom det fryntliga ansiktet dolde sig ett skarpt intellekt och en snabb slutledningsförmåga vilket i och för sig man kunde förvänta sig av en professor.

Dessa egenskaper, lade Carl Victor ganska snart märke till, hade endast i mindre omfattning gått i arv till dottern, den vackra Anna Josefina.

Detta faktum oroade honom inte på något sätt. Om nu hans planer på ett äktenskap så småningom kunde bli verklighet, så var det inte i första hand intelligens och skarpsinne han var ute efter hos den lyckliga utvalda.

Sådana egenskaper hos en tänkt livskamrat kunde lätt undvaras, då det sannolikt skulle komma att leda till en del olyckliga konflikter rörande beslutfattandet i det framtida hemmet. Nej, en vacker hustru som nöjde sig med mindre djupa samtal rörande väder, mode samt de senaste nyheterna från kungahuset vid bjudningar och tillställningar tillsammans med det övriga borgerskapets kvinnor, var allt han kunde önska sig.

Mycket nöjd med vad han sett och hört under promenaden på Djurgården denna strålande vackra junisöndag, hade han konstaterat att Anna Josefina skulle bli perfekt som hustru och mor till hans barn.

Under en kort stund, ensam med professorn, hade han dristat sig till att försiktigt framlägga sina tankar om Anna Josefina. Till sin glädje hade hennes far menat att ett sådant arrangemang inte kunde anses på något sätt uteslutet.

Så hade denna junidag slutat med drömmar och framtidsbilder i en skakig kupé på det sista kvällståget från huvudstaden.

Innan han hunnit återvända till hemmet i villan i utkanten av staden hade han redan formulerat sina tankar om sina avsikter i det brev han senare skulle komma att avsända till sin tilltänkta. Det var hög tid att tala om förlovning.

Som tidigare nämnts kom ett annat brev att få en avgörande betydelse för hur hans planer på det kommande äktenskapet skulle komma att fortskrida. Nu var det kanske inte brevet i sig som var det viktiga. Det var bara ett i mängden med i stort sett samma innehåll han erhållit. Han hade själv i egenskap av ordförande i fattigvårdsstyrelsen skrivit ett antal liknande till den socknen varifrån de alla hade kommit.

Nej, det var snarare vad som avhandlades i denna brevväxling, som senare så när skulle fullständigt grusa hans förhoppningar angående ett framtida liv med Anna Josefina Sundelin. Om detta anade han inget då han öppnade och läste vad där stod. Föga förvånande handlade det om ett fattigvårdsmål som ältats fram och tillbaka i nära två års tid, och som upptagit en avsevärd del av hans arbete den senaste tiden.

Fallet handlade om den före detta pigan Sara Nilsdotter och hennes oäkta dotter Stina. Sara hade en gång levt i och varit skriven i staden, men flyttat till en grannsocken där hon hade haft svårt att försörja sig, och när hon så fött ett oäkta flickebarn reagerade därvarande fattigvårdsstyrelse. En mor som inte kunde försörja sig och sin dotter skulle givetvis komma att drabba fattigkassan. Någon fader till det arma flickebarnet fanns inte tillstädes, varför socknen riskerade att få stå för hennes försörjning i många år framöver. Kunde man då inte finna en lösning på detta problem?

Det kunde man.

Var det inte så att modern fortfarande var skriven i stadens församling?

Jo, minsann. Efterforskningar visade sig att hon aldrig skrivit sig i den socken hon nu levde i och som försörjde henne. Borde inte nu även det oäkta barnet vara skrivet i staden och därför belasta fattigkassan där? Jo, menade man. Staden borde själv ta hand om sina fattiga och inte sprida ut dem på landsbygden på detta sätt. Att man själva underlåtit att inskriva den fattiga Sara i socknen under alla år förbisåg man med tystnad.

Det gjorde man emellertid inte i staden. Där ansåg man att modern borde ha skrivits i den socken hon levde och så hade gjort i flera år. Därmed skulle med självklarhet även det oäkta barnet inskrivas där.

På detta sätt hade det, som sagt, pågått i närmare tvenne år och ingen lösning kunde ses.

Utrustade med var sin envis och orubblig ordförande för respektive fattigvård riskerade denna historia att dra ut på tiden, vilket man i staden inte hade något att invända emot. Så länge sakernas tillstånd var som de nu var, slapp staden undan de ovälkomna kostnaderna.

Stadens fattigvårdsstyrelse med Carl Victor Fredriksson i spetsen gjorde i stort sett inga andra ansträngningar i fallet än att i brev efter brev vägra diskutera saken under den fromma förhoppningen att motståndarsidan till slut skulle tröttna och ge upp. Denna gång tog han ett egenhändigt beslut utan att samråda med övriga styrelsemedlemmar. Brevet skulle helt enkelt inte besvaras. Detta hoppades han skulle få motparten att inse det meningslösa i att fortsätta denna tvekamp.

Det skulle emellertid visa sig att detta var en grov missbedömning av fiendens stridsvilja.

Brevet lades således åt sidan och Carl Victor beslöt att ägna tiden åt viktigare spörsmål. Ända sedan besöket i Stockholm hade han haft Anna Josefina i tankarna. För ett ögonblick hade han misstänkt att omgivningen skulle ha märkt något. Med omgivningen menade han givetvis inte de sömniga och ointresserade herrarna i fattigvårdsstyrelsen utan snarare andra mer observanta personer i hans närhet, vilka han träffade så när som dagligen.

Arbetet som ordförande i fattigvårdsstyrelsen gav inte tillräckliga inkomster att leva på. Förutom detta uppdrag satt han i styrelsen för stadens spritvarubolag i vilket han även ägde en del aktier. Dessutom var han delägare i ett handelsbolag vars verksamhet främst rörde sig inom trä- och virkesbranschen.

Ingen i nämnda sammanslutningar hade dock visat några tecken på intresse rörande hans privatliv och så skulle det förbli ända till den dagen han själv meddelade att han ingått förlovning, samt planerade att inom en snar framtid ingå äktenskap.

Det var nu dags att ta nästa steg i dessa planer.

Han skulle tillskriva Anna Josefina och bjuda hem henne på besök, under vilket han ämnade visa sitt hem, supera på det ståtliga stadshotellet samt föra ett eventuellt äktenskap på tal, i nämnd ordning.

Han ville inte i brevet direkt nämna förlovning eller äktenskap, men ändå beskriva sina känslor på ett sådant sätt att hans tänkta tillkommande ändå skulle förstå hans avsikter. Han hade filat mycket på alla formuleringar för att inte avslöja mer än nödvändigt, men ändå tillräckligt för att hon skulle ana hans uppsåt. För att lätta upp det hela hade han infogat ordet »överraskning« på två ställen.

Svaret kom några dagar senare. Med bultande hjärta kunde han konstatera att hon tackat ja och att hon skulle anlända på förmiddagen på söndagen nästkommande vecka.

Han kunde konstatera att livet nu visade honom sin allra ljusaste sida. Hans älskade Anna Josefina skulle komma på besök och den utdragna tvisten om fattighjonet med det oäkta barnet verkade vara slut. Fattigvårdsstyrelsen i grannsocknen hade nu inte hört av sig på över en vecka.

Allt kändes plötsligt så lätt. Nu skulle han för dagen lägga undan allt arbete för att endast börja planera för det kommande besöket.

Den efterlängtade söndagen kom så med klarblå himmel och en sommarsol slösande sin värme över den lilla staden. Det var tidig förmiddag och folk samt fä hade inte riktigt vaknat i den alltmer stigande värmen. Den söndagsstilla tystnaden låg tät på gator och torg. Här och var syntes några av stadens invånare ta sig fram med bestämda steg, uppenbarligen ute i något viktigt ärende.

Anna Josefina spatserade långsamt genom staden. Hon hade ingen brådska då hon tvingats ta ett tidigare tåg än planerat. Tekniska problem vars innebörd hon varken förstått eller brytt sig om att förstå, hade fått till följd att en del tåg från huvudstaden denna dag var inställda.

För hennes del hade det inte gjort något. Nu fick hon tid till att studera Carl Victors hemstad lite närmare. Så annorlunda livet här måste vara, tänkte hon. Ingen trängsel, inga hästdragna åkdon att se upp för, inget larm, inga skramlande transporter från hamnen.

Här var så tyst och stilla.

Visserligen hördes ett hest tutande från ett ångfartyg, avslöjandes att det fanns en hamn någonstans bortom den mestadels ganska låga bebyggelsen, men i övrigt härskade en stillsam tystnad.

Vid torget mötte hon fler söndagsflanörer. En del tittade på henne, uppenbarligen konstaterande att hon inte var bland dem man kände till av stadens invånare. Hon stannade och läste på den skrivna lappen med Carl Victors adress.

Eftersom hon inte alls kände till gatorna i staden måste hon fråga sig fram. Hon beslöt att tillfråga den patrullerande polisman som långsamt närmade sig. Han var stor och omfångsrik och med ett något rödbrusigt anlete, men han såg snäll ut så hon stannade när han passerade och ursäktade sig.

Hon visade lappen med adressen och frågade om närmaste vägen dit.

Polismannen plirade hummande på lappen. Läpparna rörde sig som om han hade vissa svårigheter att läsa innantill.

»Hm…jasså, det är den Fredrikssonska villan fröken skall besöka,« sade han och återlämnade lappen.

När hon inte svarade pekade han ut riktningen och fortsatte sin patrullering tyst mumlande.

»Jasså, minsann… jaså minsann!« Som om han just upptäckt något högst oväntat.

Det tog inte många minuter att leta sig fram till rätt gata efter polismannens anvisningar.

När hon hittat rätt nummer stannade hon.

Detta är alltså det som polismannen kallade den Fredrikssonska villan, tänkte hon. Den var byggd i två våningar och vitmålad med gröna fönsterluckor. En trädgård med fruktträd och välansade buskar omgav villan. Det vilade något lugnt och harmoniskt över platsen, vilket lindrade något av den nervositet hon känt inför detta möte under hela resan från Stockholm.

På något sätt kände hon sig redan välkommen.

Innan hon hunnit knacka på dörren öppnades den och en ung kvinna uppenbarade sig. Av klädseln att döma var hon piga i hushållet. Med en något förvånad min neg hon och sa med en frågande ton:

»Åh, fröken är redan här. Jag är rädd att herrn inte är hemma, och väntas inte förrän om en timme.«

Anna Josefina skulle just förklara allt det där med de tekniska problemen och tåg som var inställda, när pigan plötsligt tittade upp och såg ut mot gatan.

En vagn dragen av en häst stannade framför villan. På kuskbocken satt en grov karl med svart skägg och en hatt neddragen över öronen, trots den tryckande värmen. Bak på vagnen satt en ung kvinna med ett barn i famnen.

I Anna Josefinas ögon såg hon först eländig och härjad ut. Men trots att ansiktet bar spår av uppgivenhet och sorg fanns där också drag som vittnade om en skör skönhet. Kvinnan kramade tyst sitt barn, strök det över håret och viskade något ohörbart i barnets öra.

Anna Josefina fylldes genast av medömkan för den arma kvinnan, en känsla som dock inte skulle bli långvarig.

Den grove mannen på kuskbocken frågade efter herr Fredriksson och vinkade till sig pigan som svarade att herrn inte var hemma.

Mannen suckade djupt och överlämnade ett brev till pigan.

»Ge honom detta och hälsa från sockenstämman hemmavid. Han vet vad det handlar om.«

»Men..« kom det från pigan.

»Han får ta hand om Sara Nilsdotter här och hennes oäkting.« avbröt mannen.

Med en gest beordrade han så kvinnan att lämna vagnen med sitt barn. Han slängde också av en kappsäck som hamnade framför kvinnans fötter.

»Men…« sade pigan och såg sig olyckligt om.

Därpå manade han på hästen och försvann längs gatan.

Tiden tycktes nu stanna på gårdsplanen framför den vita villan.

Ingen av de tre kvinnorna sade något.

Den första som reagerade var Anna Josefina.

Mannens ord surrade ännu i hennes huvud.

»Han får ta hand om Sara Nilsdotter här och hennes oäkting.«

Var det…? Nej, tanken var allt för ofattbar.

Men ändå. Mannen hade ju sagt…

Var det Carl Victors barn!?

Chocken när denna vetskap gick upp för henne gjorde att benen nästan vek sig, och hon fick ta stöd mot grinden bredvid henne.

När hon så lyckats samla sina tankar tog flyktinstinkten över.

Hon måste bort. Långt därifrån.

Mannen som uppvaktat henne och talat med hennes far om förlovning hade alltså barn på bygden! En äventyrare och charlatan!

Vem vet hur många andra ungar han har, tänkte hon och kände att tårarna började trilla längs kinderna.

Utan att säga något lämnade hon platsen och gick med bestämda steg samma väg som hon kommit.

»Men..« hördes det från pigan.

Chocken hade nu övergått i ilska och en bedövande känsla av förnedring.

Jasså?! Var detta den överraskning han skrivit om i sitt brev?

För första gången i sitt liv tillät hon sig att svära högt. Hon stannade för att se om någon i närheten möjligen hört hennes eder och förbannelser, men gatan låg helt tom under den slösande sommarsolen.

Därpå fortsatte hon mot järnvägsstationen och tog nästa tåg hem.

Carl Victor Fredriksson förstod ingenting av pigans svar när han frågade om fröken Sundelin från Stockholm hade synts till.

Enligt pigan, som verkade helt förvirrad, hade den unga fröken dykt upp, men endast stannat någon minut för att sedan åter försvinna.

Hur han än försökte fick han inte mer information av sin piga, som irriterad över alla frågor räckte fram brevet som hon fått av mannen på vagnen.

»Det här kom också.«

För ett kort ögonblick trodde han att brevet var från Anna Josefina och att han i det skulle få en förklaring till hennes plötsliga försvinnande, men den förhoppningen försvann snabbt då han läste att det var adresserat till »ordföranden i fattigvårdsstyrelsen«.

Ju mer av brevets innehåll han läste desto mer sjönk humöret i takt med att ilskan steg.

Vilken fräckhet! De hade alltså helt enkelt skickat över fattighjonet med barnet! Inte ens han själv skulle ha kunnat ge sig till att sjunka så lågt.

Detta betydde endast en sak.

Kriget var inte över.

»De två sitter i köket,« sade pigan då han läst klart.

I det som nu följde, visade Carl Victor två olika sidor av sin natur. Vad gällde fattighjonet Sara Nilsdotter och hennes barn agerade han omedelbart och bestämt. I sinom tid skulle han slå tillbaka, men för detta krävdes planering. Att nu för tillfället ta hand om modern och dottern var prioritet ett. Genast knåpade han ihop ett skriftligt meddelande till föreståndaren för fattiggården i vilket denne beordrades att med hästskjuts hämta de två ovälkomna gästerna samt installera dem i fattighuset.

Pigan kommenderades därefter att skyndsamt uppsöka föreståndaren och överlämna meddelandet.

Vad gällde Anna Josefina stod han däremot helt handfallen. Han kunde inte förstå vad som hänt och pigans knappa upplysningar gav inga ledtrådar. Det enda han visste var att hon anlänt som överenskommet var, om än lite för tidigt och att hon nästan genast återvänt hem.

Om och om igen gick han igenom möjliga förklaringar.

Hade hon blivit hastigt sjuk?

Hade hon helt enkelt ångrat sig i sista stund?

Enklast vore naturligtvis att ge sig av till det Sundelinska hemmet i Stockholm och reda ut vad som hänt, men det vore att förhasta sig. Carl Victor var inte en impulsiv man. Att rusa i väg och göra något överilat kunde kanske bara göra saken värre.

Bättre då att vänta ett slag.

Förhoppningsvis skulle hon höra av sig.

Det gjorde hon inte.

För första gången i vuxen ålder stod Carl Victor villrådig. Det var en obehaglig känsla och han insåg att något till slut måste göras.

Han kunde acceptera att det som hänt hade hänt, gå vidare i livet och lämna detta missöde bakom sig, men det var inget som lockade. Han skulle stå där som en förlorare.

Ingen i hans omgivning, med undantag av hans piga, kände visserligen till vad som hänt mellan honom och Anna Josefina, men det skulle ändå kännas som ett misslyckande.

Efter ett par veckor hade han återhämtat sig någorlunda och tog ett beslut.

Han skulle ta reda på vad som låg bakom Anna Josefinas agerande. Han kunde acceptera att hon ångrat sig och inte ville ha honom, men han måste få reda på varför.

Nu var den gamle Carl Victor Fredriksson tillbaka. Mannen som aldrig gav sig och som alltid fann lösningar på alla problem. Gåtan med Anna Josefina skulle lösas, men han behövde hjälp.

Fortfarande kände han att en konfrontation med henne ansikte mot ansikte var uteslutet. Visserligen skulle han då få en förklaring, men att få kastat rätt i ansiktet att han inte dög var inget han ville vara med om. Han var inte säker på hur han skulle reagera i en sådan situation och osäkerhet var bland det värsta han visste. Osäkerhet leder sällan till framgång, vad saken än gäller.

Han utarbetade en plan.

Den gick ut på att någon reste till Stockholm för att där närma sig professorn och hans familj, ha uppsikt över vem som kom och gick och eventuellt följa Anna Josefinas förehavanden.

Först kändes detta alternativ lite smutsigt. Någon skulle kanske kalla detta för spioneri. Andra, inklusive han själv, skulle nog mera luta åt att benämna det efterforskning.

Själv kunde han inte göra detta då han var känd av både Anna Josefina och hennes far. Han måste skicka någon annan.

Frågan var vem.

Av en slump fick han så höra att en av stadens polismän skulle avsluta sin tjänst för att ägna sig åt studier. Det gällde unge prästsonen Elof Anders Johansson, vars far nu övertalat honom att polisyrket inte var något att satsa på. Han hade ett gott läshuvud och kunde sikta på något mer lönande och intressant.

Carl Victor tog kontakt med unge Johansson och lade fram sitt förslag, dock utan att gå in på alla detaljer vad gällde bakgrunden.

»Jag ska alltså spionera,« konstaterade Johansson.

»Efterforska!« rättade Carl Victor honom. »Självklart betalar jag för arbetet och eventuella utlägg.«

Eftersom det ännu dröjde över fyra veckor innan han skulle börja sina studier och polistjänsten redan var avslutad tackade Johansson ja. Att han under efterforskningarna kunde bo hos sin farbror i huvudstaden underlättade dessutom det hela.

Att undersöka vem som kom och gick vad gällde familjen Sundelins hem, och att eventuellt spana efter vem Anna Josefina besökte och träffade, borde inte bli så svårt. Något fotografi av Anna Josefina hade uppdragsgivaren inte, men med en muntlig beskrivning av henne begav sig så Elof Anders Johansson till Stockholm.

Lättförtjänta pengar, tänkte han. Vad kan gå fel?

En hel del skulle det visa sig.

Till en början gick allt som beräknat. Efter några dagars diskret spaning vid den Sundelinska villan, kunde han konstatera att inga besök kunde registreras.

Däremot tog professorn då och då en promenad tillsammans med en ung kvinna som mycket väl passade in på den beskrivning av dennes dotter som han fått. Vid ett tillfälle hade dottern ensam givit sig av. Elof som nu tyst för sig själv titulerade sig som detektiven Johansson följde henne ända till centralstationen.

Helt dold bak en pelare och med en dagstidning under armen noterade han att bland alla avstigande från ett nyss anlänt tåg, syntes en ung man stanna och spana. Anna Josefina sprang fram och hälsade glatt honom välkommen med en kram.

Allt detta rapporterade han till sin uppdragsgivare per brev.

I det svar han fick underströks vikten av att ta reda på mannens identitet samt om de två syntes utanför hemmet och vad de i så fall gjorde.

Johansson som mer och mer fann denna detektivuppgift spännande och intressant, beslöt nu att spänna bågen. Att bara spana och följa efter den unga fröken Sundelin skulle inte ge så mycket mer av värde.

Nästa steg måste bli att ta kontakt.

Detta måste ske efter en ytterst noga utarbetad plan. Något som såg ut som en tillfällighet skulle föra samman de två – han och den unga fröken.

Några dagar senare kom tillfället. Han hade lagt märke till att hon alltid tog samma väg under sina promenader, åtminstone då hon var ensam.

Att hon även denna gång följde sin vana trogen var en förutsättning för att hans plan skulle fungera.

Jodå, kunde han konstatera. Promenadvägen verkade vara densamma.

Hastigt och med långa steg gav han sig av i motsatt riktning. Han skulle genskjuta henne och om han räknat rätt hade han vid pass en halvtimme på sig.

Så stod han då på en gatstump bakom hörnet till en djurgårdsvilla, som verkade sommarövergiven och tom. Det var lugnt och stilla runt omkring honom. Få människor rörde sig ute i denna värme. Han spanade då och då längs gatan, och där kom hon långsamt promenerande på trottoaren.

Nu var stunden inne!

När hon befann sig helt nära hörnet klev han ut och gick långsamt fram som vore även han ute på en promenad. Just innan han mötte henne, kom en yngling springande förbi honom, stötte till henne så att hon tappade balansen och föll omkull. Även gossen låg plötsligt på marken.

Detektiv Johansson stegade snabbt fram, grep gossen i kragen och ryckte upp honom samtidigt som han stack en hel enkrona i handen på honom.

»Ohyfsade slyngel!« röt han medan den unge gossen slet sig loss och försvann längs gatan.

En krona var kanske för mycket, tänkte Elof, men ynglingen hade utfört sin uppgift väl – helt efter de instruktioner han fått.

En pålitlig ung herre, tänkte Elof. Han kommer att gå långt.

Därpå följde händelseförloppet i stort sett den plan han utarbetat. Han hjälpte flickan upp under ett djupt beklagande över att hon råkat ut för en av stadens mest vanartiga och osnutna slynglar.

Hon tackade samtidigt som hon borstade bort smuts och damm från kläderna. Han kunde konstatera hur betagande vacker hon var och att hon så väl passade in på hans uppdragsgivares beskrivning.

Hon är fortfarande lite ur balans, tänkte Johansson, bäst att skrida till verket genast.

Han ursäktade sig för att inte i tid upptäckt den otäcke ynglingen och ville gärna som kompensation för detta hans misslyckande kanske få bjuda på någon förfriskning?

Han riktigt njöt av situationen.

Jösses, så skicklig han var!

Han presenterade sig som..ja, han höll nästan på att säga detektiven Johansson, men hann i sista sekunden ändra sig till studeranden Johansson …Elof Johansson. Skulle han ha dragit till med kandidaten Johansson? Det lät onekligen bättre, men var ju beklagligtvis en lögn och sådana hade dessvärre en benägenhet att på ett obehagligt sätt slå tillbaka senare vid de mest olämpliga tillfällen.

Han bugade sig djupt.

Hon fnittrade till lite över denna artighet.

»Fröken Sundelin,« svarade hon. »Anna Sundelin, och ja, det går för sig.

Så satt de så en stund senare vid ett av Skansens mindre näringsställen och drack en svalkande kall lemonad.

Hon var pratsam och berättade om sig själv, sin familj. Sålunda fick han reda på att hennes bror nyss var hemkommen från en resa och att systern nu under några veckor bodde hos mostern i Uppsala.

En skymt av en sorgsen min syntes i hennes ansikte då hon nämnde systern. Elof lade märke till detta och lade det på minnet.

»Men nog talat om mig,« log hon. »Berätta lite om er själv herr… studeranden Johansson.«

Han berättade om fadern som varit präst och om hur han blivit moderlös redan som ung pojke. Han lät förlora blicken långt bort som om han nu mindes den svåra tiden. Kanske blev detta något överdrivet, men fröken Sundelin slök betet med hull och hår.

Hon intog en moderlig och något sorgsen min.

»Det måste ha varit svårt,« sade hon tyst.

Han nickade tyst och såg ned i bordet.

»Min mor är också borta, men det var bara några år sedan.«

»Åh…beklagar,« sade han och visade upp en mer förstående min.

»Som ni ser herr Johansson… eller får jag säga Elof, har vi en del gemensamt. Vilken tur att vi skulle mötas på detta sätt.«

»Ja, verkligen, det måste ha varit ödet,« ljög han och såg in i hennes klarblå ögon.

Han var förlorad…. besegrad.

De hade vandrat tillbaka tillsammans en bit. När de skildes åt föreslog hon att de skulle göra om detta en annan dag, om han inte misstyckte förstås.

Det gjorde han inte.

Senare funderade han på vilken relation denna frimodiga och öppna unga flicka med sina smått spjuveraktiga leenden, kunde ha till den stele och humorfrie Fredriksson.

I rapporten till sin uppdragsgivare återgav han i stort vad han gjort samt vad han funnit vid sina undersökningar.

Han avslöjade att han lyckats ta kontakt med professor Sundelins dotter utan att gå in på några detaljer som exempelvis den minnesvärda stunden på Skansen, att hon verkade bekymmersfri och nöjd med livet, samt att han skulle möta henne igen och efter det mötet hade han förhoppningsvis mer att rapportera.

De följande mötena dem emellan gav en viss information som hans uppdragsgivare kanske kunde ha nytta av. Sålunda visade det sig att den unge man hon tagit emot vid tåget var hennes bror. Vidare berättade Anna om systern som nu vilade upp sig hos mostern i Uppsala efter en olycklig kärlekshistoria.

Elof började så smått känna dåligt samvete över den teater han framförde inför den helt aningslösa och oskyldiga fröken Sundelin, och när hon under en promenad avslöjade att hon tyckte mycket om honom samtidigt som hon inviterade honom till en lunch hemma i villan, kände han en jublande glädje i bröstet. Samtidigt högg emellertid verkligheten en kniv i samma bröst. Han kunde inte fortsätta detta falska spel.

Skulle han berätta sanningen för Anna? Att han var en spion och bedragare, avsluta det hela och återvända hem?

Nej, försynen hade fört honom samman med en flicka han fann så skön och behagfull, och med vilken han kunde tänkas leva sitt framtida liv. Och det fanns en annan lösning. Han skulle avsäga sig uppdraget han fått av Fredriksson och stanna i Stockholm.

Så fick det bli!

Han tackade ja till hennes inbjudan,

Hon avslöjade att han då skulle få träffa både hennes far, brodern och hennes syster som väntades återkomma från Uppsala.

Dagen innan lunchen med familjen Sundelin dök så ett brev upp i vilket Carl Victor avslöjade att unga fröken Sundelin och han så när varit trolovade, men att hon plötsligt ångrat sig, samt att det var av största vikt att han finge veta orsaken till hennes oväntade beslut.

Med ens ersattes den varma sommarvinden av en isande kall nordan. Han var tvungen att läsa texten flera gånger, men varje gång blev innehållet det samma.

Det kunde bara inte vara sant!

Varför hade ödet först låtit honom möta den undersköna Anna bara för att därefter krossa hans drömmar om en framtid med henne?

Skulle den Anna Sundelin, som han kände, ha fallit för den Carl Victor Fredriksson, som han också kände? Om det nu var så och hon hade känt någon ånger efter att ha lämnat Fredriksson, så visade hon verkligen inte något missmod eller nedstämdhet. Tvärtom hade hon varit glad och sorglös.

I nästa brev skulle han helt enkelt råda Fredriksson att glömma Anna Sundelin och gå vidare i livet, ty hon hade redan glömt honom. Att detta innebar att han för egen del i så fall kunde fortsätta sin uppvaktning av den sköna, skulle han naturligtvis inte avslöja.

Men, kände han sin uppdragsgivare rätt, skulle denne inte lyda något sådant råd.

Mörka moln tornade upp sig. De hade fallit för samma flicka, och han kände på sig att han skulle hamna på den förlorande sidan.

Han hade varit nedstämd då han samma eftermiddag träffade Anna en kort stund på ett café vid Hötorget. Hon hade genast upptäckt hans sinnesstämning och undrat om något var fel.

Han var på vippen att erkänna sina synder och att han inte bara var en dåre utan även en skojare, men ändrade sig och sade:

»Åh, inget speciellt annat än att min far är sjuk.«

Detta kunde tolkas som en hastigt påkommen lögn. Vilket det också i stort sett var.

Visserligen låg det en sanning i att hans far var sjuk, men det hade han å andra sidan varit i tio år nu, så något lite lades denna synd till alla de andra han begått de senaste veckorna.

»När själen tyngs av mången synd, kan livet bli en mödosam vandring, glöm ej det, min son,« hade hans far en gång sagt.

Så sant, så sant.

Elof bad tyst om förlåtelse för att han blandat in fadern i denna dystra historia.

Anna hade försiktigt lagt sin hand på hans.

»Jag är så ledsen att höra det. Hoppas att han snart blir frisk,« sade hon och såg djupt in i hans, som han själv tyckte, nedsmutsade själ.

Dagen därpå mötte Anna honom för att följa honom till den Sundelinska villan på Djurgården. Under promenaden berättade hon om systern som kommit hem dagen innan och att systern fortfarande mådde dåligt efter det som hänt.

»Tänk vilka samvetslösa människor det finns. Min syster hade träffat en trevlig man och förstått att han hyst samma varma känslor för henne som hon gjort för honom. Han hade till och med bjudit hem henne till sitt hem i..ja, jag minns nu inte var, för att tala om förlovning, men när hon väl anlänt dit visade det sig att mannen redan hade ett oäkta barn och kanske fler på bygden. Nej, den där Fredriksson kunde lika gärna brinna i.. åh, ursäkta. Sådant får man då rakt inte önska någon.«

Nu snurrade det till i Elof Johanssons huvud.

Människans hjärna är en sagolik maskin. Under loppet av en sekund hade den rett ut och förklarat för honom hur det låg till. När han insett att det var hans uppdragsgivare hon talat om hade han så när protesterat.

»Fredriksson, oäkta barn på bygden!? Det måste vara ett missförstånd!«

Han lät det dock stanna vid en tanke.

Det var alltså Annas syster Fredriksson träffat och planerat att förlova sig med. Hur hon kunde ha fått för sig att han skulle ha oäkta barn kunde han inte begripa, men så mycket förstod han att Anna nu kunde bli hans. Allt skulle ordna sig till det bästa. Ett ögonblick slog det honom att systrarna hade samma namn, men han kunde inte gärna fråga Anna om denna märkliga omständighet. Han förutsattes ju inte känna till något om systern.

Att glada och positiva tankar rörde sig i hans hjärna lade Anna märke till där de promenerade arm i arm.

»Du verkar mycket gladare till sinnes i dag min vän. Är det din far? Har han blivit bättre?« undrade hon.

»Ja«, svarade Elof,« Mycket bättre.«

Lunchen blev mycket lyckad. Han kunde konstatera att de två systrarna liknade varandra mycket och att båda var en avbild av modern vars porträtt funnits på flera ställen i villan. Han var som sagt något konfunderad över att båda systrarna hette Anna, och han frågade nu om detta inte kunde ge upphov till olyckliga förväxlingar, givetvis utan att avslöja något om det han själv råkat ut för.

»Åh«, förklarade Annas syster som visat sig vara den äldre av de två. »Det är mitt fel. Min syster heter Anna Margareta och jag Anna Josefina. Alla i familjen har alltid kallat mig Josefina, men jag tycker mer om namnet Anna och vill gärna använda det.«

Hon avslutade med ett litet leende även om man bakom detta kunde ana en sorg över vad hon varit med om med den förskräcklige Fredriksson.

Efter lunchen rusade han hem till det rum han lånade av sin onkel och skrev ett långt brev till Carl Victor Fredriksson i vilket han förklarade allt om Anna Josefina Sundelin och om de oäkta barn hon trodde han hade på bygden, och att det var därför hon så hastigt avbrutit kontakten med honom. Nu var det upp till honom att reda ut detta missförstånd.

När Carl Victor läst detta brev, satte han sig först förvånad ned. Därefter spred sig ett leende över hans läppar.

Det handlade om ett missförstånd! Så var det! Men hur hade Anna Josefina kunnat tro...?

Hans så omtalade kvicka tankeförmåga visade nu upp sig från sin bästa sida.

Han kallade till sig pigan som anlände andfådd, väl införstådd med att husbondens röstläge inte tillät något som helst dröjsmål.

»Minns Gerda dagen då fröken Sundelin kom på besök?

Det gjorde hon.

»Samma dag anlände fattighjonet med sitt barn. Hände dessa två saker samtidigt«?

Pigan funderade ett ögonblick.

»Ja, nu när herrn säger det, så minns jag« sade hon. »De var här samtidigt. Fröken Sundelin försvann direkt efter att den otäcka mannen slängt av modern och barnet och sagt att det var herrns sak att ta hand om dem.«

»Tack, Gerda. Hon är en ängel!«

»Men…« svarade hon samtidigt som rodnaden steg på hennes kinder.

I ett brev till Anna Josefina förklarade han hur hon missförstått situationen och att han fortfarande hyste samma varma känslor för henne. Kort därefter fick han ett brev innehållande det svar han så innerligt väntat på.

Så kom det sig till slut att allt löste sig till det bästa. De två ingick förlovning och när sommaren övergick i höst stod bröllopet.

De fick tre vackra barn som alla på bästa sätt hedrade sin fader och sin moder. Carl Victor blev till slut ordförande i stadens kommunalfullmäktige samt verkställande direktör för stadens spritvarubolag.

Den stackars fattiga Sara Nilsdotter med sin oäkta dotter, blev som sagt inhyst på stadens fattighus, men endast ett halvår därefter hade hon återförenats med barnets fader som nu ångrat sitt förnekande av faderskapet. De hade gift sig och levde nu lyckliga på stadens område med en liten täppa och potatisland. Den strid om hennes och barnets försörjning som pågått i över två år var nu äntligen slut, och man kan nog gott konstatera att den slutade oavgjort.

Prästsonen Elof Anders Johansson fick till slut sin Anna och de gifte sig vid nyår samma år och bosatte sig i huvudstaden. Han hade aldrig avslöjat bakgrunden till att de två träffats utan överlät denna lyckliga omständighet till ödets nyckfulla spel vid de tillfällen det kom på tal.

De studier han ämnat påbörja blev aldrig av. Han hade blivit biten av detektivarbetet och sökt sig till detektivavdelningen inom huvudstadens polis, där han ganska snart avancerat till överkonstapel och så med tiden till polismästare för hela stadens poliskår. Två barn förgyllde så småningom hemmet och med barnflicka och hembiträde till hjälp kunde Anna arbeta på deltid vid redaktionen för en av landets största damtidningar där hon till slut kom att bli chefredaktör.

Ynglingen som, på uppdrag av detektiven Johansson, stött ihop med fröken Sundelin kom som vuxen att engagera sig i den fackliga kampen och kunde till slut titulera sig som riksdagsman för det socialdemokratiska arbetarpartiet.

Ja, så kom alltså denna historia som börjat i förvirring och elände, ändå att sluta lyckligt för alla inblandade med hjälp av försynen, efterforskning (spioneri) samt ett visst mått av tänjande på sanningen, i nämnd ordning.

ETT SJUSÄRDELES FYRVERKERI

Emil Nord var en bitter och ensam man och även om bitterheten endast var av tillfällig natur, tycktes den förmörka hela hans tillvaro. Den förtärde honom långsamt och något måste göras.

Endast under några korta ögonblick vid arbetet bland lokomotiv och ställverk uppe vid järnvägen, lät de mörka tankarna om hämnd och vedergällning honom vara i fred.

Egentligen var han en anspråkslös och snäll människa, om han fick säga det själv. Andra hade måhända beskrivit honom som tråkig, enfaldig och en smula självgod. Hur som helst var han en människa som inte stack ut. Han var, och hade alltid varit en i mängden.

Själv hyste han heller inga ambitioner att ändra på detta. I det stora hela var han nöjd med sitt liv. Han befann sig nu i den del av livet då han kunde ha blickat tillbaka och begrunda det som varit, men ännu inte hade någon anledning att låta tankarna beröra de år han hade kvar.

Han levde ensam och det bekom honom föga. Det hade inte alltid varit så. En gång i tiden hade han varit gift och på god väg att bilda familj. Dock hade hans hustru ganska snart lämnat honom under förevändning att han tillbringat allt för mycket tid tillsammans med brännvinsflaskan, men han visste nog hur det egentligen hade legat till.

Den förbannade sprätten till bankkamrer hade fångat henne i sitt lömska garn, och hon det arma fånet hade låtit sig luras av hans fina manér och honungslena ord. Hon hade lämnat staden med sin bankkamrer och hans egna drömmar om ett glädjefyllt och lugnt familjeliv låg i spillror.

Vännen brännvinsflaskan hade han emellertid kvar. Riktiga vänner sviker inte i motgångens stund. Nu hade det kanske ibland blivit lite för mycket av det goda, det tvingades han nog själv erkänna, och visst hade det blivit en hel del nätters tillnyktrande i stadens häkte med påföljande böter för fylleri på allmän plats.

Själv hade han med tiden kommit att betrakta både häktet och böterna som en del av livet. Att vid hans ålder välja en annan väg i livet skulle kosta på och kräva krafter han inte förfogade över.

Senast då han stått inför herrarna i rådhusrätten och domen på böterna slagits fast för fylleri på Ada Bloms krog, hade han på efterföljande fråga om han hade något att tillägga, endast något uttråkat svarat:

»Var ska man vara full, om inte på krogen?«

Allt detta till trots skötte han sitt arbete vid järnvägen på ett tillfredsställande sätt. Ingen hade någonsin haft anledning att framföra klagomål. Tvärtom ansågs han vara en skicklig yrkesman.

Han hade fått sin beskärda del av motgångar i livet, därom rådde ingen tvekan. Men han hade kämpat och tagit sig igenom svårigheterna, låt vara med benägen hjälp av vännen brännvinsflaskan, men ändå. Tilltufsad och tillplattad hade han rest sig och med ett visst mått av självinsikt, gått vidare utan att klaga.

Men det som nu hänt var något helt annat!

Man hade trampat på och förödmjukat honom!

Han kände sig kränkt och nu var det dags att betala tillbaka!

Det hade börjat en kväll en månad tidigare. Han hade efter en krogrunda råkat ta vägen förbi stadens hamn. Där hade han hört röster och skratt och konstaterat att ljudet kom från ett av ångfartygen som låg vid kajen.

Det lyste ur ett fönster vid fartygets kabyss.

Nyfikenheten fick honom att närma sig kajkanten.

När han stod där i augustimörkret på kajen, mindre än en aln från fartygets reling, hörde han en kvinnlig röst i mörkret som hälsade honom välkommen.

Något förvånad över denna plötsliga inbjudan tvekade han ett ögonblick, vilket gjorde att han inte hann säga något innan rösten uppmanade honom att kliva ombord.

Det hela tycktes honom en smula besynnerligt, men han gjorde som hon sagt och befann sig en stund senare i fartygskabyssen tillsamman med två kvinnor och en man.

En av kvinnorna kände han igen. Hennes förnamn kunde han inte erinra sig, men han visste att hon hette Söderberg och var restauratris på fartyget, samt att hon allmänt gick under namnet Söderbergskan.

Som restauratris hade hon tillgång till spritförrådet, vilket han snart skulle få erfara.

Osäker på varför han hade bjudits in, var han på väg att ställa en fråga om detta, men i samma ögonblick plockade Söderbergskan fram en brännvinsflaska och några glas. Nord började nu så smått undra om de tagit fel på person och att den sprit han förväntade skulle serveras var menad åt någon annan.

Ett kort ögonblick funderade han över detta moraliska dilemma, men den tanken gjorde mycket snabbt en helsväng och försvann ut i mörkret utan att ge något avtryck i hans tillfälliga göranden och låtanden.

Om de ville bjuda honom på en eller annan sup, så var han inte den som skulle sätta sig på tvären. Han intalade sig att ett avböjande därtill enbart skulle betraktas som ett tecken på otacksamhet och det ville han ju för allt i världen inte.

Befriad från all tveksamhet tackade han ja till den första supen. Av samtalet uppfattade han att den andra kvinnan var Söderbergskans syster från Stockholm, samt att den okände mannen hette Karlsson och var en av fartygets besättningsmän.

Fler supar slogs i och dracks upp och Nord kunde tyst konstatera att det var länge sedan han upplevt en sådan lyckad kväll.

Han tänkte i sitt stilla sinne att det var förunderligt ändå hur givmilda och generösa människor det fanns. Knappt hade denna tanke slagit sig till ro i hans hjärna innan han uppfattade en fråga innehållande något om en affär.

Då han inte reagerat lutade sig Söderbergskan fram över det lilla bordet och upprepade frågan:

»Hur blir det med den där affären?«

Hennes röst var klar och tydlig, och Nord upplevde att det även fanns en ton av något som liknade ett hot.

»Affär?« undrade Nord och ställde ned glaset efter den fjärde supen.

»Det var väl därför du kom hit. Eller har du ångrat dig?!« Den storvuxne Karlssons röst lät som vore den fylld av sandpapper.

Flera röda varningsflaggor dök nu upp i huvudet på Nord. Saker och ting verkade plötsligt obehagligt annorlunda än bara för en kort stund sedan. Dock beslöt han att inte falla undan.

»Affär och affär! Nej, jag tror det är dags att dra sig hemåt,« svarade han med så stadig röst han förmådde. Han hade naturligtvis ingen aning om vad det var för affär de pratade om. Det stod nu helt klart för honom att de tagit fel på person.

Att denna tanke även nu slagit de andra tre i den lilla kabyssen, framstod med all tydlighet när den grove Karlsson frågade:

»Vem fan är du? Och vad gör du här?«

Suparna han hade fått i sig började visserligen något bedöva hans hjärna, men inte värre än att han lätt kunde besvara dessa frågor.

»Jag heter Nord och jag är här för att ni bjöd in mig att få några supar!«

Karlsson och Söderbergskan såg på varandra.

»Få några supar!?« sade Söderbergskan med en något vässad ton. »Om du hade varit den vi trott och inte någon annan, hade vi bjudit på brännvinet, men nu är du inte den vi trodde och eftersom du är någon annan än den vi trodde, blir det allt att betala för suparna!«

Denna långa mening hade svårt att få plats i Nords något överlastade hjärna så han nöjde sig med att konstatera att suparna skulle betalas.

Han kände att de småmynt han hade i fickan brände som ville de tala om att de var de sista han för tillfället ägde. Den tidigare krogrundan hade beskurit hans innehav av kontanta medel högst avsevärt, och han tvivlade på att det han hade kvar skulle räcka till för att täcka kostnaden för brännvinet han druckit.

Att vägra betala förstod han inte skulle vara ett tänkbart alternativ. De två kvinnorna hade han antagligen klarat av på egen hand, men den storväxte Karlsson ville han framför allt i världen inte gå in i närkamp med.

Med en uppgiven suck lade han upp de mynt han hade på bordet och tillade:

»Detta är allt jag har.«

Söderbergskan stirrade med en förvånad och samtidigt missnöjd blick, likt en hund som av sin husse endast serverats halva mängden av den förväntade matransonen.

Tystnaden sänkte sig nu i det lilla rummet.

Nord väntade på att någon av de tre skulle reagera och han stålsatte sig inför tanken att denna eventuella reaktion sannolikt skulle innehålla en del våld.

Det sägs att vid en annalkande fara, och när kroppen ställer in sig på försvar, hjärnan sätts på högvarv. Informationskanalerna mellan dess olika centra rensas på all sköns skräp och hinder. Minnesbanker genomsöks på jakt efter något i den prekära situationen användbart.

Och se! Trots att alkoholen i Emil Nords hjärna gjorde allt för att sätta käppar i hjulet för ett framgångsrikt resultat i detta sökande, framträdde till slut något som kunde vara passande.

Han kunde inte låta bli att känna en viss tillfredsställelse vid denna upptäckt och sade med ett leende.

»Jag är rädd att ni måste nöja er med dessa få mynt.«

Därefter gjorde han en liten paus då han samtidigt antog en eftertänksam min, som om han just erinrat sig något viktigt angående problemet med betalningen, vilket han inte alls gjorde. Han genomfors nämligen av en stor tvekan om det var klokt att framlägga det han just ämnade anföra. Det kunde sluta i obehag för honom själv. Obehag var kanske inte rätt ord, tänkte han. Snarare våld eller ännu värre. Han kände emellertid att han inte hade något annat val.

»Vad jag vet så är servering av alkohol på alla ångfartyg förbjuden då man ligger i hamn. En information om det som skett här skulle kanske intressera både polis och åklagare,« fortsatte han och reste sig som om han var på väg att lämna fartyget.

Söderbergskan kastade en något överraskad och orolig blick mot Karlsson. Sedan gjorde hon en tydlig nick mot kabyssdörren.

Vad kunde detta betyda? undrade Nord oroligt. För sitt inre såg han en massa olika bilder. Allt från att Karlsson vänligt men bestämt skulle be honom lämna fartyget, till ett slut ned i vattnet med en sten fäst i hans bundna fötter.

Det som nu hände var något mitt emellan. Karlsson grep Nord i nacken och föste honom ut genom dörren, ut på däck för att sedan kasta upp honom på kajen.

Nord landade på alla fyra, skrapade både knän och handflator mot stenbeläggningen samt stukade ena foten.

Ett kort ögonblick fylldes han med harm och ilska över hur han hade behandlats, men ändrade sig då han insåg att han faktiskt fått fyra stora supar nästan helt gratis. Kvällsäventyret förvandlades således raskt från ett misslyckande till en framgång, och han kunde inte låta bli att le en smula då han haltande och vinglande påbörjade vandringen hemåt.

Ej sällan händer det att glädje över en oväntad framgång plägar tas ut lite väl hastigt och utan eftertanke. Så även i detta fall.

I ett gathörn och stödd mot husväggen stötte Nord ihop med nattpatrullerande poliskonstapel Wasser. Nord kände mycket väl till den skånske polismannen då denne vid ett flertal tillfällen förpassat honom att sova av sig ruset i stadens häkte.

Han visste också att Wasser var den mest nitiske tjänstemannen som stod att finna och således inte skulle vika en tum från det gällande reglementet för patrullerande polisman.

Ingen idé att göra motstånd eller försöka prata sig ur situationen således.

En vecka senare, efter att ha dömts att betala de sedvanliga 10 kronor i böter för fylleriet, kan man tycka att incidenten på ångfartyget kunde läggas åt sidan och glömmas bort. Så icke i detta fall.

Emil Nord var missnöjd, för att inte säga förbittrad. Inte så mycket för de böter han tvingats betala, vilka han för övrigt ansåg kunde skrivas upp på Söderbergskans konto, då han ju fått de fyra suparna nästan gratis. Nej, det skavde av en irriterande tagg i kroppen över den behandling han utsatts för. Något måste göras för att lindra denna smärtande åkomma.

Funderingar på att anmäla Söderbergskan till polisen för den olaga sprithanteringen fanns som ett alternativ. Brottet skulle anses som allvarligt, böterna bli höga med en eventuell förlust av tillstånd att servera alkohol. Det skulle bli ett hårt slag för henne.

Detta uppslag förkastades emellertid ganska raskt. Ett straff utdömt av rättsväsendet räckte inte. Dessutom hade han inga bevis eller vittnen. Ingen skulle antagligen tro honom.

Nej, denna konflikt var personlig.

Kort sagt:

Om Söderbergskan skulle straffas var det han själv som skulle stå för verkställandet. Att trampa på Emil Nord skulle kosta. Han hade varit soldat liksom flera av hans förfäder och nog visste han att försvara sig om så behövdes.

En dryg vecka hade förflutit sedan det skymfliga brottet mot honom begåtts. Nu var det tid att skrida till handling!

De följande kvällarna gick åt till övervägandet av olika alternativ. Att kroppsligen skada den bedrägliga Söderbergskan var inte att tänka på. Nej, att med våld ge sig på kvinnor ansåg han vara den lägsta formen av mänskligt beteende.

Att skrämma en kvinna som behövde läxas upp, kunde däremot gå för sig. Planerna för en sådan aktion tog så småningom form.

En sen kväll kunde han så konstatera att allt var klart.

Det skulle bli ett sjusärdeles fyrverkeri vid hamnen!

Småskrattande åt sin egen påhittighet beslöt han att fira allt med en sup.

Det kunde han vara värd.

I planen för hämndaktion ingick till en början rekognosering och spaning. Ångfartyget Örnen på vilket Söderbergskan hade sin tjänst som restauratris, gjorde tre resor till Stockholm varje vecka och låg således inte i hamnen varje natt.

Nord var nu helt uppfylld av det uppdrag han givit sig själv. Det gick så långt att han försummade sina vanligtvis regelbundna krogbesök. I stället fanns han titt som tätt vid hamnen under mörka kvällar, spanande bakom ett buskage eller en husknut. Allt detta för att säkerställa om Söderbergskan tillbringade nätterna på fartyget eller ej.

Resultatet av hans spanande gav ett nöjaktigt svar. Hon stannade på fartyget nattetid, vilket fyllde honom med tillfredsställelse. Detta var nämligen förutsättningen för att hans plan skulle fungera. Huruvida någon av besättningsmännen eller systern fanns kvar på fartyget kunde han inte utröna. Det var i vilket fall ointressant.

Det var Söderbergskan som var målet.

Emil Nord hade, som sagt, i sin ungdom varit soldat, liksom fadern och farfadern. Hans far hade odlat ett genuint intresse för vapen och sprängmedel och samlat på sig både det ena och det andra. Allt detta hade han ärvt vid faderns död och låg undanstoppat i en jordkällare på den lilla tomten som nu var hans.

Hans egna intressen vad gällde vapen och sprängämnen var begränsade, men han var tekniskt begåvad och kunde relativt lätt räkna ut hur man bäst skulle kunna nyttja dessa om det behövdes.

Dessa kunskaper kom nu väl till pass. Han skulle nämligen tillverka en bomb. Ingen stor sådan. En lagom stor som inte gjorde för mycket skada – kanske några utslagna fönster eller en spricka eller buckla på en fartygsvägg. Det var smällen som var det viktiga. Söderbergskan skulle slitas från drömmarnas land av ett hiskligt dån, och han själv skulle med ett leende på läpparna betrakta kaoset där Söderbergskan skräckslagen och förvirrad irrade runt och skrek på hjälp.

Så såg hans plan ut.

Som emellertid alla vet kan även den bästa av planer vara behäftad med svagheter och förbiseenden. Även fru Fortunas eventuella inblandning måste beaktas. Ren otur kan stjälpa en plan, hur genomarbetad den än må vara.

Emil Nord var dock helt övertygad om att hans utarbetade plan var helt vattentät, och att han skulle inkassera sin hämnd då han i mörkret smög sig ned mot hamnen med bomben under armen.

Natten var perfekt. Månen doldes till större delen av moln vilket gjorde att mörkret var djupt men inte helt kompakt. Det svaga ljuset var tillräckligt för att han skulle kunna orientera sig när han väl kom fram till hamnen. Han kunde givetvis inte medföra en lykta. Nej, allt skulle ske i mörkret.

Han skulle osynlig dyka upp i nattens mörker, aptera bomben på fartygsdäcket samt försvinna uti natten som en gäckande vålnad.

Åtminstone den första delen av planen visade sig fungera.

Framme på kajen stannade han och lyssnade. Inga ljud hördes. Alla ljus var släckta på fartyget. Timmen var sen och Söderbergskan sov med all säkerhet i sin koj.

Försiktigt tog han sig ut på fartygsdäcket. Bomben med vidhängande stubin var klar. Nu skulle den bara placeras på rätt ställe samt tändas på.

Ett förbiseende i Nords plan, som nu kom att sätta käppar i hjulet för fortsättningen, var hans totala okunskap gällande geografin på ett fartygsdäck.

I mörkret kunde fällorna inte undvikas, vilket resulterade i att han snavade över ett okänt föremål, föll raklång på däcket samt tappade sin bomb, som med ett tydligt plask, efter att den fallit över bord, förkunnade att hela aktionen hade misslyckats.

Ingen explosion.

Ingen skrämd Söderbergska.

Ingen hämnd.

En sjöfågel av något slag, var den ende som uppmärksammat händelsen. Skrämd av plasket samt efterföljande rad av svordomar, tog den det säkra före det osäkra och flydde till ett lugnare område av hamnen.

Nord lyssnade spänt där han låg. Hade någon hört honom?

En svidande smärta i ena knäet förkunnade att han åter slagit sig blodig. Det var som om någon illasinnad makt ville påminna honom om hur det förra besöket på fartyget slutat med smärtande knän och stukat sinne.

Allt förblev emellertid tyst. Söderbergskan hade inte vaknat.

Försiktigt tog han sig upp på kajen och lommade slokörad och besviken ut i mörkret. Hans plan hade misslyckats. Oturen hade grinat honom hånfullt i ansiktet.

Denna motgång skulle kanske få honom på andra tankar, kan man tycka, men att ge upp och låta Söderbergskan avgå med segern fanns inte för en sekund i hans huvud.

Första slaget var förlorat, men kriget var inte slut.

Ilskan och förbittringen över motgången härjade hans sinne under flera dagar. Han kände sig nu dubbelt kränkt. Kriget hade trappats upp. Söderbergskan väntade ännu på hans hämnd och nu hade även båtjäveln sällat sig till hans fiender.

Nästa steg krävde grövre doningar!

Harmen och indignationen gav så småningom vika och mer klara och rediga tankar intog hans hjärna. En ny plan måste utarbetas.

En bättre och mer genomtänkt sådan, där alla eventuella osäkra faktorer var medräknade och beaktade.

Söderbergskan skulle inte komma undan.

Och fartyget?

»Man skulle fan ta och sänka båtjäveln«, tänkte han högt där han satt vid det lilla bordet i köket.

Men, hur skulle det gå till? Han viftade otåligt undan den så hastigt uppkomna tanken.

Men vänta nu!

Plötsligt så stod allt klart för honom!

Kanonen!

Den lilla kanonen hans salig far tillsammans med allsköns andra vapen och krigsattiraljer samlat på sig, låg ju fortfarande i jordkällaren. Den fungerade säkert fortfarande.

Det hade den åtminstone gjort vid invigningen av järnvägen, då fadern lånat ut sin kanon till att skjuta salut då tåget med kung Oscar anlänt. Det hade visserligen varit över tjugofem år sedan, men vad var tjugofem år för en kanon?

Efter lite letande i den mörka jordkällaren fann han den. Den satt fästad på en trälavett och var inte tyngre än att han kunde lyfta den.

Han fylldes med ens av en sällsam lycka.

Äntligen log de oberäkneliga gudarna mot honom. Krut hade han redan. Allt hade inte gått åt till den olycksaliga bomben.

Men ammunition?

Var hittade han den?

Efter en stunds letande fann han den. En trälåda med järnkulor. Han sände en tacksamhetens tanke till fadern. En tanke som dock förbyttes i besvikelse då det visade sig att kulorna var för stora. De var uppenbarligen tänkta för en större pjäs.

Problemet var emellertid inte värre än att det kunde åtgärdas. Det skulle innebära en hel del arbete och ansträngning, men det var han villig att ta. Någon annan utväg fanns inte.

Under många kvällar filade han på järnkulorna. Spån för spån minskade de i storlek. Händer och fingrar värkte, men han gav inte upp.

Till slut hade han två järnkulor som passade den lilla kanonens eldrör. En skulle användas till en provskjutning, den andra till själva anfallet.

Försynen hade i sin nåd låtit placera den gård Emil Nord ärvt av sina föräldrar i utkanten av staden ej långt från dess hamn, där nästa kapitel i denna historia skulle komma att utspelas.

Detta gjorde allt så mycket lättare för den förödmjukade och kränkte före detta soldaten när den nya planen på hämnd skulle sjösättas.

Sjösättas var just det rätta ordet. Nord hade under sin aktiva tjänst som soldat varit infanterist. Hans plan medförde denna gång ett tillfälligt återbesök i det militära, dock inte som infanterist. Han var nu i besittning av en kanon med vilken han hade för avsikt att, i bästa fall sänka det fartyg han själv kallade »båtjäveln«, men som annars gick under namnet Örnen.

Om nu sänkningen skulle misslyckas var han säker på att ett kanonskott åtminstone skulle skrämma nattsärken av Söderbergskan, och det räckte för honom.

Att endast ställa upp en kanon på lämpligt avstånd och bombardera fartyget skulle inte vara så svårt. Problemet låg i att i tid hinna undan efter skottet, som säkert skulle väcka många boende i närheten.

Han skulle få sin hämnd utan att bli upptäckt, var tanken.

Visserligen kunde han lyfta kanonen, men den var allt för tung för att kunna tas under armen och rusa från brottsplatsen. Dit och hemtransport måste ske med en kärra som han själv skulle dra. Någon häst ägde han inte och ingen skulle väl låna ut en sådan mitt i natten utan att ställa besvärande frågor.

Under sina rekognoseringsturer hade han upptäckt att längs den å som förband hamnen med sjön i söder, växte täta bestånd av alträd vilka sträckte sina grenar ut över vattnet.

I skydd av dessa kunde ingen upptäcka honom. Från landbacken gick det emellertid inte att på ett säkert sätt sikta in sig mot fartyget. Trädbestånden var för täta.

En bit ut i vattnet däremot, var sikten fri.

Den forne infanteristen Nord ämnade därför överge armén till förmån för flottan.

Hans plan såg således ut som följer:

Kanonen skulle fästas på en eka. Detta skulle ske vid en gammal brygga på säkert avstånd från själva avskjutningsplatsen. Med kanonen laddad skulle han sedan ro fram till ett lämpligt avstånd från målet, gömma sig bland trädgrenarna och därifrån avlossa skottet.

Efter skottet var tanken att han i skydd av mörkret tyst skulle ro och låta sig föras bort av strömmen tillbaka till bryggan, lasta av kanonen och försvinna med allt på sin kärra.

Av de två kulor han filat till hade han använt den ena till ett provskott. Han ville försäkra sig om att kanonen verkligen fungerade.

En sen kväll hade han avfyrat kanonen mot ett träd i skogen en bit från staden och visst hade den fungerat. Han hade träffat trädet mitt på stammen så flisorna rök varefter trädet långsamt vikt sig på mitten och fallit ihop.

Det som bekymrade honom en smula var den kraftiga rekylen. Kanonen hade hoppat ett gott stycke bakåt. Det kunde han inte tillåta i den lilla ekan.

Det problemet löste han genom att tillverka och fästa ett extra bord på ekan på vilket han sedan skulle anbringa kanonen med grova spikar och rep.

Så kom då natten då allt skulle ske. Mellan luckorna i molntäcket syntes gnistrande stjärnor och då och då kunde man se månens benvita sken spegla sig i det stilla vattnet. Detta tänkte dock inte Emil Nord på, när han tyst rodde sin eka mot den plats han valt ut som slutstation för sin expedition.

Väl framme spanade han mot målet. Allt var tyst och stilla. Han log och kände en pirrande upphetsning inför det som skulle ske.

Nu var det dags.

Han rättade till läget på ekan så att kanonen var riktad mot babords... eller var det styrbords reling? Strunt samma, tänkte han. Hans inhopp i flottan var ju endast synnerligen tillfälligt.

Kanonröret, som var laddat med krut och kula, siktade nu mot Örnen där Söderbergskan sov i godan ro.

Nord tände en tändsticka för att fyra av skottet.

»God morgon fru Söderberg! Dags att stiga upp!« mumlade han och tände på.

Som redan nämnts var Nord ingen sjöman. Vattnet var för honom lika främmande som ett fartygsdäck, och en liten eka kan bjuda på både en och flera obehagliga överraskningar om oturen är framme.

Det var den.

Samtidigt som han tände på, for en gnista upp på hans hand varför han hastigt drog undan den med påföljd att hela ekan gungade till, och i hans försök att kompensera detta lyckades han så när få hela ekipaget att kantra.

Resultatet av detta blev att kanonen i skottögonblicket kom att peka mer upp mot skyn än mot det tilltänkta målet. Den järnprojektil som var tänkt att träffa Örnen tog i stället en vid båge över fartyget, passerade några träd samt träffade den serveringskiosk som stod i parken vid åkanten, gick igenom taket och slog sönder två fönster för att därefter studsa vidare och med ett lågmält plask försvinna ned i det mörka åvattnet.

Som Nord redan konstaterat vid provskjutningen skulle rekylen vid skottet bli ett problem. Han hade haft helt rätt.

Vid skottet slet kanonen bort det extra bord han ditsatt. Nu visade det sig att han hade gjort arbetet lite väl grundligt. I stället för att endast lossna från ekan slet bordet bort en bit av aktern med påföljd att ekan och kanonen gemensamt gav sig av ned i djupet.

Nord själv hamnade även han i vattnet.

Det kalla vattnet gjorde att den ilska man kunnat förvänta sig efter ännu ett misslyckande, aldrig kom att hemsöka honom. Nu kände han sig endast trött, kall och uppgiven då han långsamt vandrade hemåt i den mörka augustinatten.

Den häftiga smällen och skadorna på kiosken i parken uppmärksammades givetvis dagen därpå. Ingen kopplade dock samman de två händelserna.

Dånet som väckt flera personer ur sin nattsömn kunde man inte förklara.

Runt skadorna på kiosken resonerades det dock en hel del under de närmast påföljande dagarna.

Kanske var det en sten från världsrymden som slagit ned, eller möjligen ett försök till inbrott, ett meningslöst nidingsdåd utfört av några av stadens ohyfsade slynglar, eller något annat okänt som låg bakom förstörelsen.

Någon teori om att det skulle ha rört sig om ett misslyckat kanonskott, riktat mot ångfartyget Örnen, varvid i stället kiosken i parken vid ån hade träffats, framlades dock aldrig vad man vet.

ETT RÄTTAT MISSTAG

Hjalmar Leonard Svensson var ingen framstående person. Det tyckte ingen, inte ens han själv. Kortväxt och en smula fyllig med grått hår och oftast klädd i oansenliga kläder, var det lätt att han försvann i mängden. Egentligen hade han nog inget emot att inte synas eller höras, åtminstone om han själv finge bestämma.

Nog kunde han ibland höja rösten eller begära ordet i en diskussion. Och visst hade han då och då kloka saker att säga, men hans framträdanden på den sociala scenen var korta och ganska sällsynta.

Ändå hade han under sitt dagliga värv under de senaste trettio åren haft många människor omkring sig, men att vistas på samma plats innebar inte med självklarhet att man umgicks närmare. Inte i Hjalmar Leonard Svenssons värld.

Han tillbringade dagarna i stadens folkskola, en någorlunda pampig tvåvåningsbyggnad med sex lärosalar, lärarbostad, förrådsutrymmen samt ett rum i källaren för dess vaktmästare.

Det var där – i källaren som vaktmästare han utförde mycket av sitt arbete.

Detta bestod i lagandet av skadade och trasiga stolar, elevpulpeter, bänkar, andra möbler samt en del undervisningsmateriel såsom skrivtavlor, räknetabeller och kartor samt mycket annat. Han hade t.o.m. en gång lyckats laga en felande orgel utan att egentligen ha några kunskaper om dess konstruktion, men han var tekniskt begåvad och var inte rädd för att ibland använda oprövade metoder.

Skolans överlärare Fredrik Oscar Björk hade, vid några få tillfällen, uppmärksammat hans insatser, men endast vid situationer då de två av en händelse stött på varandra, och aldrig i mer publika sammanhang.

Vidare hade han under många år då och då ersatt lärare i klassrummen då de varit sjuka eller indisponibla av andra orsaker. Rollen som lärare hade, tvärtemot vad han själv och många andra trott, visat sig passa honom alldeles utmärkt. Han var mycket allmänbildad, och kunde på ett naturligt sätt förmedla kunskaper till lärjungarna. Matematikens värld tyckte han var fascinerande och han tänkte ofta något misslynt på hur försynen hindrat honom att fördjupa sig i ämnet.

Själv tyckte han nog att en del av undervisningen som vanligtvis bedrevs i lärosalarna var både tråkig och ineffektiv, åtminstone av det han sett då han tillfälligtvis befunnit sig i en lärosal där undervisning pågick.

Detta var givetvis något han behöll för sig själv, som så mycket annat.

På något sätt hyste de människor han dagligen kom i kontakt med ändå en slags respekt för honom, eller var det kanske enbart medlidande, kunde han ibland tänka. Han hade ju ändå arbetat på samma ställe i nära trettio år nu och de många tjänsteåren räknades kanske mer än hans insatser i arbetet.

Ingen av personerna på skolan hade funnits där då han påbörjat sin anställning, och kanske såg man honom som en relik från det förgångna, som man av sentimentala skäl lät vara kvar. Han var ju nu till åren kommen och förväntades säkert inte ha så många år kvar.

Ibland önskade han att livet hade blivit annorlunda, men med en vek överbeskyddande mor och en frånvarande far hade hans lott blivit denna.

Nu fanns ingen av dem kvar längre.

Fadern hade försvunnit tidigt. Han kunde inte riktigt minnas när, men det var inget han längre funderade över. Fadern hade alltid varit en icke-figur i hans liv. Faktum var att han inte alls kunde minnas hur han sett ut.

Var det av honom han hade ärvt sin något runda kroppsform och sitt glesa hår?

Varje gång han tänkte på detta – och det hade inte varit så ofta – slängde han tankarna smått irriterat åt sidan. Nu var det som det var och inget han kunde göra något åt. Han ägde själv sitt liv och ville han ändra något var det väl upp till honom att göra det. Nu när modern inte fanns längre var han helt ensam.

Han var den siste av sin ätt. Det arv som under generationer förts vidare genom släktleden och som till slut resulterat i honom skulle aldrig föras vidare.

Han var en återvändsgränd.

Ändå var han inte missnöjd med sitt liv, eller rättare sagt han hade inte varit missnöjd fram till nu.

Hjalmar Leonard Svensson hade nämligen till slut börjat fundera på sin tillvaro. Var det verkligen detta han ville? Att ändra den tid som varit, var som sagt omöjligt, men att bryta den väg som låg framför honom, och som endast var en fortsättning på hans tidigare liv, var kanske möjligt.

Hur detta skulle ske, hade han inte den minsta aning om. Dessa hans tankar var bara tillfälliga hugskott som drabbade honom när han med ålderns rätt börjat fundera över vad han gjort, och vad han åstadkommit under sin jordevandring.

Tveksamheten drabbade honom allt som oftast inför dessa nya tankar. Det var inte bara det att han kände sig vilsen och osäker inför ett annat vägval så sent i livet. Det skulle också kosta på i form av engagemang och åtaganden, och dessutom skulle en massa hinder säkerligen ständigt dyka upp, inte minst från honom själv. Därvidlag kände han sig själv allt för väl.

Om han bara hade haft någon nära vän att prata med om dessa tankar. Stöta och blöta argument, kanske över ett glas öl eller en kopp kaffe.

Men Hjalmar Svensson var som sagt en ensam man. Han brukade ibland skämta med sig själv genom att berätta att han var så ensam i sin barndom att inte ens hans påhittade hemliga lekkamrat ville veta av honom.

Att skämta bland andra skulle vara honom helt främmande. Tanken på att berätta en lustighet, som det visade sig att kanske ingen förstod eller ingen tyckte var rolig, fyllde honom med förfäran och skräck. Visst hade han hört och sett andra berätta misslyckade skämt, men ändå på något sätt kommit ur situationen oskadda. Men dessa människor var inte som han. De hade alla ett socialt kapital att ta av. En rustning byggd av förtroende, gemenskap och integritet.

Hjalmar Svensson ägde intet av detta.

I en bok hade han läst om hur någon uttalade sig om vad man åstadkommit i livet. Antalet gäster på din begravning visar hur framgångsrik du varit i livet, hade han läst. Vem skulle gå på hans begravning?

Han kunde faktiskt inte komma på någon enda.

Ibland kunde han bli lite trött på sig själv när sådana tankar dök upp i hans hjärna. Visst hade han väl gjort en del bra saker! Han hade skött sig och aldrig gjort något olagligt. Räckte inte det?

Dessutom var han en man att lita på. Om han åtog sig att göra något blev det också utfört. Nu var det ju inte så ofta han av egen kraft åtog sig något. Det var väl snarare så att folk runt omkring honom föreslog eller rent av beordrade honom att göra saker vilket också var naturligt då han ju var vaktmästare.

Man kan kanske föranledas att tro att han var viktig, för att inte säga oumbärlig, eftersom han utförde alla dessa uppgifter, men Hjalmar Svensson skulle aldrig bli oumbärlig. De sysslor han åtog sig kunde nästan vem som helst klara av.

Han var väl medveten om detta förhållande och ibland funderade han som sagt över sin situation. Vilken var hans plats i samhället? Livet hade blivit en enda lång rad dagar som passerade förbi. Den ena lik den andra.

Kanske kände många andra på samma sätt. Han visste inget om detta. Ingen pratade med honom om sådana saker. Att själv ta upp frågan om meningen med livet inför andra fanns naturligtvis inte i hans sinne.

Lättast var det att låta det hela bero.

Om nu livet endast bestod i dessa likartade dagar så fick det väl vara så. Han var beredd att acceptera detta eftersom alternativen föreföll honom omöjliga att ens fundera över.

Initiativförmåga och företagsamhet var visserligen ord som återfanns i hans vokabulär, men de saknade all förankring i de delar av hans person som i verkligheten styrde hans liv.

Hjalmar Svensson var en människa som egentligen inte behövdes. Det hade han själv kommit fram till. Världen skulle klara sig utmärkt utan honom.

Han kom ibland att tänka på historien om en tråkig och oansenlig man vid namn Nils Andersson som precis som han själv hade börjat fundera på sitt liv. Ingen brydde sig längre om honom. Han beslöt då att resa bort. Då skulle minsann folk undra, bli oroliga och sakna honom. Man skulle prata med varandra om hur illa man hade behandlat honom, och om han bara ville komma tillbaka skulle allt bli annorlunda. Han gjorde slag i saken och lämnade staden i gryningen en dag utan att någon märkte det.

Han stannade borta länge och återkom först efter tio år. När han så stigit av tåget vid återkomsten, skulle ryktet snabbt sprida sig att han kommit tillbaka. Folk skulle samlas runt honom och fråga var han varit och be honom berätta om allt han varit med om. De skulle säga att de saknat honom.

Så hade han tänkt.

När han så återvänt och nyss avstigen från tåget, stående på perrongen med sin kappsäck, kom en av hans forna grannar fram och sade:

»Jaså du Nils. Här står du med din kappsäck. Ska du ut och resa?«

Hjalmar kunde inte låta bli att småskratta när han mindes den historien. Det kunde ha varit jag, tänkte han.

Var det kanske så att det inte fanns någon självklar rätt att finnas till? Även om man blivit född och bevisligen fanns till? Hade naturen, eller ödet, eller Gud gjort ett misstag? Hade han tagit någon annans plats? Någon som skulle ha uträttat saker och varit viktig för mänskligheten?

Han funderade som sagt mycket på detta. Inte så att någon i hans omgivning lade märke till något. Självklart hade han ingen att tala med om detta. Det skulle just se ut det. Att han skulle berätta för någon om sina känslor och om tankarna om att han kanske inte borde finnas till. Han visste inte själv vad han var räddast för. Att andra skulle skratta åt honom eller om de rent av skulle hålla med honom.

Som allt annat i hans liv kunde dock även detta för tillfället läggas åt sidan. Med tiden förbleknar ju minnet och när sommaren så sakta övergick i höst hände en dag något som skulle förändra Hjalmar Svenssons liv.

Då och då inträffar nämligen händelser som vore de styrda av de högre makternas godtycke och som till synes helt slumpmässigt träffar sina mål.

Denna dag utgjorde Hjalmar Svensson ett sådant mål. Naturligtvis var han själv till en början helt omedveten om detta, och dagen såg först ut att bli alla andra dagar lik.

Efter en dag av arbete gick han som vanligt mot sitt hem, genom parken vid ån. Augustivärmen var tryckande och det kändes att ett åskväder var på väg.

Innan han hunnit ut ur parken öppnade sig himlens portar och regnet piskade med ens ihärdigt mot marken. Hjalmar tog skydd under ett tätt träd för att undgå störtregnet. En åskknall hördes och han tänkte att hans val av regnskydd kanske inte hade varit så klokt.

Att stå intill ett träd vid åskväder var något man borde undvika. Det visste han. Han var som sagt mycket allmänbildad, men hur stor var denna risk egentligen?

Hade han någonsin hört talas om någon som skadats under ett träd vid ett åskväder? Ja, kanske, men det måste ha varit långt tillbaka i tiden.

Många människor måste genom åren ha befunnit sig i hans situation under ett träd, men hur många hade egentligen råkat illa ut?

Väldigt få, konstaterade han och stannade kvar under trädet.

Han var inte främmande för matematikens värld och resonerade nu högt för sig själv.

»Sannolikheten för att just jag, just denna dag skall bli träffad av blixten, måste vara ytterst liten, ja nästan försumbar,« mumlade han tyst för sig själv.

Nu betyder ju det där med försumbar platt intet om slumpen just denna dag, av någon outgrundlig anledning, pekat med sitt trollspö just mot ett träd i en park i den småstad där Hjalmar Leonard Svensson levde sitt innehållslösa liv.

Knappt hade ordet »försumbar« lämnat hans läppar förrän han upplevde ett starkt ljussken, en öronbedövande knall samt hur en jättelik hand lyfte honom och slungade honom mot marken.

En stund senare hittades han livlös bredvid ett träd som kluvits ända ned till marken av blixten. Det osade bränt och små slingor av rök kämpade sig upp genom luften trots det ihållande regnet.

Hjalmar fördes till sjukstugan där han inom kort förväntades lämna detta glädjelösa jordeliv, till förmån för den himmelska evigheten där enbart lycka och harmoni råder.

Ingen, konstaterade man, kunde överleva en sådan olycka.

Men Hjalmar Leonard Svensson var, som sagt, inte som andra.

I tre dygn låg han i vad som verkade vara en djup sömn.

På morgonen den fjärde dagen vaknade han upp.

Man skulle kunna tycka att han rimligtvis borde ha undrat över var han befann sig och varför.

Det gjorde han inte.

»Jag är hungrig. Ge mig mat!« sa han i en uppfordrande ton, då en sköterska närmade sig.

För dem som kände till honom och hans tillbakadragna liv var detta mycket anmärkningsvärt. Det gjorde stadsläkare Östman en smula konfunderad. Som stadens läkare hade han någorlunda kännedom om invånarna, även om han träffat just Hjalmar Leonard Svensson mycket sällan som patient.

Den Hjalmar Svensson som var honom bekant, skulle inte ha uttryckt sig som han nu gjort. Han skulle över huvud taget inte ha sagt någonting utan att först blivit tilltalad.

Men, å andra sidan kunde ju en sådan hemsk upplevelse som Svensson råkat ut för, givetvis få vem som helst att uppträda märkligt.

Doktor Östman nöjde sig med detta konstaterande, såg till att patienten fick frukost samt sade åt honom att stanna i sängen. Han ämnade nämligen återkomma om en stund för att närmare undersöka hans tillstånd.

När han återkom var emellertid Hjalmar borta.

»Hm«, tänkte doktor Östman. »Ytterst besynnerligt.«

Att Hjalmar Svensson inte gjort som han blivit tillsagd, var onekligen besynnerligt, men det var ingenting doktor Östman kunde göra något åt.

Den förvåning Hjalmar Svensson orsakat genom sitt uppträdande på sjukstugan, kunde dock inte mäta sig med den förundran hans ankomst till skolan gav upphov till redan samma dag.

När man förväntar sig att en person som vanligt skall smyga in på sin arbetsplats via bakdörren utan att märkas, endast eventuellt hälsa med en försiktig och reserverad nick, samt tyst och stilla ta sig an de arbetsuppgifter som väntade, i stället gör entré genom huvudingången för att därefter med bestämda steg marschera genom hela skolbyggnaden hälsande på alla vuxna såväl som lärjungar, inträder med ens ett allmänt tvivel angående tingens tillstånd i allmänhet och det mentala dito hos denne person i synnerhet.

Visserligen försvann han så småningom ned till sin verkstad i källarvåningen, men kvar låg ännu en tyst förundran i skolsalar och arbetsrum denna förmiddag.

Naturligtvis förknippade man den vanligtvis så timide vaktmästarens uppträdande med olyckshändelsen med blixtnedslaget, och man förutsatte samtidigt att detta tillstånd snart skulle gå över.

Det gjorde det inte.

Någon eller några dagar kunde man ha överseende med vaktmästarens nya uppträdande, men sedan tröt tålamodet bland skolans lärarpersonal, med överlärare Björk i spetsen.

Plötsligt hade man fått en person ytterligare att ta hänsyn till. Hjalmar Svensson hade visserligen både funnits till och haft sin arbetsplats på skolan, men ingen hade behövt bry sig om honom.

Man hade inte talat med honom.

Man hade inte sett honom.

Han hade inte tagit plats.

Alla var nu överens om att den förändring som skett inte hade varit till det bättre.

Hjalmar syntes nu mer uppe i lektionssalarna, till synes sysselsatt med något arbete. Dessvärre lät han ganska omgående uttrycka åsikter om den rådande undervisningen. Eftersom dessa åsikter allt som oftast kunde tolkas som kritik över hur arbetet bedrevs, fann snart överlärare Björk en hög klagomål liggande på sitt skrivbord.

Något måste göras!

Han såg sig nödsakad att tillkalla Hjalmar för ett samtal.

Överlärare Björk såg inte fram emot ett sådant. Han tyckte inte om konflikter. Under de många åren som lärare hade han funnit att en del konflikter gick över av sig själva, om man bara undvek att lägga sig i.

Efter att alltid ha arbetat utefter denna metod, stod han nu utan erfarenhet vad gällde aktivt lösande av stridigheter.

Vart var världen på väg? tänkte han. Tidigare hade vaktmästaren endast bockat tyst och lommat i väg då han tilldelats en arbetsuppgift. Nu kunde man inte alls veta vad som skulle hända.

I sin tvekan inför denna grannlaga uppgift, beslöt han att i alla fall vänta en dag ... eller kanske två.

Under tiden hade Hjalmar Svensson tagit hand om en klass då dess lärare blivit sjuk. Då matematik stod på schemat hade lärjungarna, som vanligt, plockat fram sina böcker, griffeltavlor och hartassar för att i tysthet arbeta sig igenom ännu ett stycke i »Folkskolans Räknebok« där föga upphetsande uppgifter om karlar som grävde diken och om gummor som köpte kaffe, trängdes med herr A som hade mer pengar på banken än herr B, allt hämtat från verkligheten utanför skolans väggar.

Mycket förvånade blev emellertid barnen, då de ombads att åter stoppa tillbaka sina böcker i sina pulpeter.

Under flera lektioner kunde man så höra hur Hjalmar tog med lärjungarna på en resa i geometrins underbara värld, genom att berätta om kvadrater, diagonaler och trianglar med hjälp av Egyptens pyramider. Vidare kunde man se honom och hela klassen ute på skolgården i färd med att, med hjälp av snören och pinnar, rita cirklar och andra geometriska figurer i gruset.

Många tvivlande och förskräckta blickar riktades ut genom skolans fönster mot spektaklet ute på skolgården.

Undervisning utomhus!?

En sådan befängd tanke! Att ta sina lärjungar utomhus kunde man möjligen tänka sig i studerandet av växter och småkryp eller för gymnastiska övningar, men inte i räkneläran!

Suckar utandades och huvuden skakades.

Vaktmästaren hade nu definitivt gått över gränsen.

Lärjungarna måste genast tillbaka till lärosalen!

Överlärare Björk var som vanligt tveksam. Kanske vore det ändå bäst att vänta till rasten. Då skulle ju problemet lösa sig självt.

Till slut gick det inte att undvika. Hjalmar Svensson måste tillkallas för ett tillrättavisande samtal.

Överlärare Björk kände sig nervös.

Nog visste han vad han skulle säga, men frågan var hur den så märkligt förvandlade vaktmästaren skulle reagera.

Nu blev emellertid detta samtal inte alls vad han hade förväntat sig.

Innan han ens hunnit inleda samtalet, förkunnade Hjalmar Svensson att han från och med nu inte skulle ha tid att ersätta sjuka lärare, även om han var säker på att han kunde undervisa barnen lika bra som någon av lärarna på skolan.

Detta sista konstaterande fick Björk att protestera.

»Nu måste jag nog säga ifr…«

»Jag kommer att ägna mycket tid på ett arbete jag påbörjat«, avbröt Hjalmar. »Överläraren behöver inte vara orolig. Det kommer inte att inkräkta på de sysslor jag förväntas utföra som vaktmästare.«

Björk kom på sig själv med att helt tappa bort den tillrättavisning han så omsorgsfullt planerat.

Så många ord hade ingen hört komma från Hjalmar Svensson sammanlagt under hela den tid han arbetat på skolan.

»Jag håller på att konstruera en räkneapparat, som kommer att revolutionera räknekonsten, om överläraren vill veta,« fortsatte Hjalmar.

Det ville överläraren inte.

»Jasså minsann,« var det enda denne kunde förmå sig att säga. Hans hjärna hade nämligen fullt upp med att med tillfredsställelse konstatera att hans mångåriga metod att låta konflikter lösa sig själva ännu en gång visat sig fungera, bara man inte i onödan lade sig i.

När så vaktmästaren i fortsättningen mest kom att vistas i sin verkstad, utan att störa undervisningen, prisades överläraren allmänt både i och utanför skolan för hur han på ett resolut sätt löst det uppkomna problemet.

Alla var således nöjda.

På eftermiddagar, kvällar och helgdagar arbetade Hjalmar på sin maskin. Kugghjul, fjädrar och linor sattes på plats. Sifferhjul, graderade stänger och trycktangenter placerades i ett inbördes komplicerat mönster, allt enligt den invecklade ritning han på egen hand hade förfärdigat.

Det skulle bli en underbar maskin. Inte enbart matematikens alla räknesätt skulle den klara av. Solen, månens och planeternas vandring över himlavalvet skulle avslöjas i minsta detalj. Ännu oförklarliga samband som naturen hemlighållit sedan tidernas begynnelse skulle blottas.

Hjalmar Leonard Svensson borde ha känt sig lycklig. Det gamla trista livet var borta, men inga sådana tankar berörde hans inre. Hela hans tillvaro kretsade nu runt räknemaskinen som långsamt växte i hans lilla verkstad. Han hade ingen tidsplan för arbetet. Det fick ta veckor, månader eller år. Tiden var inte viktig. Allt han hade i sitt huvud var den underbara räknemaskinen.

Hans kontakter med världen utanför vaktmästarverkstaden, blev nu om möjligt ännu mer sporadiska än tidigare, men detta betydde för honom platt intet.

För honom hade nu livet fått en mening, men i denna mening ingick ännu inte att få bli en del av den sociala samvaron han tidigare så hett längtat efter. Nej, att få utföra och fullgöra en honom given uppgift, var allt som betydde något än så länge.

Decenniers instängda och bortglömda krafter släpptes lösa inom honom. Idéerna verkade aldrig ta slut och nätternas drömmar fylldes med nya lösningar och tekniska förbättringar som genast måste präntas ned på ritningen. Det var som om någon hela tiden planterade nya ingivelser i hans huvud, men någon tid att fundera över detta obegripliga faktum hade han inte.

Hösten över gick i vinter som sedan följdes av vår. Hjalmar arbetade oförtrutet vidare på sin räknemaskin som nu växt till nära två alnars längd och en aln i höjd.

Efter att noggrant provat de delar som i stort sett var färdigkonstruerade, kunde han konstatera att maskinen verkligen skulle fungera, och han kände en lätt besvikelse över att han ännu inte kunde visa maskinen för någon. Men, tänkte han, ingen skulle ändå begripa något av dess funktion.

Han var fullt medveten om att ingen egentligen brydde sig om vad han sysslade med i sin verkstad, och att alla var nöjda med att han mest höll sig undan. Att han då och då utförde normala vaktmästarsysslor i skolsalar och andra utrymmen kunde man acceptera, men det andra han arbetade med ruskade man enbart på huvudet åt, i den mån man överhuvudtaget ägnade det en tanke.

Men det skulle komma en dag.

Då skulle han visa den underbara maskinen och världen skulle häpna över dess snillrika konstruktion. Han skulle slutligen få en plats bland alla andra i samhället. Det var inte berömmelse han längtade efter. Att äntligen, på sin ålders höst, få vinna respekt och anseende bland andra, räckte gott och väl för honom. Han skulle då befästa sin rätt att finnas till och en gång för alla säga farväl till alla tankar om att han skulle ha varit ett naturens misstag.

Det som sedan hände visar hur nyckfull tillvaron kan vara. Livet kan av obegripliga anledningar ta helt andra vägar än vad man förväntat sig.

En aprildag med gnistrande sol och fågelsång i luften var Hjalmar Svensson på väg hem. Arbetsdagen var slut och han ämnade intaga en lättare måltid, innan han åter skulle styra stegen mot skolhuset och vaktmästarverkstaden. Räknemaskinen låg där väntandes på ytterligare några steg mot det slutgiltiga fullbordandet.

Han tog som vanligt vägen genom parken vid ån, och passerade den plats där olyckan under trädet hänt ett drygt halvår tidigare. Han var dock alldeles för upptagen med tankar på räknemaskinen för att ens ha tid att med ett ögonkast uppmärksamma platsen.

Samtidigt i andra änden av staden, där det gamla tullhuset en gång i tiden legat, befann sig Oscar Sundberg, klädd i en sportskjorta och knälånga byxor. Bredvid sig hade han sin velociped av märket Victor. Han stod just i begrepp att ta en tur på sitt fordon, nu när vädret var gynnsamt för en sådan aktivitet.

Han satte sig upp och trampade i gång ekipaget i riktning ut från staden. Samtidigt kom, från det andra hållet, en hästdragen kärra.

När de två möttes höll Sundberg ut till kanten av vägen, väl medveten om en del hästars nervösa inställning till velocipedryttare.

Måhända hade det varit bättre om han stannat helt och släppt förbi den mötande. Han råkade nämligen komma för långt ut mot vägkanten, tappade kontrollen och slutade i diket med ett gnisslande ljud från bromsar, blandat med hans egna högljudda eder och förbannelser.

För hästen, som för övrigt också gick under namnet Viktor, blev detta för mycket. Ryttare sittande på en för honom lätt igenkännbar artfrände, hade han inget emot. En ryttare på en häst försedd med två hjul däremot, skapade stor förvirring i hans sekelgamla nedärvda instinkter.

Kort sagt:

Viktor drabbades av panik.

Detta resulterade i en vild flykt från den obehagliga platsen. Unge bondsonen Johansson hade på sin kuskbock ingen möjlighet att stoppa den vilda flykten. Han kastades i stället av och hamnade i samma dike som Sundberg, som nu så smått började inse vad han ställt till med.

Det herrelösa ekipaget fortsatte i hög hastighet längs huvudgatan i riktning mot stadens torg. Folk som såg vad som hände sökte skydd och luften fylldes av varningsrop.

Hjalmar Svensson vars uppmärksamhet var helt inställd på tankar runt räknemaskinen, stod just i begrepp att korsa huvudgatan på sin väg mot hemmet.

Han såg inte den skenande hästen.

Han hörde inga varningsrop.

Hästen verkade ha upptäckt människofiguren framför honom, och tydligen fanns någonstans inom honom en inlärd kunskap att inte springa över varelser i människostorlek, varför han väjde undan framför den intet ont anande Hjalmar. Det gjorde emellertid inte den efterföljande kärran.

Den träffade Hjalmar och slog honom i marken där han blev liggande med ett blödande sår i huvudet.

Som om den anade att något oerhört hänt, stannade hästen och lät sig infångas.

Hjalmar fördes till stadens sjukstuga där han undersöktes av stadsläkare Östman som kunde konstatera att skadorna på patientens huvud var av sådan art, att han fruktade det värsta. I vilket fall fanns inget att göra än att vänta.

Tiden skulle utvisa om Hjalmar Leonard Svensson skulle vakna ur sin medvetslöshet eller inte.

I tre dygn låg han – åter en gång – i vad som verkade vara en djup sömn.

På morgonen den fjärde dagen vaknade han.

Denna gång yttrade han först ingenting.

När doktor Östman närmade sig undslapp honom ett svagt rosslande: »Vad...«

Östman berättade om olyckan med hästen samt förberedde sin patient att sjukhusvistelsen denna gång kunde bli lång.

Hjalmar låg snällt kvar i sin säng och lät sig vårdas under två veckor. Alla tankar på den underbara räknemaskinen var borta. Åtminstone hörde ingen honom tala om den.

Olyckor har, som alla vet, en obehaglig tendens att inte alltid komma ensamma. Sålunda drabbades skolbyggnaden av en brand under Hjalmars sjukhusvistelse. Den flygel i vars källare vaktmästarens verkstad var belägen brändes ut helt. Resten av skolbyggnaden kunde räddas efter en heroisk kamp från brandmanskapet vid stadens brandkår, samt det faktum att just då elden såg ut att sprida sig, ett häftigt regn skrinlade alla sådana försök från den röde hanen.

Det var nästan som att någon högre makt beslutat sig för att ett klassrum samt verkstaden i källaren där under, och inget annat, skulle offras åt förgängelsen.

Av den lilla flygeln fanns endast några sotiga brädstumpar kvar och i verkstaden påminde endast svarta rester av kugghjul och numrerade knappar om Hjalmars räknemaskin. Alla ritningar hade också blivit lågornas rov. Den underbara räknemaskinen som ännu ingen sett var för alltid borta.

Skadan på byggnaden var inte värre än att den nedbrunna delen snabbt kunde byggas upp, och efter en tid syntes åter Hjalmar Svensson på sin arbetsplats lagande möbler, skrivtavlor och andra inventarier.

Någon åsikt om undervisningen, eller om något annat rörande arbetet i skolsalarna hördes aldrig mer från honom.

Tyst och utan att någon lade märke till honom, utförde han sina sysslor. Aldrig hörde någon honom nämna den nu helt förstörda räknemaskinen. Om han nu funderade på detta i sin ensamhet hade han ingen att dela detta med.

Han var, som sagt, en mycket ensam människa.

Vuxna såväl som barn på skolan kunde konstatera att den gamle Hjalmar Svensson var tillbaka.

Hjalmar Svensson själv hade slutat fundera över sitt liv.

Tyst kunde han resignerat konstatera att han hade funnit sin plats i tillvaron, eller snarare att han blivit tilldelad platsen. Där skulle han förbli och de tankar han tidigare hyst om att kanske ändra riktning på sitt liv, låg nu begravda under en bråte av besvikelser och bristande initiativförmåga djup i hans inre.

Befriad från alla tankar om livet fortsatte han sin innehållslösa tillvaro ännu en tid tills en dag då han hittades död i sin säng i sitt enkla hem. Hur länge han varit död var det ingen som visste.

Ingen kom till hans begravning.

Hjalmar Leonard Svensson var borta.

Hade hans jordevandring varit ett enda stort misstag – en plump i det protokoll en högre makt någonstans förde över den allomfattande planen för livet på denna jord?

Hade han tagit någon annans plats?

Nu när han själv inte längre fanns till, var det ingen som ägnade detta en tanke.

Han hade kunnat få träda fram ur den värld där de bortglömda och förbisedda lever, till ett liv där han skulle vara aktad och respekterad med sin underbara räknemaskin.

Ödet ville emellertid inte detta.

Den blixt som träffat Hjalmar Leonard Svensson, och som hade planterat alla idéer om den underbara räknemaskinen i hans huvud, hade uppenbarligen varit menad åt någon annan.

Ett misstag hade begåtts.

Detta misstag hade till slut rättats till.

GROSSHANDLARE WIKSTRÖMS DILEMMA

Grosshandlare Wilhelm August Wikström var en välbärgad man. Han var mycket stolt över sina framgångar, speciellt då med tanke på att han minsann inte, som en del andra, ärvt den förmögenhet han numera satt på. Nej, han hade gått den långa vägen och, via hundåren som bodpojke och bodbetjänt på åtskilliga platser i landet, nått den position han nu innehade.

Han hade arbetat hårt och målmedvetet, och kunde nu från sin veranda blicka ut över tomter och trädgårdar i den del av staden där dess mer påkostade och utsmyckade villor var belägna. Sålunda hade han som närmsta grannar bankdirektören Tivander vid Sparbanken på ena sidan och rektor Forsberg vid läroverket på den andra.

Även om nu livet till slut givit honom framgång och välmående, bar han på en del sorger. Olyckor och annat elände har dessvärre en förmåga att drabba alla i samhället. Det kan varken framgång eller rikedom styra över, vilket Wikström ibland fann något orättfärdigt. »Varför skall den som arbetat hårt, alltid gjort rätt för sig bestraffas med motgångar och kalamiteter som vissa andra samhällsmedborgare tycktes undslippa?« kunde han ibland tänka.

Nog kände han till flera av stadens invånare som ideligen bröt mot de flesta av tio Guds bud, och med ett leverne ständigt på fel sida om lagen, ändå kunde undgå bestraffning från såväl vår Herre som samhällets rättsvårdande instanser.

Någon hade en gång sagt att den makt som delar ut olycka och sorger är blind. Vem som helst kan drabbas.

Själv ville han nog tvärtom hävda att den makten inte alls var blind. Den hade uppenbarligen sett hans framgångar och beslutat att sätta käppar i hjulet för hans fortsatta lycka.

Den hade tagit ifrån honom hans hustru och livskamrat, och för att göra bestraffningen än mer smärtsam hade även hans nyfödde son ryckts bort. Allt inom loppet av ett dygn.

Allt han hade kvar, förutom en framgångsrik handelsrörelse, var dottern Wilma Maria.

Dessa händelser låg nu många år tillbaka i tiden, men de skavde och smärtade ändå fortfarande då han lät tankarna fly tillbaka genom decennierna.

Dottern var hans ögonsten, men även hans bekymmer. Det hade inte varit lätt att uppfostra henne utan hustrun. Flickan hade behövt en mor, som visat den rätta vägen från barndomens oskyldiga lekar till vuxenlivets krav på ansvarskänsla och den sociala samvarons ibland något komplexa regelverk, som ju för en kvinna såg något annorlunda ut än för en man.

Han insåg att han själv hade misslyckats med mycket av detta. Dottern var nu på artonde året och han hade börjat fundera på hennes framtid. I de planer han gjort fanns naturligtvis äktenskap med som en väsentlig detalj. Som borgarhustru inom det högre samhällsskiktet skulle hon inte bara skänka honom barnbarn. Ett fläckfritt leverne med en lämplig och framgångsrik man, skulle generera ett gott anseende och hög status, vilket med all säkerhet även skulle spilla över på honom.

Så hade han tänkt.

Med en son hade det varit så mycket enklare. Denne skulle han givetvis ha uppfostrat till att så småningom ta över affärsverksamheten, men nu hade ju hans son tagits ifrån honom och då måste han inrikta sig på det näst bästa alternativet, nämligen att hitta en lämplig svärson att ta över det hans son skulle ha ärvt.

Under diskussionerna med sin dotter i detta ärende, framstod det med all tydlighet att den unga Wilma Maria inte helt delade hans åsikter. Den plan han framlagt gav hon inte mycket för. Visserligen insåg hon att ett äktenskap var oundvikligt. Som ogift borgardotter minskade möjligheterna att umgås och frotteras i stadens societet. En familj med vackra och välartade barn var den biljett som krävdes för inträdet i de fina salongerna.

Allt detta kunde hon acceptera. Det var bara det att alla de förslag som hennes far lagt fram rörande de unga män som kunde komma i fråga angående ett eventuellt äktenskap, i hennes tycke, var helt otänkbara.

En var för gammal, en annan för kraftig runt midjan samt hade utstående ögon.

En hade, trots sin ungdom, redan glest hår.

Någon var lytt, en annan på tok för tråkig.

Den siste i raden som fadern föreslog tog dock priset om man finge tro Wilma Maria.

»Far vill väl inte ha fula barnbarn?!« hade varit hennes enda kommentar.

Den ende hon kunde tänka sig var dessvärre redan förlovad med en prästdotter från Västerås.

Grosshandlare Wikström suckade djupt och tänkte att det här blir nog inte så lätt. Visserligen kunde hon ha rätt i att vissa av de föreslagna kanske inte tillhörde de vackraste exemplaren av det manliga släktet, men staden var ju liten och urvalet därmed begränsat. Kanske får man söka sig utanför stadens hank och stör, tänkte han. Någonstans måste det ju finnas en lämplig kandidat.

Wilma Maria var, som sagt ännu ej fyllda arton, så det brådskade egentligen inte. Eller det borde inte brådska.

Nu var det emellertid så att hans dotter var en veritabel skönhet. Vackrare ung dam fanns inte i staden. Detta var inget han ensam som far tyckte. Föräldrar har ju ibland en förmåga att bortse från allehanda skavanker och hävda att just deras avkomma måste vara denna världs vackraste.

Då och då hade han kommit på sig med att tänka på hur många föräldrar han ljugit rätt upp i ansiktet, då han lovordat och berömt de rena och sköna anletsdragen hos deras barn. Han skämdes en smula över detta, men så var nu en gång de sociala spelreglerna inom borgerskapet. Att ljuga vid rätt tillfällen var en konst som var nödvändig att behärska för ett framgångsrikt umgänge inom staden högre borgarkretsar.

Att hans dotter var bland det vackraste man sett, var en allmän uppfattning i staden. Detta hade givetvis gjort honom stolt trots att han själv knappast bidragit med så många arvsanlag vad gällde hennes skönhet. Dessa hade hon naturligtvis fått av sin moder.

Nu kunde ju detta dessvärre även leda till en del bekymmer. Han hade nämligen upptäckt att hans undersköna ros hade en benägenhet att dra till sig allehanda beundrare, av vilka han utan omsvep kunde placera de flesta, för att inte säga alla, i närmast belägna skräpkorg.

Som om detta inte var nog hade han lagt märke till att hans unga dotter dessutom tycktes uppskatta alla dessa unga mäns uppvaktning. Det hade till och med gått så långt att hon träffat flera av dem i enskildhet, och han bävade inför tanken på vad som skulle kunna hända.

Han visste nog hur de flesta yngre män var och vad som fanns i deras tankar. Han hade ju själv varit ung och kunde med en viss skamkänsla erkänna att han, i sin ungdom, minsann lyckats övertala unga flickor att gå med på både det ena och det andra.

Det som till en början kan verka oskyldigt och lekfullt, kunde i värsta fall sluta i katastrof. Nog kände han till andra borgardöttrar som råkat illa ut efter sådana möten, och dragit skam och nesa över både sig själva och sin familj.

Han ville inte ta orden i sin mun, men i hans tankar dök det ständigt upp.

»Ett oäkta barnbarn!«

Detta fick absolut inte ske. Visserligen hade han talat mången gång om detta med sin dotter, men trots att hon försäkrat att hon aldrig skulle göra något sådant, litade han inte till fullo på hennes löften. Han visste ju, som sagt, vad framfusiga unga män var i stånd att ta sig för, och hur lättlurade unga flickor kunde vara.

Grosshandlare Wikström hade bestämt sig. Han måste agera kraftfullt och bestämt. Allt för sitt och dotterns rykte och den framtida affärsrörelsen naturligtvis.

Att det brådskade berodde på att Wilma Maria nu verkade ha valt ut en ung man bland alla andra, som hon mer och mer kom att umgås med.

Hans namn var Larsson och mer ingående efterforskningar hade visat att hans förnamn var Olof och att han var dräng hos sadelmakare Rosén.

Då varken hot eller övertalning verkade bita på dottern, kände han sig tvingad att ta nästa steg, nämligen att tala med den unge mannen personligen.

Mötet med Rosén och hans dräng gav inte det resultat han hoppats på. Tvärtom fick han intrycket från båda att vad drängen Larsson gjorde på sin fritid skulle varken hans arbetsgivare eller grosshandlaren lägga sig i, och om Wikström var så orolig för sin dotter borde han kanske utöva lite mer kontroll över hennes förehavanden.

Misslynt över detta resultat och denna oförstående inställning från motparten, blev grosshandlaren än mer övertygad om att han själv måste gripa in för att, som han såg det, förhindra en katastrof.

I princip hade han inget emot drängar, arbetare eller andra representanter från den arbetande samhällsklassen. Många av dem kunde mycket väl vara både duktiga, hederliga och arbetsvilliga. Det var han den förste att erkänna. Han hade ju egna drängar i sin tjänst. Det var bara det att han hade speciella planer för sin dotter, och i dessa fanns ingen plats för vare sig drängar eller andra ur nämnda samhällsklass.

Wilma Maria hade inte riktigt samma inställning till problemet. I själva verket såg hon inte alls att det fanns något problem. Hon ville bara roa sig och ha roligt tillsammans med andra unga, innan hon till slut måste inse livets bistra verklighet och låta sig ledas in i ett äktenskap.

Detta försökte hon förklara för sin far, samtidigt som hon uppmanade honom att inte oroa sig i onödan.

Oroa sig var dock just det han gjorde, och enligt hans uppfattning var det inte alls i onödan. Hennes förklaring om att bara roa sig landade dessvärre i de centra i hans hjärna där rädsla och panik vanligtvis huserar.

Under dessa dagar saknade han verkligen sin hustru. Hur mycket enklare hade det inte varit att få ordning på den något bångstyriga dottern med hennes hjälp.

Nu var emellertid omständigheterna som de var, och han stod ensam i kampen för sin och dotterns framtida heder. Dock fann han sig inte på något sätt handfallen inför det dilemma som låg framför honom.

Han hade nämligen en plan.

Eller rättare sagt: Han hade börjat jobba på en sådan, men den var ännu långt ifrån färdig. Första steget kunde han emellertid inleda med omedelbar verkan.

Han skulle helt enkelt ta reda på var och när hans dotter träffade den för honom så oönskade drängen Larsson. Till detta behövde han dock hjälp.

Vem eller vilka skulle då kunna tänkas att ställa upp på ett uppdrag, som helt enkelt gick ut på att ta reda på allt om drängen Larsson, samt när och var han träffade dottern?

Själv var han utesluten naturligtvis. Det måste vara någon eller några som med vana rörde sig i samma kretsar som Larsson.

Någon ur hans egen personalstyrka?

Med rätt motivation i form av extra utbetald lön var detta säkert ett tänkbart alternativ.

Hans bodkarl Edvinsson skulle passa bra. Han var lojal och plikttrogen. Dessutom kände Wikström Edvinssons far genom att de båda var medlemmar i stadens nykterhetsloge.

Edvinsson var både kvicktänkt och klok och skulle säkert med tiden stå som ägare till en egen handelsbod.

Ett samtal med bodkarlen visade sig vara framgångsrikt. Edvinsson insåg genast sin arbetsgivares dilemma, och med en extra veckolön som ersättning kunde han tänka sig att ställa upp.

Vad Wikström inte visste, var att Edvinsson gärna hade ställt upp utan extra ersättning. Han hade nämligen en del otalt med Larsson. Denne hade året innan, på ett skurkaktigt sätt, stulit hans fästmö.

Det hela hade från Larssons sida med all tydlighet, endast varit ett spel. Ett sätt att visa att han kunde göra lite som han ville. Kort därefter hade han nämligen förskjutit och övergivit den stackars flickan som vore hon en gammal uttjänt överrock.

Per Olof Edvinsson hade länge sökt möjligheter att vedergälla denna orätt, och tog tacksamt emot detta tillfälle att sätta så många käppar som möjligt i det Larssonska hjulet.

Uppdraget gick ut på att först och främst hålla uppsikt över Larssons göranden och låtanden, och i vilken grad detta innefattade Wikströms dotter.

När detta väl utretts skulle andra delen av planen verkställas, hur den såg ut ville Wikström dock inte avslöja på detta tidiga stadium.

Upplysningarna från Edvinssons undersökningar, styrkte Wikströms farhågor. Hans dotter hade träffat Larsson vid flera tillfällen. Vad de två haft för sig, kunde inte den utsända spionens efterforskning ge svaret på, men den nu alltmer orolige grosshandlaren hade sina misstankar.

Av allt att döma var det redan nu dags att sjösätta del två av hans utarbetade plan, som gick ut på att förhindra de två att mötas. Denna plan uteslöt inte våld, vilket Wikström i det längsta hade tvekat inför. Dessvärre var situationen desperat och i striden om att försvara sin och dotterns heder kunde inget uteslutas.

Enligt Edvinssons information brukade dottern och Larsson träffas uppe på skogskullen, strax bortom det gamla tullhuset vid landsvägen. Busksnåren därstädes var synnerligen täta och, möten kunde ske utan insyn från obehöriga.

Wikström instruerade sin bodkarl att redan nästa kväll göra sig beredd att ingripa. Han skulle se till att vara på plats redan tidigt – innan någon av de två anlände. Vidare skulle han då Larsson närmade sig mötesplatsen, hindra honom att fortsätta. Med våld om så erfordrades.

För säkerhets skull föreslog Wikström att Edvinsson kunde ta med drängen Johansson som hjälp. De två mot en ensam Larsson borde räcka för att utföra uppdraget.

Om det uppstod konfrontation med Larsson var det synnerligen viktigt att denne inte kände igen Edvinsson och hans kompanjon. Någon form av maskering var därför nödvändig.

Skulle olyckan vara framme och Larsson ändå anat vilka som överfallit honom försäkrade Wikström att han skulle intyga att båda två varit i arbete hos honom hela kvällen. Allt detta kändes smutsigt och ohederligt, vilket plågade grosshandlaren svårt, men detta krig måste vinnas och då måste alla möjligheter till ett gynnsamt utfall beaktas.

Han kunde bara hoppas att Larsson skulle vända om och lämna platsen frivilligt.

Så kom då kvällen då allt skulle ske.

Wilma Maria meddelade att hon avsåg att träffa några kamrater en stund och gav sig av från hemmet.

Wikström beordrade sin bodkarl att nu var det dags.

Edvinsson gav sig av med ett sardoniskt leende på läpparna. Äntligen skulle den bedräglige Larsson få betalt för det där med hans fästmö.

En stund efter det att Edvinsson och Johansson lämnat gården kom en av Wikströms andra drängar till sin arbetsgivare.

»Edvinsson har blivit galen!« upplyste drängen.

Inför Wikströms oförstående blick fortsatte han:

»Han sa att han skulle slå ihjäl Roséns dräng. Jag tror inte att han var helt nykter!«

Det svartnade för ögonen på grosshandlaren.

»Slå ihjäl?!« var det enda han kunde kraxa fram.

»Ja, den där Larsson hade visst tagit fästmön från honom, och nu skulle han utkräva hämnd.«

Wikströms hjärna hade nu gått i baklås.

Fästmö?!

Var kom hon ifrån? Någon fästmö hade Edvinsson aldrig nämnt.

Långsamt började han nu inse att han satt i gång något mycket värre än vad som var tänkt.

Larsson skulle skrämmas till underkastelse, inte mördas!

Hade han i sin iver att stoppa Larsson anstiftat ett mord? Hastiga bilder där han stod inför rådhusrätten fladdrade förbi och lämnade brinnande spår av skräck och förfäran i hans hjärna.

När den första förlamningen släppt, insåg han att han nu själv måste ingripa.

»Jag ger mig av för att stoppa Edvinsson,« sa han till drängen, som med en min avslöjade att han tvivlade på att detta var någon god idé.

»Jag kommer med för att hjälpa till,« upplyste han.

»Nej! Du stannar här!« beordrade Wikström. Han ville för allt i världen inte blanda in fler i denna förfärliga historia som han ju själv hade startat.

Så gav sig då grosshandlare Wikström ut i den mörka augustikvällen för att rädda livet på den man som hotat hans och hans dotters heder och ära. Aldrig hade han väl kunnat ana att hans plan skulle spåra ur på detta sätt.

Han svor tyst över Edvinsson då han lämnade det sista stadskvarteret bakom sig och närmade sig skogsbacken, där den förväntade mötesplatsen låg.

Mörkret kändes kompakt nu när han lämnat stadens gatljus. Han måste hejda sig en stund för att hämta andan och låta ögonen vänja sig vid mörkret.

Han lyssnade intensivt efter ljud som kunde vägleda honom i rätt riktning.

Ingenting hördes.

Ögonen hade nu börjat vänja sig vid det svaga ljuset och han tog sig försiktigt framåt.

Fortfarande hörde han inget annat än sin egen andhämtning.

Märkligt, tänkte han. Detta skulle ju vara samlingsplats för stadens ungdomar.

Nu hörde han något!

Det knäppte till i de gamla fjolårslöven.

Och där! Ett till!

Någon närmade sig! Eller, vad var detta? Han kände ett regnstänk mot kinden.

Det började regna!

Nu skulle antagligen hans dotters förväntade möte med drängen Larsson inte bli av! Förbannade regn. De två skulle nu säkert träffas någon annanstans. All planering hade varit förgäves!

Dessutom kunde han förvänta sig att bli genomvåt av regnet som tilltog allt mer.

Han svor högt och hörde därför inte de snabba stegen som närmade sig. Däremot kände han slaget mot huvudet som en smärtsam blixt. Fler slag mot kroppen och armarna gjorde att han föll omkull.

»Detta får du för Anna Christina din djävul!« hördes en röst som följdes av en spark i magtrakten.

Var det inte Edvinssons röst?

Han försökte skrika men kunde inte få fram ett ljud.

Kvidande kröp han ihop på den våta marken.

Nu blir jag ihjälslagen, var det sista han tänkte innan han sveptes in i ett mjukt mörker. Någonstans tyckte han även att han hörde röster.

Sedan blev allt tyst.

Edvinsson och Johansson hade även de hört samma röster och upphörde slåendet med de påkar de burit med sig.

Edvinson svor tyst då de avlägsnade sig. Han var ju inte alls färdig med skurken Larsson!

För att inte avslöja sig slängde de påkarna i en buske och sprang tyst därifrån.

När Wikström återfick medvetandet regnade det fortfarande.

Allt var tyst. De röster han hört var borta.

Vad hade hänt?

Han kände smärtan i huvudet och i armarna och blodsmak i munnen.

Stönande reste han sig.

Vem hade överfallit honom?

Var det hans egen utskickade Edvinsson som tagit miste?

Hade han själv fått ta emot det stryk som var ämnat åt Larsson?

I mörkret kunde det mycket väl ha varit så.

Hans hjärna var allt för omtöcknad för vidare resonemang. Medan han haltande tog sig hemåt, slog det honom att om det nu var Edvinsson och Johansson som i mörkret tagit miste på det tilltänkta offret, hade han själv ju i alla fall lyckats i sitt i sitt uppsåt att rädda livet på Larsson.

Regnet gjorde att få människor var ute, vilket gladde Wikström. Han ville helst slippa förklara varför han haltade omkring på gatorna i hällregnet. Folk kunde ju tro att han var drucken!

Dessvärre stötte han på patrullerande polismannen Eriksson.

Detta gjorde honom en smula uppgiven. Han kände väl till den store polismannens nitiska inställning till lagar och förordningar, samt den polisiära instruktion varmed alla inom poliskåren var försedd. Vilken annan konstapel som helst hade han säkert kunnat övertala att det inte var någon fara och att det bästa vore om han kunde få komma hem snarast.

Men inte Eriksson.

Efter en något forskande fundering över Wikströms tillstånd sa han:

»Vad gör grosshandlarn ute i detta väder? Ni haltar. Vad har ni råkat ut för?«

»Inget allvarligt. En olyckshändelse bara,« försökte Wikström.

»Man skulle ju kunna föranledas att tro att grosshandlarn är onykter, men med tanke på nykterhetslogen och allt...«

En argsint blick från Wikström avbröt honom.

»Seså. Jag ser att ni blöder av ett sår i huvudet. Vi måste få er omplåstrad. Vi går till vaktkontoret. Det är ju inte så långt bort,« fortsatte han.

Wikström visste att det inte var någon idé att spjärna emot. Av alla människor skulle han stöta ihop med just den här poliskonstapeln. Eriksson skulle inte ge sig förrän han dragit ur honom vad som hänt. Detta skulle ta tid, det visste han. Eriksson hade nämligen för vana att skriva ned allt som sades på papper, och det var allom känt att den storvuxne poliskonstapeln skrev långsammare än de flesta småskolebarnen i stadens folkskola.

Under promenaden till vaktkontoret filade Wikström på en trovärdig berättelse. Att avslöja hela sanningen var naturligtvis inte att tänka på.

Han hade blivit överfallen och rånad. Så var det. Han hade inte hunnit se något av rånaren.

En fråga han dock förbisett var:

»Och var hände detta?«

»Vid skogskullen borta vid landsvägen.«

Eriksson funderade en stund.

»Skogsbacken där ungdomarna i staden brukar träffas? Vad gjorde ni där? Jag menar, grosshandlarn är ju ingen ungdom direkt.«

»Hör här nu konstapeln! Jag var inte ute efter något som eventuellt dykt upp i konstapelns fantasi. Jag letade efter min dotter! Det är allt!« avbröt Wikström med en irriterad ton.

Eriksson nickade och tystnaden lade sig i det lilla vaktkontoret.

»Ni blev alltså rånad,« konstaterade Eriksson tyst. »Då måste vi skriva en anmälan om brott!«

Wikström suckade djupt efter att han delgivits denna information. Han såg timmar flyga förbi under det att Eriksson mödosamt plitade ned sina bokstäver.

»Om konstapeln kunde skynda på skrivandet en smula kanske. Jag har ont i huvudet och behöver nog uppsöka en läkare,« vädjade Wikström, dock utan hopp om att bli bönhörd.

Till sin förvåning såg han att den store poliskonstapeln verkade överväga vad han nyss sagt.

»Det är visserligen emot reglementet, men under rådande omständigheter, kan grosshandlarn ha rätt. Han borde låta en läkare undersöka såren. Vi kan ta er anmälan under morgondagen.«

En timme senare låg grosshandlare Wikström på sin säng. Han hade skickat i väg sin dotter för att hämta stadsläkare Östman.

Innan hon givit sig i väg hade han berättat samma historia som hos polisen – hur han blivit överfallen och rånad och att han letat efter henne.

»Ingen av oss ungdomar var ute i går. Vi visste ju att det skulle bli oväder. Alma, blecklslagaren Nilssons dotter, hon som är lite konstig som far vet.«

Wikström förstod ingenting.

Nej han kände inte till Nilssons dotter.

»Ja i alla fall,« fortsatte Wilma Maria. »Hon vet alltid hur vädret ska bli och hon har aldrig fel…men hon är ju som sagt lite konstig. Så vi samlades några stycken hos handlare Engström. Hans dotter har skrivit egna dikter som hon läste för oss.«

Grosshandlare Wikström hade kunnat skratta tyst när han hörde detta, men smärtan i revbenen hindrade honom.

Hans dotter hade lyssnat på dikter. Han som hade trott... ja att hon gjort något helt annat. Han var på väg att fråga om drängen Larsson också lyssnat på dikter, men han avstod.

Larsson hade han för tillfället ingen lust att tänka på.

Efter en stund öppnades dörren och Wilma Maria kom in. Med henne kom en ung lång man med ett vänligt ansikte.

Inför Wikströms något förvånade ansiktsuttryck förklarade dottern:

»Detta är doktor Rydén. Han vikarierar här som stadsläkare då doktor Östman är bortrest en månad.«

Hon log förtjust, först mot sin far, sedan mot den unge läkaren.

Rydén log även han och skulle just säga något när Wilma Maria avbröt.

»Doktor Rydén hastade hit utan att ha hunnit äta middag, och eftersom han inte har familj, tänkte jag att vi kunde bjuda honom på mat... efter att han undersökt far givetvis.«

Wikström såg något förvirrat på sin dotter. Vad hade flugit i henne?

När han så uppfattade hennes glittrande ögon som ömsom såg mot honom och ömsom på Rydén började han förstå.

»Doktor Rydén har säkert inte tid med något sådant,« protesterade han, mest för att se hur de två reagerade.

»Jodå! Det tror jag visst!« hävdade hans dotter och såg mot läkaren.

»Öh, jo, om herr grosshandlaren tillåter så...«svarade Rydén och log mot Wilma Maria.

»Herr grosshandlaren tillåter med glädje detta,« svarade Wikström och tänkte att Rydén gärna kunde komma och inta middag varje dag om det var möjligt.

Med en djup utandning lutade han sig tillbaka i sängen. Äntligen var all oro och alla bekymmer som bortflugna. Den unge läkaren hade dykt upp från ingenstans och kunde, om han nu tolkat situationen rätt, lösa alla hans problem angående Wilma Marias framtid.

Hur underligt och oberäkneligt är inte livet, tänkte han. Efter allt han gått igenom med alla farhågor angående sin dotter, och efter att blivit halvt ihjälslagen av sina egna anställda, hade nu allt fallit på plats.

Medan Wilma Maria stökade i köket och den unge läkaren plåstrade om hans sår, kände grosshandlare Wikström att framtiden ändå såg ganska ljus ut.

»Ni har en mycket vacker dotter, herr Wikström… om ni tillåter,« sade Rydén plötsligt. »Hon verkar vara mycket målmedveten,« fortsatte han och log.

»Doktorn skulle bara veta,« mumlade Wikström och skrattade tyst. Rydén kunde inte låta bli att falla in i Wikströms skratt.

»Vad skrattar ni två åt?« undrade Wilma Maria som anlänt från köket.

»Ingenting, min kära dotter….ingenting,« svarade grosshandlare Wikström och log med hela ansiktet.

SPÅKVINNAN OCH »KÄRRINGEN PÅ KÄRRET«

En gnällig fiol hördes mellan de låga husen i den del av staden som allmänt gick under namnet »Kärret«. En gång i tiden hade där varit enbart kärr och våtmark, men under det senaste seklet hade utdikningar gjort marken bebolig. Låt vara att ingen av stadens borgare ur den högre societeten någonsin ens kunde tänka sig att bosätta sig där. Nej, där återfann man endast den del av stadens befolkning som kunde räkna sig till den lägsta och fattigaste samhällsklassen. Där samlades de utstötta och de som av olika anledningar hamnat i samhällets utkant. Fattigdom, missbruk, sjukdom och kriminalitet hade där funnit sin plats bland dessa utslagna människospillror.

Kanske var det de fuktiga dunster som ständigt slog upp från marken, där de ruvat under sekellånga tider, som nu förde med sig sjukdomar och annat elände ur djupet.

Stugorna och gårdarna förföll och minskade i antal för varje år. Inom en inte allt för avlägsen framtid skulle de alla vara borta, tillsammans med de stackare som där framlevde sina ynkliga liv.

»Riv alltsammans!« framkastades av någon vid ett möte i kommunfullmäktige. »Låt oss en gång för alla bli av med tjuvar, våldsverkare, alkoholmissbrukare och lösaktiga kvinnor!«

Andra menade att dessa tjuvar och våldsverkare knappast skulle försvinna utan i stället spridas i staden om allt skulle rivas. Bäst vore kanske att låta dem vara. Bleve de kvar kunde man ju lättare kontrollera dem och deras göranden.

Hur som helst fanns de ännu kvar när det nya seklet inträdde med förhoppningar att allt skulle bli bättre, i konungariket i allmänhet och i den lilla staden i synnerhet.

Kvällsmörkret låg tungt bland gårdar och gränder och här och var syntes ljus i de små fönstren.

Lyssnade man riktigt noga kunde man höra att fiolmusiken kom från ett av husen och där hördes även skratt och ystra utrop. Detta var inte vad man hade kunnat förvänta sig i denna dystra avkrok av staden, där sorger, lidande och hopplöshet annars härskade.

Huset där musiken och glädjen nu hade erbjudits en tillfällig skådeplats tillhörde Märta Magdalena Käll. Oftast tilltalad endast Magdalena. Hon kallades allmänt »Kärringen på Kärret« och hon tillhörde inte de personer borgerskapet helst umgicks med i den lilla staden.

Därtill var hon allt för tvär och vresig till sitt sätt, ja ibland rent av ovänlig. Det hade inte alltid varit så, men livet hade inte varit lätt, och man kan tycka att hon drabbats något orättmätigt vad gällde motgångar och olycka.

Genom fönstren som immat igen av svett och andra utdunstningar kunde man skönja kroppar i rörelse och steg man över tröskeln skulle man där upptäcka en handfull människor vaggande och dansande i takt med den jämrande fiolen.

I ett hörn stod en kutryggig man som med ett tandlöst grin, inlevelse och energi lät stråken dansa över de spända fiolsträngarna. Det stånkades och stönades i takt med musiken. Annars så värkande och stela leder fick lemmar att sno och vrida sig i krumbukter. Hälta och nervvärk var för en kort stund som bortblåsta. Rödmosiga och blanka anleten lyste i det skumma ljuset med svetten rinnande där ålderstigna rynkor och fåror som sedan länge ersatt de en gång ungdomssläta kinderna och hakorna.

Pipandet och rosslandet i överansträngda lungor och luftrör blandades med fiolens ylande toner i den tjocka kvalmiga luften.

Spel upp! Spel upp ännu en gång!

Låt gistna och ömmande fötter stampa takten!

Sträck på krökta och sneda ryggar ännu en stund!

Det var som om djävulen själv hade intagit de församlades kroppar. Inget tycktes kunna stoppa den vilda dansen. Åldriga var en del av dem, med glest hår och magra armar. Några var helt unga, men med i förtid åldrande kroppar efter ett leverne med hårt arbete, brännvin och sjukdomar.

Låt musiken och dansen döva oron och ängslan för morgondagen som skulle komma med svält, umbäranden och annat elände! Det visste varenda barnunge. Född var du i fattigdomens bojor och där skulle du bli kvar.

Vid ett bord satt Magdalena själv rökandes en pipa medan hon såg på de dansande.

Försiktigt fyllde hon glasen framför henne. En och en for de dansande förbi och tog ett glas. Dansandet kostade på.

Emellertid fanns endast vatten eller svagdricka i glasen. Spritdrycker fick inte förekomma i hennes hem. Hon visste allt för väl vad sådana kunde ställa till med.

Ju längre kvällen led desto mer tystnade musiken och dansen avtog då de krämpor som för en stund varit borta nu återkom och åter tog de åldriga och härjade kropparna i besittning.

En och en droppade de så av, de utstötta och missanpassade, till sina egna usla boningar där de, efter en natts sömn, åter skulle möta den råa och bistra verkligheten. Mätta och nöjda var de emellertid. Kärringen på kärret hade inte endast bjudit på musik och dans utan även mat i överflöd.

Själv satt hon en stund vid sitt bord i tystnaden allt medan ljusen slocknade. Hon hade firat sitt sextionde år på denna jord och därmed var firandet slut. Aldrig mer skulle hon bjuda upp till fest för att hedra alla de år hon lagt bakom sig. Nu väntade endast slutet och där fanns inget annat än ensamhet och uppgivenhet.

Under en sekund for hennes liv förbi. Korta brottstycken hon helst ville glömma, men minnet kan ingen bestämma över. Där fanns stunder av glädje och av sorg och ett ögonblick frågade hon sig själv, där hon satt, hur hennes liv hade kunnat tagit den väg som nu såg ut att vara den hon skulle vandra tills allt en gång var över.

Visserligen hade hon bott i denna del av staden under många år, men egentligen hörde hon inte hit. De flesta som där hade satt sina bopålar hade varit födda till ett liv i fattigdom och misär utan hopp att någonsin kunna ta sig därifrån. Själv hade hon varit en främmande fågel då hon lämnat sitt tidigare liv och blivit en del av »folket på Kärret«.

Om hon nu var en person som den finare delen av stadens invånare aldrig umgicks med, var hon desto mer aktad bland gelikarna på »Kärret«. Hon ansågs bland dem vara en människa man kunde lita på och som åtminstone för det mesta var vänlig och tillmötesgående. Den främsta orsaken till att hennes lilla stuga blivit något av en samlingspunkt för »Kärrets« ömkliga och utstötta trashankar, var dock att hon hade gott om pengar.

Många hade under åren frågat sig hur detta kunde komma sig. Varför bosatte man sig i denna del av staden, bland fattiga och kriminella om man inte behövde?

Vissa, som inte kände till hennes historia, var övertygade om att hon slutit förbund med Hin Håle själv, och sålt sin själ till evig förtappelse i utbyte mot rikedom i guld. Var det någonstans Den Onde i egen hög person kunde tänka sig beblanda sig med människor, var det väl i mörkret och fukten på »Kärret«.

Andra åter, som var mer insatta i hennes levnadsöden, både i denna avkrok i staden och bland det övriga borgerskapet, visste hur det låg till i verkligheten.

Magdalena hade en gång varit gift och kallat sig fru Forsbom. Hennes make hade varit en välbärgad bonde strax utanför staden på en gård med namnet Lindö. Att han dessutom suttit som nämndeman i häradsrätten under många år höjde naturligtvis familjens status. Till de bådas stora sorg hade de endast fått ett barn – en dotter som döptes till Lovisa Christina.

Det där med endast ett barn var emellertid inte helt med sanningen överensstämmande. Två år efter Lovisa Christina föddes hade de fått en son, som dock endast levt i några månader. Sorgen efter sonen hade varit bedövande.

Ständigt hade han funnits närvarande trots att man aldrig talade om honom. Hans ande hade svävat osynlig men onämnd över gården. Hans namn som hade varit Nils Erik fick aldrig nämnas.

Man hade inte talat om honom.

Dottern Lovisa Christina hade växt upp med en diffus aning om broderns existens. Aldrig nämnd, aldrig berörd i den minsta av tankar. Ändå hade hon känt hans närvaro men yppat inget om detta för någon.

Hon hade som ensamt barn omhuldats och överösts med omåttliga mängder kärlek. Livet hade visat sig från sin allra bästa sida. Gården hade blomstrat och ladorna fyllts. Ingen annan gård i närheten hade en sådan vacker och välskött trädgård med fruktträd, ymniga blomsterrabatter och välansade grusgångar. I en syrenberså med vackra vita trädgårdsmöbler hade då och då intagits eftermiddagskaffe tillsammans med särskilt inbjudna.

Att Magdalena ändå till slut hade hamnat bland de utstötta i utkanten av staden kunde till största delen tillskrivas hennes man, nämndemannen Johannes Forsbom. Någon medveten avsikt från hans sida hade emellertid inte legat bakom detta faktum. Trots den fagra bilden av lycka och framgång i den Forsbomska gården, hade där under flera år funnits en oro vars skugga långsamt tycktes förlama den lilla familjen.

Ingen hade velat tala om det, men att mörkret hade spridit sig långsamt på Lindö och att bonden själv var den vars sinne fördunklats, hade i längden inte gått att förneka.

Johannes Forsbom hade drabbats av sinnesförvirring. Tanken på den döde sonen hade aldrig lämnat honom och allt oftare hade han talat om att han sett och hört den döde.

Som vore han besatt av onda andar hade han mer och mer fjärmat sig från verkligheten och från sin familj. Ej sällan hade hans rop efter sonen Nils Erik hörts och Magdalena kunde inget göra. Hennes man hade inte lyssnat på någon.

I sin nöd hade hon vänt sig till prästen som hade gjort så gott han kunnat i försöken att få mannen att ta reson, men ändå till slut blivit körd på porten med uppmaningen att aldrig mer återvända.

Under mörka höstkvällar hade seanser anordnats på Lindö med allsköns patrask, vilka alla sade sig kunna tala med de döda – alla dithämtade av bonden själv. Även ett medium från landets huvudstad skall ha deltagit.

Stämningen på gården hade blivit alltmer tryckt. Det hade inte varit någon hejd på galenskaperna och Johannes Forsbom hade till slut funnit tröst i brännvinsflaskan. Allt djupare hade han sjunkit ned i träsket där besatthet och vanvett har sin boning. Ömsom hade han högt förbannat sitt oblida öde, ömsom i tysthet gråtit över den förlorade sonen. Till slut hade en förvriden tanke planterats i hans hjärna, förmodligen med hjälp av någon av de ljusskygga andeskådare i vars umgänge han alltjämt dvaldes.

Hur obegriplig och gåtfull kan inte den mänskliga hjärnan ibland te sig.

Ingen känner de vägar ett fördärvat och förmörkat sinne kan ta när förnuft och sans flytt och endast dårskap får råda.

Bonden på Lindö hade tagit ett beslut.

Han skulle få den döde sonen tillbaka!

Inget pris skulle vara för högt. Någonstans i hans förvridna hjärna formades en pakt med de makter som beslutar över liv och död om att priset för sonen skulle bli det högsta möjliga:

Hans egen familj.

Kunde han bara offra hustrun och dottern skulle han få åter sin saknade son. Så blev det bestämt.

När han så hade gått till verket hade det varit med beslutsamhet och målvetenhet. En höstnatt då övriga familjen sov, hade han satt eld på boningshuset. Gården och familjen skulle prisges för den sällsamma lyckan det innebar att åter få se sin son.

Inför de dånande eldsflammorna hade han fallit in i en vinglande dödsdans, drucken och vansinnig hade han skrikit och vrålat ut sin galenskap i mörkret.

Allt hade emellertid inte gått efter den plan han utarbetat. Både Magdalena och dottern Lovisa Christina hade vaknat och lyckats ta sig ut ur det brinnande infernot.

Med fasa hade Johannes sett hur de vitklädda skepnaderna kommit utrusande ur det brinnande huset.

Hustrun och dottern skulle undkomma!

Hans avtal med de mörka makterna var på väg att misslyckas.

Ännu var det dock inte för sent! Om eldslågorna inte kunde ta de flyendes liv finge han väl själv göra det.

På ostadiga ben hade han följt flyktingarna. Högljutt hade han förbannat brännvinet som bedövat hans hjärna och förlamat hans lemmar. Hans trogne vän hade nu blivit hans fiende.

Så gott han kunde hade han raglat efter de vita skepnaderna.

De hade varit på väg mot sjön! De skulle fly med den gamla ekan!

Trots sin alkoholbedövade hjärna hade han lyckats komma ifatt dem vid bryggan. Hustrun hade han slagit åt sidan då han försökt gripa tag i dottern.

De hade fallit vattnet. Dottern under honom. Hennes rop hade tystnat då han tryckt ned henne under ytan.

Hennes skrik hade uppfattats av Magdalena som nu gett sig på sin galne make med slag och klösande naglar, men inget verkade bita på honom.

Hon hade letat febrilt efter något tillhygge och funnit ett.

En sten i strandkanten, större än en knuten manshand hade till slut funnit sitt mål. Mannens huvud hade slagits åt sidan och han hade glidit med ett stön ned i vattnet, bort från dottern.

Hon hade räddat sig själv och sin dotter, men slagit ihjäl sin man.

Naturligtvis hade detta väckt mycken uppmärksamhet och fasa i bygden och självfallet hade det blivit ett ärende för polismakten och rättsväsendet.

Johannes Forsbom var död och kunde således inte ställas till ansvar för mordbranden och mordförsöket. Magdalena däremot hade slagit ihjäl sin make, visserligen i självförsvar, men hon hade ändå tagit ett liv. Då inga andra vittnen hade funnits till det inträffade, hade rätten till slut tvingats att tro på hennes berättelse, men visst hade det funnit tveksamheter bland rättens ledamöter. Att bonden på Lindö hade tappat fotfästet i livet och uppfört sig märkligt med de omtalade seanserna och det allt ökande brännvinsintaget hade varit allmänt känt, men att han skulle ha givit sig på sin egen familj i akt och mening att mörda dem var svårt att tro.

Häradsrätten hade dock till slut dömt henne för dråp. Då det hade funnits förmildrande omständigheter hade straffet blivit endast två år på länsfängelset.

Den unga Lovisa Christina hade förblivit helt tyst efter denna uppskakande händelse. Inte ett ord hade hon yttrat vare sig till sin moder eller någon annan. Många hade skakat sorgmodigt på huvudena inför detta faktum. Flickans förstånd hade flytt och aldrig mer skulle hon bli som förr menade man.

För Magdalena hade detta varit en katastrof. Hon hade varit övertygad om att hon hade kunnat rädda sin dotter, bryta den förlamande förbannelsen och få henne tillbaka.

Från sin cell i länsfängelset hade hon emellertid inte kunnat göra något.

Lovisa Christina hade bott kvar på gården i en liten gäststuga. Ingen hade egentligen lagt sig i hennes förehavanden. Någon närmare släkt till familjen hade inte funnits och de forna vännerna hade aktat sig för att lägga sig i. En familj med mordbrännare och mördare kunde man inte gärna fortsätta umgänget med.

Lovisa Christina hade vid dessa händelser uppnått en ålder av sexton år och hade ännu inte betraktats som vuxen. Då fadern var död och modern inlåst på länsfängelset hade man från socknens sida utsett en förmyndare till henne. Nu kom detta dock inte att få någon betydelse.

Kort efter detta hade hon nämligen försvunnit från gården. När hon hade lämnat socknen kunde ingen säga, inte heller kunde någon berätta vart hon begivit sig, men nog fanns det åsikter både bland hög som låg.

Vissa kunde med säkerhet förtälja att hon setts i Stockholm. Andra åter hävdade bestämt att de visste att hon rest till Nordliga Amerika.

Detta var vad Magdalena fått sig berättat då hon efter fängelsetiden återkommit till Lindö, där en svart sothög efter det forna boningshuset ännu skvallrade om vad som hänt två år tidigare.

Dotterns försvinnande hade varit ett hårt slag för henne. Nu hade hon inget kvar från livet före den stora katastrofen. Hon skulle aldrig få tillbaka det liv hon tidigare levt. Allt var borta och hon betraktades dessutom av många i trakten som en mördare.

Som änka och ensam ägare till gården hade hon insett att livet hade vänt. Hon hade sålt det som fanns kvar och begivit sig till Stockholm för att söka efter dottern.

Efter en tids letande hade hon dock insett det hopplösa i detta företag och flyttat tillbaka, men nu hamnat i »Kärret« i den lilla stad hon så ofta som frun på Lindö besökt. Där hade hon till slut funnit sig till rätta bland alla andra som förlorat fästet i livet och med möda och pina tog sig fram en dag i taget.

Åren hade flutit förbi och minnet av den saknade dottern förbleknat. Då och då blev hon dock påmind om henne. Det kunde vara ett barnaskratt, en doft eller ett leende ansikte där ljusa lockar virvlade runt i vinden.

Alltmer sällan hände detta och till slut kunde hon inte ur sitt minne frammana den unga Lovisa Christinas anletsdrag.

Sent på kvällen efter sitt firande av sin sextioårsdag satt hon utanför sin stuga och skådade upp mot den mörka natthimlen, precis som hon gjort den första kvällen då hon återvänt till Lindö efter fängelsevistelsen.

Stjärnorna glimmade tyst och hemlighetsfullt såsom de även gjort den gången och för första gången på många år gick tankarna till dottern

»Hon är en vuxen kvinna nu,« mumlade hon för sig själv.

Levde hon fortfarande?

Var fanns hon?

Hade hon emigrerat till Amerika som ryktet sade?

Mödosamt reste hon sig från den bänk hon suttit på, klev in i stugan och stängde dörren efter sig.

Precis som alltid då tankarna svävat bort mot den tid hon levt med familj på Lindö, hade inget annat än saknad blivit resultatet.

Kanske skulle livet bli lättare att leva om hon nu på sin ålders höst kunde acceptera och förlika sig med sitt öde.

Att resignera.

Att till slut inse att hon skulle förbli ensam livet ut.

Hon beslöt så att aldrig mer försöka minnas flydda tider. Det skulle inte leda någon vart. Hennes lott var ett fortsatt liv bland utstötta och fattiga i »Kärret«. De få människor hon kunde kalla sina vänner fanns där och det var där hon skulle sluta sitt liv.

En vecka senare hände emellertid något som visar att ingen med bestämdhet kan förutse vart livet bär hän.

Det var höstmarknad i den lilla staden. Torget och angränsande gator fylldes med allsköns folk från när och fjärran.

Att trängas med andra var inget hon önskade, men hon ville inte gå miste om tillfället att göra nödvändiga inköp. Dock skulle hon inte uppehålla sig bland folk längre än nödvändigt. Det fanns ännu kvar människor som mindes henne från tiden på Lindö och dem ville hon för allt i världen inte möta.

På vägen upp mot torget gick hon förbi den cirkus vilken som vanligt var inkvarterad på kapten Åkerströms ödetomt. Hon passerade en karusell som just startat och folk började samlas vid lotteristånd och skyttebanor. Någonstans hördes det pipande ljudet från en positivhalare bland sorl och utrop.

Inget av detta ägnade hon en tanke.

I ögonvrån uppfattade hon ett litet tält där en skylt med röda bokstäver förkunnade: »Se din framtid hos madame Zara! Endast 25 öre!«

Att hon uppmärksammade detta berodde nog mest på att hon aldrig lagt märke till något sådant tidigare. Hon hade sett denna cirkus ett otal gånger i staden, vid marknader och andra tillfällen. Någon spåkvinna hade hon dock aldrig upptäckt tidigare.

Utanför tältet stod en kvinna. Antagligen madame Zara i egen hög person. Magdalena kände att spåkvinnan såg mot henne, ja rent av studerade henne ingående. För ett ögonblick kände hon obehag över stirrandet, men beslöt att inte bry sig om det.

Hon fortsatte upp mot torget. Bilden av den stirrande spåkvinnan fanns dock kvar i hennes hjärna, vilket gjorde att hon inte riktigt uppmärksammade vart hon var på väg.

En ilsken röst fick henne att vakna upp.

»Se dig för kärring! Annars blir du överkörd!«

I sista sekunden tog hon ett steg åt sidan och undvek därmed hästekipaget som for fram längs gatan. En man hötte med näven mot henne och bredvid honom satt två uppklädda kvinnor.

Jasså, tänkte hon. Danielsson har anlänt med sina horor. Bredvid henne stod två yngre män visslande och ropande som ville de uppmärksamma sin existens inför de två kvinnorna.

Magdalena fortsatte, gjorde sina inköp och lämnade torget med alla varor i en korg.

Spåkvinnan stod fortfarande vid sitt tält.

Magdalena hyste inga tankar på att stanna, men när spåkvinnan ropade åt henne stannade hon till.

»Frun har en intressant aura. Kom, låt mig spå er framtid!«

Magdalena ställde ned korgen.

»Aura,« upprepade hon. »Vafalls?«

»Jag vet nog hur min framtid ser ut,« fortsatte hon och tänkte på den lilla stugan på »Kärret«. Ett antal år i ensamhet. Det behövdes ingen spåkärring för att inse det.

»Jag ser en stor sorg. Frun känner en stor saknad över något,« sade spåkvinnan

Detta fick henne att stanna till.

»Jag är en gammal kvinna. Alla gamla människor bär på sorger!« svarade hon och gjorde en ansats att fortsätta hemfärden.

Det som till slut fick henne att bli kvar var något i spåkvinnans röst. Det var något allt för diffust och dunkelt för att hon skulle kunna inse vad, men någonstans inom henne väcktes en känsla som var lika svårtydd som irriterande. Det var som om något okänt drog i henne med en kraft som hon inte kunde motstå.

Inne i tältet där halvmörker rådde och en doft av någon slags rökelse låg tung och mäktig, satte hon sig så mitt emot spåkvinnan, som stirrade intensivt mot henne, som om hon sökte något.

Spåkvinnan tog hennes händer och blundade.

Efter en stund sade hon:

»Jag ser en stor saknad.«

Magdalena ville visa att hon egentligen inte var intresserad av några spådomar. Hennes åsikt var att det endast var ett sätt att lura av människor pengar.

»Alla saknar vi något,« svarade hon avmätt.

»Inte något,« rättade spåkvinnan. »En människa, kanske ett barn.... en dotter?«

Magdalena hajade till.

Detta hade hon inte förställt sig, men fortfarande var hon innerst inne skeptisk.

»Du vet inget om min familj,« svarade hon och drog undan sina händer. Samtidigt kände hon att hon i sin röst avslöjat att hon nu blivit osäker.

»Nej, det är sant,« sade spåkvinnan och tog åter hennes händer. »Men jag ser saknaden och jag ser sorgen.«

Hon blundade åter och började tyst gnola en sorgsen melodi.

Magdalena kände nu att gränsen var nådd. Spektaklet fick inte fortsätta längre. Hon hade slösat bort tillräckligt med tid redan.

»Jag ser ett barn, viskade spåkvinnan.

Magdalena hejdade sig i sin avsikt att resa sig upp.

»Er dotter,« fortsatte kvinnan. »Blonda lockar…. Ett änglalikt ansikte. Hon kommer tillbaka! Frun kommer att möta sin dotter igen! Mycket snart.«

Detta blev för mycket för Magdalena.

»Tyst kvinna!« skrek hon och reste sig upp och nu brast alla fördämningar. »Min dotter kommer aldrig tillbaka! Hör hon det? Aldrig!«

Spåkvinnan satt tyst och såg på henne när hon lämnade tältet.

Den kvällen blev inte som andra kvällar. Med minnet av dottern kom också saknaden. Så nära hade den inte varit på många år. Hon förbannade tyst spåkvinnan som nu rivit upp gamla sår. Det skulle ta tid att återta det normala livet, så som hon haft det alla åren sedan hon bosatt sig på »Kärret«.

Nu väntade långa tider av minnen och saknad. Varför hade hon låtit sig luras så lätt?

Det var som om allt hennes förnuft hade flugit sin kos utanför spåkvinnans tält. Hon hade ju aldrig trott på sådana lurendrejerier som att se in i framtiden. Allt för väl visste hon att trådarna i livets väv var allt för nyckfulla för att kunna förutses.

Ändå hade hon suttit där i dunklet med spåkvinnan.

Hon hade blivit vilseledd och nu skulle hon få betala ett högt pris.

När spåkvinnan berättat om de gyllene lockarna och det änglalika ansiktet hade minnet återvänt. Hon kunde nu tydligt se den saknade Lovisa Christina.

Med den bilden och tårarna rinnande nedför kinderna somnade hon till slut, utmattad och förtvivlad efter det som hänt.

Morgonen kom med oväder och tunga skyar. Mörkret härskade i den lilla stugan. Något ljus hade hon inte tänt och varför skulle hon det?

Hon var ju ensam och kände alla vinklar och vrår i köket där hon satt.

Timmarna gick, och hon satt ännu kvar med tankarna på gårdagen då det knackade på dörren.

Cirkusen, med karuseller, lotteristånd, lindanserskor, pajaser, trollkarlar, dvärgar, jättedam och allt annat, lämnade staden samma morgon. Emellertid fanns inte spåkvinnan Zara med i kortegen med vagnar som långsamt ringlade sig bort.

Hon hade stannat kvar och sökt sig in bland »Kärrets« ruckel och kyffen. Där stod hon nu utanför en gisten dörr och knackade på och väntade på att äntligen få återförenas med sin mor.

DET GAMLA ÖDEHUSET

Utanför den lilla staden, i närheten av hamnen låg ett öde stenhus. Ingen hade bebott detta hus på flera generationer. Dess stora trädgård var sedan länge igenvuxen och naturen hade långsamt men obevekligt återtagit den mark den ett sekel tidigare förlorat då huset byggdes och trädgården anlades. Här och var i det höga gräset mellan de knotiga fruktträden syntes således numera en och annan gran.

Huset som var gediget byggt i sten i två våningar var ännu väl bibehållet. De flesta fönster var i och för sig utslagna och ersatta med träskivor, men de fönster som lyckats stå emot tiden kunde då och då lysa upp med hjälp av den speglande solen som för att tala om att det fortfarande fanns liv i det gamla huset.

Alla de forna uthusen som varit byggda i trä låg nu på marken som vore de nedtrampade av en jättes fötter.

Huset hade en gång byggts av en förmögen handelsman vid namn Konrad Theodor Swahn och hade använts som sommarbostad för hans familj. Annars levde och verkade han i Stockholm och umgicks ytterst sporadiskt med den lilla stadens befolkning.

Det hade nu, som sagt, förflutit ett sekel sedan dess och den viktigaste kommunikationsleden gick vid den tiden över vattnet. Därav handelsmannens val av plats för sitt sommarhus. Resterna av en gammal murken brygga skvallrade fortfarande om att sjövägen hade utgjort den viktigaste kontakten med huvudstaden. Det skulle, när huset byggdes, ännu dröja åtskilliga decennier innan järnvägen kom att överta denna uppgift.

Huset och tomten ägdes fortfarande av handelsmannens ättlingar, men ingen av dessa hade bott i huset eller ens besökt platsen på många år.

Anledningen till denna frånvaro kände ingen i staden till, men det hade länge talats om att huset förde med sig olycka och död.

Vissa bland stadens äldre invånare hävdade med bestämdhet att onda makter härskade på platsen och att den i möjligaste mån borde undvikas. Inget hus, även om det var byggt i sten, kunde motstå tidens tand under ett helt sekel på detta sätt om inte okända krafter varit inblandade, menade man. Hur kunde annars den vita fasaden skina med sådan lyster och takpannorna glänsa i rött som vore de ditlagda helt nyligen?

Ingen kunde med visshet berätta om hur denna grönskande idyll, med sommarklädda glada människor och lekande barn bland fruktträd och blomsterrabatter på kort tid kunde förvandlas till denna spöklika hemlighetsfulla plats.

Bland de äldre fanns emellertid de som hört sina far- eller morföräldrar tala om vad som hänt med Konrad Theodor Swahn och hans familj.

I dessa berättelser avslöjades att den vackra sommaridyllen ganska snart förbytts i olycka och tragedi. En dag hade handlarens hustru försvunnit. Enligt Swahn själv hade hon givit sig ut på en roddtur men aldrig återvänt. Den lilla ekan hade återfunnits utan åror, men hustrun hittade man aldrig.

Elaka rykten spreds om att Swahn själv hade mördat sin hustru samt grävt ned henne någonstans i trädgården. Inget i de rättsvårdande myndigheternas undersökningar fann dock några som helst belägg för detta, men när ett sådant rykte en gång satts i gång kom det att leva sitt eget liv.

Vidare berättades det att Swahn ensam återkommit till huset under några somrar, men låtit trädgården förfalla och växa igen.

Sedan hade han inte synts till mer, vilket fick sin förklaring när det meddelades att hans äldste son, vid ett sällsynt besök, funnit honom liggande död nedanför trappan till övervåningen. Uppenbarligen hade han fallit i trappan och därvid brutit nacken.

Enligt vissa beskrivningar av händelsen lär den döde ha legat länge innan upptäckten gjordes och delar av kroppen söndertuggats av råttor samt att ögonen var borthackade, troligen av någon kråkfågel.

Vad som verkligen var sant eller inte visste ingen, men ryktet om de två döda levde som sagt sitt eget liv och snart kunde en och annan hävda att de med visshet både sett och hört de döda gå omkring i det övergivna huset.

Huset ruvade på dunkla hemligheter. Därom var de flesta i staden överens.

Historierna om den nu spöklika platsen var många. Det låg en viss brist på logik i de vittnesmål som spreds under decennierna efter dessa olyckliga händelser. Ingen vågade besöka platsen, men ändå kunde nära nog slås fast att Swahn själv irrade runt på nätterna i huset, ögonlös och med blödande fingrar och hans hustru likaså oroligt vandrande omkring spridande en doft av jord och mylla efter sig.

Om de två möttes eller tog någon notis om varandra omtalades inte.

Nu när ett nytt sekel hade inträtt och dessa händelser låg mycket långt tillbaka i tiden hade dessa historier och berättelser något förbleknat, men helt glömda var de inte.

Få av stadens invånare ville numer erkänna att de trodde på de gamla berättelserna om spökerierna runt det gamla huset, även om det fortfarande dök upp vittnesmål angående mystiska och oförklarliga företeelser i huset och där omkring.

Nu kunde de flesta av dessa avskrivas ganska omgående. I flera fall hade det visat sig handla om älgkreatur som, av naturliga skäl varit ovetande om platsens hemsökelser och ruvande hemligheter, under mörka sensommarkvällar tagit för sig av de frukter de gamla äppelträden fortfarande hade att erbjuda.

Många av dessa vittnen hade varit barn eller ungdomar som i sin okunskap låtit fantasin skena i väg då de hör vad som berättats om huset.

Det mest envisa vittnesmålet kom emellertid från gamle åkaren Roslund som enträget och ingående kunde beskriva vad han sett då han av en händelse och utan att han riktigt visste hur det gått till, hamnat vid det gamla stenhuset helt nyligen. Där hade han sett – det kunde han ta gift på – hur en mystisk skepnad rört sig längs den vita fasaden för att sedan plötsligt försvinna. Han trodde sig kunna påstå att det varit frågan om en mansfigur, men om denne saknat ögon eller inte hade han inte kunnat avgöra.

Just det faktum att han själv hävdat att han hamnat vid huset utan att veta hur det gått till, fick naturligtvis många att avfärda den gamle mannens historia. Roslund var nämligen inte direkt känd som någon renlevnadsman och sågs ej sällan uppträda i mer eller mindre överlastat tillstånd på stadens gator. Den allmänna meningen var att Roslunds medföljande vän brännvinsflaskan satt griller i huvudet på honom, ty en sådan kamrat kunde, som alla känner till, stundom visa sig vara nog så opålitlig och bedräglig.

Nu fanns det andra personer i staden som hade kunnat berätta mer om vad som vid det gamla huset sig tilldrog, och rent av bekräfta den gamle Roslunds berättelse om mystiska skepnader.

Dock hade dessa individer starka skäl att tiga om detta.

En sådan man var Johan August Qvist, även kallad Kvisten. Han hade under större delen av sitt vuxna liv saknat den inkomst och den tillfredsställelse ett stadigt och hederligt arbete kan erbjuda. Dock måste man ju leva och visst fanns det andra sätt att fylla på en ständigt sinande börs.

Han hade under åren arbetat sig upp till positionen som stadens buse nummer ett. Han var nu nyss utkommen från ett tvåårigt fängelsestraff för stöld och därmed tillbaka i staden.

Han var, under de tider han befann sig i frihet, ett ständigt gissel för ordningsmakten. Med förslagenhet och list blandat med ett hänsynslöst och förhärdat uppträdande ägde han de rätta egenskaperna för ett framgångsrikt liv som kriminell.

Oaktat detta hade han tillbringat nära hälften av de senaste tjugo åren bakom galler. Förutom de nyss nämnda egenskaperna var han nämligen utrustad med stadens sämsta ölsinne. Otaliga var de tillfällen då spritdrycker i olika kvantitet satt käppar i hjulet för en mera framgångsrik kriminell verksamhet. Även vid ett tillstånd av måttlig överlastning av nyss nämnda drycker kunde han helt förlora kontrollen över sig själv och ge utlopp för sin grundmurade aversion gentemot motsträviga medmänniskor i allmänhet och representanter för ordningsmakten i synnerhet. Slagsmål med stadens poliskonstaplar hade således blivit många, med åtskilliga nätter och dagar i häktet som följd.

Helt insiktsfull och medveten om denna sin svaghet för dessa starka drycker slog det honom allt som oftast att ett mer nyktert leverne med stor sannolikhet skulle göra hans liv som kriminell mycket enklare.

Emellertid hade alltid sådana tankar ganska raskt avvikit och aldrig lämnat några viktigare spår i hans hjärna.

Som nykter hade han ofta visat sig överlägsen polisen vad gällde att undvika att sammankopplas med utförda inbrott eller rån samt att hålla sig undan då marken började brännas. Detta under förutsättning att polisen använde, som han tyckte, renhåriga metoder i försöken att få fast honom. Nyligen hade han märkt att så inte alltid var fallet.

Den senaste fängelsevistelsen hade varit följden av ett sådant ohederligt beteende från ordningsmaktens sida då han lurats in i en fälla och därmed blivit fast.

Han hade tillskansat sig några silverur vid ett inbrott i urmakare Stenssons urmakeri. Naturligtvis hade han inte efterlämnat några spår och även om polisens misstankar riktades mot honom kunde de inget göra. För Johan Augusts del gällde det nu att ligga lågt ett tag innan det var dags att omsätta det stulna godset i penningar. Att sälja stöldgodset i staden, där han var känd av alla, var uteslutet. I vanliga fall hade han tagit sig till någon av de närmast belägna städerna för att där göra affärer, men med anledning av att en skuld måste betalas hade han denna gång ont om tid.

Något överraskad hade han blivit då en gammal bekant sökt upp honom. Denne sade sig numer leva sitt liv i Stockholm, men de två hade under åtskilliga år tidigare framgångsrikt samarbetat under flera stöldturnéer i de mellansvenska städerna. Hans gamle vän, som för övrigt hette Jansson, hade gått med på att befria Qvist från stöldgodset i utbyte mot en överenskommen penningsumma.

Jansson hade därefter försvunnit från staden och Qvist kände sig nöjd. Hans börs hade nu fyllts på. Han kunde betala sin skuld och ändå ha pengar över.

När så polisen hade kommit för att hämta honom redan nästa dag sände han en tacksamhetens tanke till Jansson som så lyckosamt dykt upp och befriat honom från det farliga stöldgodset. Några stulna fickur skulle polisen inte hitta vare sig på honom eller i hans hem.

Denna självsäkra känsla av trygghet hade dock försvunnit i samma ögonblick som överkonstapel Gren, ur en låda i polisvaktkontoret, hade plockat fram just de tre silverur han dagen innan sålt till sin vän Jansson.

Trots den plötsliga förvåning som drabbat honom hade han ändå lyckats att med någorlunda stadig röst förneka all kännedom om silveruren. Samtidigt hade en oroande tanke farit genom hans hjärna. Hur kunde polisen ha avslöjat och gripit Jansson så snabbt? Hade denne försökt sälja stöldgodset här i staden? Nej, det var inte möjligt! Så dum var inte Jansson.

Svaret på hans funderingar hade snabbt kommit då överkonstapeln lät meddela att Jansson i själva verket hade samarbetat med polisen. Han hade för några år sedan lämnat brottets bana och levde nu ett stilla liv ute på landet. På en förfrågan från polisen om huruvida han var villig att avslöja Qvist i hans kriminella verksamhet hade hans svar blivit jakande. Detta inte enbart för att han numer ansåg att all brottslighet var till skada för samhället utan även för att just Qvist lurat honom på hans del av bytet vid ett gemensamt utfört inbrott för många år sedan.

Johan August Qvist, mannen som gäckat polisen under flera år hade blivit lurad!

Hans inre hade fyllts med förvåning, ilska, förfäran och missmod om vartannat. Han hade velat skrika rätt ut, men dessbättre återfått kontrollen. Att visa vanmakt eller svaghet inför polismakten var det sista han ville, framför allt då överkonstapeln satt och log överlägset på andra sidan förhörsbordet.

Han hade stålsatt sig, svalt sin vrede och låtit meddela att han inte kände till något om det stulna och att Jansson var en stor lögnare.

En kort sekund hade tanken på flykt dykt upp hans huvud, men en blick mot den store konstapeln Eriksson vid dörren hade fått honom på andra tankar.

De två åren i fängelset hade varit svåra. Inte så mycket för att han satt inlåst. Nej, det var mera på det sätt han åkt fast som hade plågat honom. Hur kunde man sjunka så lågt att man offrade en gammal vän såsom Jansson gjort?

Att samarbeta med polisen?!

Säkert har den idioten gått och blivit religiös också, tänkte Qvist.

Han ville hämnas, söka upp förrädaren Jansson och slå ihjäl honom så snart han avtjänat sitt straff.

Emellertid hade tankarna på Jansson mer och mer förbleknat under åren i fängelset.

När han nu som fri man återvänt till staden var det polisen hans tankar på hämnd riktades mot. Han hade fortfarande svårt att komma över hur de med så ohederliga metoder satt fast honom.

Han hade hela tiden betraktat striden mot ordningsmakten som en hjärnornas kamp där intelligens och förslagenhet varit avgörande för utgången. En kamp han för övrigt ofta vunnit.

Men efter detta lumpna tilltag var läget ett helt annat.

Man kunde helt enkelt inte lita på polisen längre.

Nu krävdes en annorlunda taktik.

Att upphöra med de kriminella aktiviteterna fanns inte i hans sinne. Speciellt nu, var det ytterst nödvändigt att fortsätta. Nu skulle han minsann bevisa att han var överlägsen ordningsmakten i staden.

Han skulle lura uniformerna av dem och visa vem de hade att göra med.

Hädanefter skulle han hålla sig mer undan efter utförda brott. Polisen skulle helt enkelt inte hitta honom så lätt i fortsättningen. Vad gällde bostad hade ingen i staden längre. De rum han hyrt före fängelsevistelsen var inte längre tillgängliga.

Det enklaste vore väl att lämna staden och flytta till en plats där han inte var känd, kan man tycka. Detta såg han dock inte som ett tänkbart alternativ. Det var polisen i denna stad som lurat honom och det var dem han i fortsättningen skulle förödmjuka.

Han kunde en tid kanske bo hos sin mor som fortfarande levde i sin lilla stuga strax utanför staden. Modern kunde han alltid lita på. Flera gånger hade hon hjälpt honom då han varit på flykt undan rättvisan. Hon hade till och med lyckats smuggla in en tång till honom då han satt i häktet en gång. Dessvärre hade han inte med den lyckats att forcera gallret i fönstret som var tänkt, men han var ändå tacksam för att hon försökt hjälpa honom.

Dock behövde han ett säkrare gömställe han kunde nyttja då han var eftersökt av ordningsmakten. Hos modern skulle polisen hitta honom lätt.

Hade han några vänner boende utanför staden där han tillfälligt kunde stanna?

Visst hade han det, men vem kunde han lita på nu efter vad som hänt med forna vännen Jansson?

Sittande en kväll i augustimörkret vid åkanten helt nära hamnen drickandes en pilsner, hade plötsligt ett blänkande ljus fångat hans öga.

Det var ett fönster i det gamla ödehuset som speglade den nedgående solen.

Ödehuset slog det honom.

Ingen skulle väl hitta honom där?

Att han inte tänkt på detta tidigare!

Huset skulle vara en perfekt plats att gömma sig själv så väl som eventuellt stöldgods. Dit var det ingen som letade sig, efter vad han hört.

Han beslöt att genast bege sig dit. På vägen passade han på att bryta sig in i en matkällare varifrån han lyckades få med sig ytterligare några öl samt några korvar.

Så stod han till slut utanför huset där okända och mörka krafter sades härska. Naturligtvis hade han hört historierna om att huset var hemsökt, men inte hade han trott på dem. Och om det nu fanns spöken i huset så var det inget som skrämde honom, om de inte bar polisuniformer förstås, tänkte han.

Han log åt denna lustiga tanke samtidigt som han upptäckte ett källarfönster vars ena gångjärn lossnat från sitt fäste.

Han kände sig nöjd. Det var som att det gamla huset först lockat honom med solreflexen i fönstret och nu visat honom hur han skulle ta sig in, och han tänkte hur märklig och obegriplig tillvaron ändå kunde vara.

Väl inne i huset insåg han att detta skulle bli en utmärkt reträttplats och gömställe när så krävdes. Dessutom fanns gott om möjligheter att gömma eventuellt stöldgods i väntan på säkrare tider.

Ett litet rum i källarvåningen fyllt med ihopsamlade möbler skulle bli hans lilla tillflyktsort. Här kunde han till och med övernatta, åtminstone så länge kylan inte blev för svår. Visserligen hade han hittat rum med öppna spisar och kakelugnar i huset, men att elda var inte att tänka på. Röken skulle genast avslöja honom.

Endast för sin mor hade han berättat om gömstället. Han ville inte att hon skulle oroa sig i onödan om han tvingades försvinna under en tid. Han visste att hon aldrig för någon skulle yppa något om hans gömställe.

Efter en stöldrunda på landsbygden kunde börsen åter fyllas något, men han insåg snart att ett större kap behövdes för att kunna leva lugnt någon längre tid.

Så kom då det tillfället på hösten han väntat på.

Höstmarknaden.

Inom stadens polisstyrka kunde man med viss glädje konstatera att Qvist lyste med sin frånvaro. Var det måhända så att han nu insett att hans tid i staden var över? Alla kände ju igen honom här och eftersom han, trots sitt leverne, betraktades som en någorlunda klok karl, var den allmänna uppfattningen att han skulle göra sig själv och alla andra i staden en tjänst genom att flytta sin verksamhet annorstädes. Att han skulle ge upp sin yrkesbana som kriminell och sälla sig till de laglydigas skara var det få, om ens någon, som trodde.

Hade någon dryftat detta spörsmål med Qvist själv hade man upptäckt att han i stort sett höll med om detta. I sinom tid skulle han försvinna, men inte än. Först måste han förödmjuka stadens poliskår med en stor och spektakulär kupp.

Efter detta skulle han lämna staden för gott.

Långt bort.

Kanske till Amerika.

Tidigare hade de flesta av de inbrott och stölder han begått varit frukten av mer eller mindre hastigt uppkomna tillfällen. En dörr eller ett fönster som stod på glänt, en skymt av sedlar vid en affärsuppgörelse kunde ofta leda till ett lyckosamt inbrott eller fickstöld. Han visste hur man tog sig igenom en låst dörr och han drog sin inte för rån då möjligheten till ett lyckat sådant dök upp.

Det han skulle göra nu var något helt annat.

En noggrann planering var nödvändig.

Han smålog där han satt i sitt gömställe när planerna tog form.

Han skulle stjäla polisernas lönekassa.

Bylingarna skulle stå där med lång näsa medan han försvann, måhända ända bort till Amerika.

Tack vare sina många kontakter – om än ofrivilliga – med stadens poliskår hade han under åren snappat upp ett och annat som nu var användbart.

Under förhör och från häktescellen hade han avlyssnat åtskilliga samtal mellan konstaplarna.

Han visste därför att lönerna betalades ut två gånger per månad och att ett sådant tillfälle alltid var dagen efter höstmarknaden.

Han hade sett kassaskrinet där pengarna låg då han vid ett tillfälle satt i förhör och överkonstapeln plockade fram en sedel ur skrinet och en av konstaplarna beordrades gå för att inköpa papper och bläck.

Skrinet förvarades i ett skåp bakom skrivbordet där en av poliserna alltid satt. Qvist, som ju var väl insatt i stjälandets konst förvånades något över hur man kunde förvara så mycket pengar så lättsinnigt. Å andra sidan – ingen skulle väl komma på tanken att stjäla något ur ett skåp bakom en ständigt vaktande poliskonstapel.

Ingen hittills.

Men nu skulle det ske.

Qvist kände sig upprymd över sin plan som nu nästan var klar.

En liten svaghet i denna plan var att han måste ha en medhjälpare. Den vaktande poliskonstapeln måste luras bort från vaktkontoret och det kunde han inte själv göra. Att hitta någon att utföra denna uppgift var inte så svårt. I staden och dess omgivningar fanns gott om ynglingar och unga män som delade Qvists aversion mot polismakten.

Flera av dessa såg dessutom upp till honom som en förebild vad gällde konsten att leva som kriminell.

Sålunda engagerades en ung man vid namn Vilgot Pettersson från en grannsocken att bli Qvists kompanjon, mot en mindre ersättning givetvis.

Uppdraget var inte så svårt. Pettersson skulle lura i väg vakthavande polis genom att komma inrusande på vaktkontoret och ivrigt meddela att en berusad karl höll på att ta livet av en stackars kvinna runt hörnet ute på gatan. Ingen poliskonstapel skulle tveka att ingripa i en sådan situation även om det innebar att vaktkontoret för en stund blev obevakat.

När så polismannen försvunnit bakom hörnet skulle Qvist snabbt ta sig in i vaktkontoret och lägga beslag på skrinet med pengarna.

För unge Pettersson gällde det sedan att snabbt försvinna när poliskonstapeln i fråga insett att han blivit lurad. Givetvis skulle polisen då stölden senare upptäcktes inse att Pettersson samarbetat med tjuven.

Pettersson själv var dock säker på att ingen av stadens poliser kände honom varför risken att senare åka fast ansågs som minimal.

Qvist insåg att det fanns vissa svagheter i denna plan. I värsta fall kunde två konstaplar tillfälligtvis befinna sig i vaktkontoret, men detta var mindre troligt eftersom det var marknad i staden och poliserna ständigt behövdes ute bland marknadsbesökarna.

Så kom då dagen då allt skulle ske. Qvist kunde förnöjt konstatera att vädret var strålande denna sista marknadsdag. Mycket folk skulle vara i rörelse vilket skulle underlätta hans flykt genom staden efter stölden.

Han rakade av sig sitt skägg och sin mustasch denna soliga morgon. Han var ju välkänd i staden och en liten förändring i utseendet kunde inte skada.

Det pirrade onekligen i magtrakten då han och unge Pettersson närmade sig polisvaktkontoret. Inte för att han var nervös. Nej det var nog snarare av förväntan magen gav sig till känna. Äntligen skulle han slå tillbaka mot polisen som så bedrägligt lurat honom senast. Synd bara att han inte kunde vara närvarande då man upptäckte stölden och poliserna, långa i ansiktet, insåg att deras lön gått upp i rök.

Vid det laget skulle han antagligen redan befinna sig i säkerhet i det gamla ödehuset, där han skulle bli kvar några dagar tills dess allt lugnat sig.

Även om han inte varit synlig i staden en tid skulle säkert misstankarna riktas mot honom. Den allmänna uppfattningen skulle vara att ingen annan i staden ägde den djärvhet och den förslagenheten att utmana polisen på detta sätt.

Planen visade sig fungera perfekt.

Så fort den vaktande polisen rusat ut ur vaktkontoret smet Qvist in. Skrinet låg som förväntat i det olåsta skåpet bakom skrivbordet.

Snabbt lindade han in skrinet i en medhavd säck, steg ut genom dörren och gick i promenadtakt därifrån. Han bekämpade framgångsrikt instinkten att springa. En vild flykt skulle genast avslöja honom.

Utanför staden sammanträffade han en stund senare som planerat med sin kumpan Pettersson. Denne fick sin lilla andel i bytet som överenskommet var. Därpå skiljdes de åt.

Qvist tog sig sedan fram längs ån i riktning mot ödehuset. Ingen verkade förfölja honom.

Inga poliser så långt ögat kunde nå.

Väl framme kunde han konstatera att han nu var innehavare av nästan trehundra kronor. Det skulle han klara sig länge på och antagligen skulle det räcka till en amerikabiljett om han skulle välja detta alternativ.

I vilket fall skulle han försvinna från staden när tiden var inne. Några dagar i gömstället skulle han unna sig. Han hade mat och dryck. Dock inget brännvin. Han var väl medveten om att ett intag av den förrädiska drycken skulle kunna spoliera allt.

I sinom tid skulle dock allt firas med en sup eller två.

Stölden av kassaskrinet i polisvaktkontoret orsakade givetvis stor uppmärksamhet då den upptäcktes. Genast insåg man sambandet mellan stölden och den unge man som påkallat vakthavande polis om mannen som våldförde sig på den stackars kvinnan. Extra poliskonstapel Jönsson som var den som på detta sätt blivit lurad att lämna vaktkontoret fråntogs all skuld för det inträffade. Felet, konstaterade man, låg i att man förvarat så mycket pengar i ett olåst skåp.

Precis såsom Qvist själv förutsatt riktades genast misstankarna mot honom och alla konstaplar skickades ut att spana efter honom samt att tillfråga så många som möjligt ute på torg och gator om någon eventuellt sett honom eller något annat suspekt.

Till en början gav detta inget som helst resultat. Qvist, om det nu var han som var tjuven, hade snabbt gått upp i rök och risken var nu att han skulle hinna försvinna från staden.

Emellertid skulle det visa sig att Qvist och hans unge medhjälpare inte helt undgått att upptäckas. Sålunda vittnade någon om att de båda synts tillsammans en stund före stölden. Visserligen hade Qvist rakat bort både skägg och mustasch, men vittnet berättade att han en gång blivit rånad av Qvist och det ansiktet skulle han alltid minnas, med eller utan skägg. Misstankarna mot Qvist stärktes därmed.

Besök gjordes hos hans moder, men detta gav inte önskat resultat. Modern hade suttit tyst på en stol medan polisen undersökte den lilla stugan. Att utfråga henne om sonens förehavanden visste man var meningslöst. Hon skulle skydda honom vad som än skedde.

Några spår efter Qvist eller hans medhjälpare fann man inte innan dagens slut.

Frenetiskt fortsatte sökandet dagen därpå dock utan resultat. Till slut insåg man att taktiken måste ändras. Överkonstapel Gren, som var den som bäst kände till Qvist och hans kriminella bravader tog sig en funderare. Han var väl medveten om Qvists starka band till modern. En tagg sved i Grens hjärta varje gång han tänkte på Qvists mor.

Det hade nämligen varit han som suttit som vakt på vaktkontoret den gången modern lyckats smuggla in en tång till sonen i häktet. Hon hade bett Gren att vidarebefordra det bröd hon bakat till den älskade sonen. Det kunde väl ändå inte vara olagligt, hade hon sagt med en oskyldig min. Att brödet innehöll en tång kunde Gren aldrig ha anat. Nu hade ju detta flyktförsök från Qvists sida misslyckats, men Gren hade haft svårt att smälta att han så lätt låtit sig luras.

Med tanke på hur nära Qvist stod sin moder var Gren övertygad om att hon kände till var sonen gömde sig. Samtidigt visste han också att hon aldrig frivilligt skulle avslöja detta för någon, allra minst polisen.

Dock kunde man kanske med list få henne att begå ett misstag.

Så formades en plan i överkonstapelns hjärna om hur Qvists moder skulle avluras sin hemlighet. I sin slutliga form såg den ut som följer:

En ung man skulle anlitas vars uppgift skulle bli att utge sig för att vara Qvists medhjälpare vid den stora stölden. Denne skulle söka upp modern, presentera sig som sonens kumpan och därefter berätta att han hört att polisen lyckats avslöja Qvists gömställe och att man nu höll på att samla folk för att gripa honom. Vidare skulle han framföra sin oro för Qvist då poliserna var mycket upprörda och hämndlystna då deras löner stulits. Själv kunde han inte varna Qvist då denne aldrig avslöjat sitt gömställe för honom.

I Grens plan ingick nu en förhoppning att Qvists moder kände till sonens gömställe och därför skyndsamt skulle bege sig dit för att varna honom.

Under eftermiddagen dagen efter stölden sattes planen i verket och det visade sig att överkonstapel Gren haft rätt i sina aningar.

Efter den utsände unge mannens besök kunde man nämligen se Qvists moder skyndsamt lämna sin stuga.

Följd av polisens civilklädda spanare begav hon sig söder ut mot stadens hamn. Ett stycke bakom spanarna, utom synhåll för den förföljda gamla kvinnan, följde så överkonstapel Gren tillsammans med konstaplarna Wasser, Eriksson samt extra poliskonstapel Jönsson.

Alla undrade naturligtvis vart hon var på väg. Hade Qvist sitt gömställe i något av skjulen vid hamnen, eller kanske på någon av skutorna som där låg förtöjda.

Under tiden dessa funderingar upptog polisernas tankar dök plötsligt några av spanarna upp framför dem.

»Kärr…Kvistens mor har försvunnit!« lät en av dem meddela.

Överkonstapel Gren stirrade förvånat på spanaren.

»Försvunnen?! Hur kan man tappa bort ett åldrigt fruntimmer?! Hans röst avslöjade hur förvånad och upprörd han var.

»Plötsligt var hon bara borta. Som uppslukad av marken!« försvarade sig den olycklige spanaren.

Nu visade Gren vilken erfaren polis han var. Han beordrade sina män att genomsöka alla skutor i hamnen samt de förråd och skjul som stod i närheten.

Om Qvist inte fanns där, vilket sannolikt skulle visa sig, var fanns han då?

Uppenbarligen hade hans mor upptäckt förföljarna eller också hade hon anat att polisen försökt lura henne.

Gren svor tyst för sig själv. Qvist kanske befann sig någon helt annanstans. Hade modern medvetet vilselett dem i fel riktning?

Han frågade därefter sina konstaplar om någon av dem kände till något annat gömställe längs ån längre bort från staden.

Alla funderade och ruskade på huvudet. Där fanns väl bara kärr och sankmark? Förutom då det gamla ödehuset.

»Ödehuset?! Dit vågar sig väl ingen. Jag menar, alla vet ju att där förekommer både spökerier och andra hemskheter,« påpekade någon.

»Själv skulle jag nog kunna använda ödehuset som gömställe om jag utfört en stöld,« sade poliskonstapel Eriksson »Inte för att jag gjort det… jag menar, hur skulle det se ut, jag är ju polis..«

»Det räcker!« avbröt Gren.

»Visst var det väl så att gamle Roslund påstod sig ha sett någon röra sig vid ödehuset nyligen?« fortsatte han.

»Men ingen trodde på svammel från en fyllerist.« hakade konstapel Wasser på med sin breda skånska. »Kanske var det Kvisten han såg?«

Då vare sig Qvist, eller hans moder kunde återfinnas vid hamnen tog överkonstapel Gren beslutet att han och de tre poliskonstaplarna Eriksson, Wasser och Jönsson skulle ta sig till det gamla ödehuset. Några av de övriga beordrades ta sig tillbaka in i staden och där bland annat undersöka moder Qvists hus. Kanske befann sig Qvist trots allt där nu när hans mor lurat ut större delen av poliskåren bort från staden.

Försiktigt närmade sig poliserna Konrad Theodor Swahns gamla hus. De spanade ut över den igenvuxna trädgården där en del av de åldriga fruktträdens grenar sträckte sig ut likt knotiga fingrar, ivrigt sökande efter något att fånga.

Huset låg helt tyst. Den vita fasaden avslöjade inget för de spanande ögonen. Ingen av polismännen ville erkänna att platsen kändes allt annat än välkomnande. Det vilade onekligen en stum fientlighet över den igenvuxna trädgården och det vita stenhuset.

Trots detta avancerade de fyra polismännen långsamt genom trädgården. Väl framme delade de upp sig för att undersöka om det fanns några ingångar i huset. Alla fönster på nedre våningen var trasiga och glaset ersatt med bastanta träluckor. Där kunde man inte utan våld ta sig in. Likaså fann de den stora dörren i porten låst.

Men givetvis fann de källarfönstret med det trasiga gångjärnet Qvist tidigare hade upptäckt.

Gren åtog sig uppgiften att ta sig in genom det trasiga fönstret. Fattas bara annat, överkonstapel som han var.

Han försvann tyst in genom fönstret. En kort stund senare syntes hans huvud i fönsteröppningen och han meddelade lågmält att det fanns tydliga spår efter någon som redan varit där.

Han beordrade sedan konstapel Wasser att följa honom i undersökandet av de övriga rummen i huset. Konstaplarna Eriksson och Jönsson skulle vakta utomhus utifall någon försökte fly från huset.

Johan August Qvist lyssnade spänt där han satt bakom en gammal byrå. Han hade tydligt hört att någon tagit sig in i huset. Kunde det vara polisen? Hade de redan avslöjat hans gömställe?

Det kunde ju också vara någon annan som upptäckt att huset var ett utmärkt gömställe.

Emellertid kunde han inte sitta där och trycka. Han måste försöka ta reda på vem eller vilka som nu tagit sig in. Försiktigt kröp han fram med penningskrinet hårt i famnen. Långsamt smög han mot den halvöppna dörren.

Plötsligt hejdade han sig.

Någon befann sig i det angränsande rummet.

Han stod nu blick stilla, lyssnande efter ljud.

Så hörde han en låg röst. Någon sade något.

Qvist kände igen rösten och suckade tyst. Den dialekten kunde man inte ta miste på. Det var den där skånska polisen Wasser.

Eftersom Wasser pratade betydde det att minst en polis ytterligare befann sig på andra sidan dörren.

Qvist väntade tills inkräktarna hade lämnat rummet. Nu gällde det att lämna huset och försvinna ut i skogen. Men inte i panik. Lugnt och metodiskt och med försiktighet.

Minuterna drog sig fram i oändligt långsam takt innan han vågade kika ut i dörröppningen. Rummet var tomt.

Han visste något så när hur de olika rummen låg i förhållande till varandra. Han måste nu ta sig tillbaka till källarrummet med det trasiga fönstret. Fönstret var, så vitt han kände till, den enda väg ut han kunde ta utan att ställa till oväsen.

Utanför huset väntade Eriksson och Jönsson otåligt på några livstecken från Gren och Wasser.

Jag menar, tänkte Eriksson, huset är ju i alla fall, vad som sägs, ett tillhåll för onda krafter och vem vet vad som kan hända de två poliserna inne i huset.

Han vidarebefordrade inget av sina tankar till Jönsson. Det kändes onödigt att skrämma upp denne i onödan.

När han så spanade upp mot husets fasad såg han en skepnad eller skugga i ett av övervåningens fönster. Då så, tänkte han. De två hade tagit sig upp till övre våningen i sitt sökande. Uppenbarligen hade de ännu inte hittat något misstänkt.

Inne i huset väntade Qvist otåligt.

Skulle han våga sig på ett flyktförsök, eller skulle han gömma sig undan poliserna ännu en stund.

Det som fick honom att till slut bestämma sig för flykt var det faktum att han såg någon komma nedför trappan från övervåningen.

Han svor tyst. Bylingarna hade redan genomsökt övre våningen! Nu var de på väg ned och det var dags att ge sig av.

Tyst smög han sig tillbaka ned till det lilla källarrummet med det trasiga fönstret. Han kikade så gott han kunde ut genom fönstret, men kunde inte se någon utanför. Försiktigt och med det stulna skrinet hårt i ena handen kröp han så ut i det fria.

Gren och Wasser hörde plötsligt hur någon skrek och svor utanför huset. De skyndade sig tillbaka och kom sedan utkrypande genom det fönster som Qvist just använt som flyktväg.

Qvist hängde nu i ett kraftigt grepp i den store konstapel Eriksons händer. Det stulna skrinet höll Jönsson i sin famn.

Qvist svor och förbannade alla poliser, men kunde inget göra mot övermakten. Han var fast och när han insåg detta till fullo lugnade han sig nykter som han var. Hade han, vilket han ofta varit i kontakterna med polisen, varit alkoholpåverkad, hade han stretat emot samt överöst konstaplarna med diverse nedsättande tillmälen såsom »suggor«, »dynghögar« eller horkarlar« ända tills krafterna tagit slut.

Vid det efterföljande förhöret på polisvaktkontoret berättade så Qvist motvilligt om hur han planerat stölden och hur han hade hittat gömstället. Samtidigt kunde han inte, trots sin mångåriga aversion mot polismakten, låta bli att berömma överkonstapel Gren och hans mannar. Han erkände själv att han begått ett misstag då han avslöjat gömstället för sin mor och bluffen med besöket hos henne av den yngling som påstod sig vara hans kumpan, var något han aldrig kunnat föreställa sig att något den lilla stadens polisstyrka var kapabel att iscensätta.

»Medhjälpare innebär alltid en risk,« konstaterade han kortfattat.

På frågan varför han försökt lämna ödehuset så plötsligt och oväntat trots att vare sig Gren, eller Wasser hade upptäckt honom svarade han:

»När jag såg en av er komma nedför trappan från övre våningen insåg jag att stunden var kommen. Jag var tvungen att ge mig av!«

Överkonstapel Gren och konstapel Wasser såg förvånat på varandra.

»Vi var aldrig uppe på övre våningen,« sade Gren till slut.

»Åjo, nog var ni det,« bröt konstapel Eriksson in. »Jag såg ju en av er i ett av fönstren!«

Gren upprepade vad han nyss sagt.

Alla stirrade på varandra.

Ingen kände emellertid någon lust att besvara den fråga som nu dök upp i huvudet på alla församlade i det lilla polisvaktkontoret:

Vem var det som visat sig i fönstret på övervåningen och vem var det som kommit gående nedför trappan?

Att den stora stölden klarades upp och att pengarna återfunnits gladde naturligtvis invånarna i den lilla staden, men när ryktet om den mystiske skepnad som visat sig i ödehuset spreds, vaknade åter de gamla berättelserna om handelsmannen Swahn och hans hustru vars osaliga andar tydligen fortfarande hemsökte denna gudsförgätna plats. Det skulle komma att dröja åtskilliga år innan någon åter vågade närma sig det hemsökta ödehuset.

FLICKAN, LUFFAREN OCH CHARMÖREN

I denna historia kommer tre personer som inte alls kände varandra, så småningom att mötas vid Olga Valentins café vid den lilla stadens torg.

De tre skulle komma att lämna caféet i olika sinnesstämning. En av dem som förlorare med ett stukat självförtroende samt något fattigare, en med en euforisk känsla av upprättelse och även en smula hämnd samt den tredje med en avsevärd summa penningar i fickan.

En av dem var den gamle luffaren, bettlaren och lösdrivaren Per Persson även kallad »Krok-Pelle«. Detta med anledning av att han ursprungligen kom från ett torp långt ute i skogen någonstans i Småland, vilket allmänt gick under namnet Kroken. Inte för att där fanns någon krök eller liknande på den gamla närbelägna landsvägen utan fastmer för att där för länge sedan bott en gammal soldat med namnet Krok.

Den andre var unge herr Stettin, ibland benämnd »sprätten« bland de som kände till honom. Vi och många andra föredrar emellertid att kalla honom charmören, modelejonet eller påläggskalven Stettin. Påläggskalv därför att han ansågs vara en sådan inom den firma han för närvarande hade sin tjänst. Driftig och synnerligen slug och skicklig vad affärer beträffar, menade man att han snart skulle överta styret av nämnda firma.

Detta fann måhända somliga något mindre märkvärdigt då den som nu satt på denna plats var hans egen far. Att han alltid uppträdde världsvant och belevat med stort självförtroende, inte minst i kontakten med det motsatta könet, och alltid var klädd enligt senaste modet, gjorde att epiteten charmör och modelejon utan tvekan passade utmärkt in på honom.

Den tredje var den unge och särdeles vackra men blyga mamsell Wallin med förnamnen Sofia Aurora Euphrosyne. Själv nöjde hon sig dock med Sofia, medan familjen och de närmsta vännerna kallade henne Fia.

Just på steget till vuxenlivet kände hon sig stundom något vilsen, och visste inte riktigt vart åt hennes liv skulle ta sin riktning. Med välbeställda föräldrar och tillhörande stadens allra högsta borgarklass, hade hon dock gott om tid att fundera. Den ovissa framtiden kunde gott få vänta ännu en tid.

Krok-Pelle var på väg hem, men ännu var det långt till Småland där sonen med familj väntade. Hustrun var borta sedan flera år och det hade varit i samband med hennes bortgång han begivit sig ut på vägarna. Oron hade slitit i kroppen. Torpet där de bott så många år kändes inte längre som hemma.

Att återfinna sig själv hade inte varit möjligt på den plats där minnena ständigt påminde om hur livet varit och borde ha förblivit. Ute på vägarna hade han funnit friden till slut. Åtskilliga somrar hade han nu tillbringat ute i det fria och levt en dag i taget. Nog hade det varit hårt ibland och visst hade han gått hungrig många dagar, men aldrig hade han känt någon ånger över sitt val.

Med påhugg här och där och tiggeri då och då, hade han ändå klarat sig bra. Han största tillgång var felan. På åtskilliga ställen hade han spelat ihop penningar. Vid ett tillfälle hade han spelat på ett bröllop då musiker saknats till festligheternas dansande.

Nu var sommaren snart över och han var på väg hem. Brådskan mot hemtrakterna var denna gång av nöden av andra orsaker än hemlängtan. I en socken i Dalarna hade han nämligen en vecka tidigare kommit över en väst på ett sätt som gjort att länsman och han varit smått oense om huruvida hans tillägnande av detta plagg varit helt inom lagens ramar, varför han beslutat lösa denna tvist genom att helt enkelt försvinna.

Nu gick han i ständig oro för att bli arresterad. Genom att lägga så många mil mellan sig själv och vederbörande länsman som möjligt, skulle risken för upptäckt minska. Han visste emellertid att detta inte hade någon förankring i verkligheten. Landets poliser kunde lätt kontakta varandra medelst telegraf eller telefon och en efterlysning av honom skulle, om han hade otur, lätt hinna ifatt honom hur många mil han än tillryggalade.

Nu skulle han emellertid söka lyckan i närmaste stad.

Mörkret kom med kyla denna septemberkväll. Han skulle inte hinna in i staden innan natten varför han beslöt att övernatta ute i det fria i skogen.

Med en kniv ordnade han till en granrisbädd under några täta grangrenar och där lade han sig att sova. Att tillbringa natten utomhus bekom honom föga. Det hade han gjort oräkneliga gånger. Kylan skulle kanske bli lite besvärlig så här när hösten närmade sig, det visste han. Vad han däremot inte kunde veta var att just denna natt skulle den antågande vintern förvarna om sin ankomst med en riktig köldknäpp.

Följande morgon när värmen så smått började tina bort den frost som prydde marken med sina kristaller, vaknade han inte.

Somliga menar att vi föds till livet som ett oskrivet blad och att vi själva genom våra beslut i livets olika skeden stakar ut dess framtida riktning.

Andra åter hävdar att livet och alla dess skiften och händelser är bestämda redan i det ögonblick man föds och att det som för oss förefaller vara slumpens nyckfulla spel i själva verket är en del av denna uttänkta plan. Varför inte kalla det ödet.

Om de senare har rätt måste detta naturligtvis även gälla en luffare och lösdrivare som Krok-Pelle. Det verktyg som ödet, i sin iver att fullfölja den uttänkta planen, i så fall använde sig av denna gång, bestod av en krånglande tarm hos trädgårdsmästare Blomsters storvuxne schäfer Napoleon.

Trädgårdsmästaren tog denna morgon, såsom han brukade, ut sin vän Napoleon på en behövlig promenad i den närbelägna skogen. Behov skulle uträttas och frisk luft skulle intas. En något bångstyrig tarm gjorde att den kloke Napoleon på egen hand avlägsnade sig en bit från stigen för att göra det han skulle.

Blomster väntade tålmodigt på stigen under tiden, men när Napoleon dröjde och dessutom uppgav ett uppfordrande skall, förflyttade han sig ut bland mossa och granar.

Han fann sin vän stående vid en tät gran under vilkens nedersta grenar han kunde skymta en människa.

Trädgårdsmästarens första tanke var att någon hade lagt sig att sova och sedan frusit ihjäl under natten.

Han drog ut mannen och hans misstankar tycktes besannas. Den ovårdade mannen, som mest liknade en lösdrivare, låg helt stilla.

Polis tillkallades och mannen fördes till häktet där stadsläkare Östman kunde konstatera att mannen visserligen levde, men att utgången var oviss. Östman kunde inget mer göra och att transportera mannen till sjukstugan vore meningslöst. Bättre då att han fick bli kvar i en cell i häktet.

Endast tiden skulle utvisa om den okände mannen skulle överleva dagen.

Det gjorde han.

När han några timmar senare slog upp ögonen och insåg att han befann sig i en häktescell, var hans första tanke att den befarade efterlysningen hade hunnit ifatt honom till slut. Hur han hamnat i cellen kunde han inte begripa. Han hade ju lagt sig att sova i skogen.

Nåväl, tänkte han. Nu gäller det att hålla huvudet kallt och blåneka till allt.

Plötsligt öppnade sig celldörren och en polisman kom in med en bricka.

»Seså, min gamle man. Frukost på doktorns order.«

Krok-Pelle såg sig förvirrat omkring. En enda gång tidigare i livet hade han vaknat upp i en häktescell. Det hade varit mycket länge sedan efter en kväll med allt för stort intag av starka drycker och han måste nu konstatera att behandlingen av intagna i häktet onekligen förändrats till det bättre.

Den store polismannens nästa uppmaning stärkte hans föregående konstaterande.

»Om det är något annat han önskar, så säg till!«

Krok-Pelle var nu övertygad om att han dött i skogen och nu befann sig i paradiset, som i och för sig kanske inte motsvarade hur han föreställt sig detta vid de få tillfällen han ägnat sina tankar på livet efter döden, men vem var han att ställa krav?

Han kände nu att strupen var ovanligt torr och att han frös en smula varför han följde polismannens uppmaning.

»Kan man få en sup möjligen. Jag känner mig frusen.«

Polismannen såg sig om och satte sig bredvid honom. Krok-Pelle såg att i det rödmosiga ansiktet fanns godhet och välvilja.

Fattas bara, tänkte han. Polismannen var uppenbarligen en av Guds änglar.

Till sin förvåning såg han nu hur konstapeln tog fram en liten flaska ur fickan.

»Se här, min vän. Ta en redig klunk. Det kan han behöva. Men fort innan chefen kommer.«

Krok-Pelle gjorde som han blivit tillsagd.

Åh, tänk så skönt den supen värmde!

»Chefen?« kraxade han. »Konstapeln menar Gud själv? Och du är förstås en av hans änglar.«

»Nej,« skrattade polismannen. »Den chefen har jag valt bort sedan länge. Men ät nu lite av frukosten och vila sedan.«

Polisen reste sig och gick. Krok-Pelle lade märke till att han inte ens låste celldörren efter sig.

När han fått i sig frukosten lade han sig åter ned. Han kände sig trött, men mycket lycklig. Om detta var himlen, ville han gärna stanna.

Inom några minuter sov han och hörde inte det samtal som senare fördes mellan den store polismannen, som hette Eriksson och dennes chef som inte alls var Gud själv utan i stället överkonstapel Gren.

»Den gamle mannen har ätit sin frukost och sover nu. Han verkar något förvirrad och pratar mest om Gud och hans änglar,« upplyste Eriksson.

Överkonstapel Gren uppmanade Eriksson att väcka den intagne efter någon timme och förhöra honom angående namn, hemort och sysselsättning samt uppmana honom att bege sig vidare. Något bettleri och lösdriveri ville man inte ha i staden.

En timme senare samma dag befann sig Krok-Pelle stående utanför polisvaktkontoret, sorgligt medveten om att det där med himlen och änglar bara hade varit en produkt av hans förvirrade hjärna. Verkligheten hade nu kommit ifatt honom. Han hade vänligen men bestämt ombetts lämna staden senast nästa dag, då han inte kunnat påvisa att han hade något fast arbete och därför kunde gripas enligt lösdriverilagen.

Att ännu en gång hamna i häktet var inget som lockade, speciellt då detta så falskeligt utgett sig för att vara himmelriket.

Dock var han nöjd med att någon efterlysning av honom uppenbarligen inte hunnit ifatt honom. Hans plan var nu att lämna staden, kanske redan samma dag. Först måste han dock få något inombords. Frukosten som den snälle poliskonstapeln bjudit på hade nu lämnat magsäcken tom och den hungrande nu efter mer. Något drickbart vore också att önska.

Han kände att mynten i fickan inte skulle räcka långt.

Återstod då att lita på människors goda hjärtan och givmildhet. Att tigga öppet skulle inte komma i fråga. Det hade polisen gjort klart för honom.

Inget bettlande på stadens gator och torg!

Nåja, det fanns väl andra sätt.

Om nu inte paradiset, från vilket han nyss blivit utsläppt, visat sig vara äkta och att den ängel han mött bara varit en vanlig poliskonstapel, kunde kanske bibeln ändå hjälpa honom.

Han plockade fram en gammal nött bibel ur sin lilla packning.

Nästa steg var att invänta den rätta personen.

Den rätta personen var i de allra flesta fall en äldre ensam kvinna. De flesta män ägde inom sig en märklig uppfattning om att försörjning absolut måste ske via eget arbete och därför sällan kände medömkan för en olycklig medbroder.

När så en gammal dam klev ut genom en port och lämnade sitt hem, steg han fram, tog av sig mössan och bockade sig.

Kunde den snälla damen kanske hjälpa honom?

Han räckte fram sin bibel. Ville hon vara så snäll att leta fram ett stycke i den heliga skriften. Hans ögon var dåliga och han hade förlorat sina glasögon och han var för fattig att skaffa nya. Denna första kontakt var mycket viktig. Han framstod nu som en from och djupt troende gammal man, vilket allt som oftast ledde till en gåva i någon form, ej sällan en slant eller två till lite mat.

Få gamla damer hade nekat honom hjälp då han spelat upp denna teater och när hon bläddrade i hans bibel tog han tillfället i akt att prisa alla godhjärtade människor i allmänhet och damen i synnerhet och kunde hon kanske tänka sig att skänka en slant?

»Någon slant blir det nog inte men nog förstår jag vad han behöver,« sade den gamla damen och drog in honom igenom porten.

Där stod han med mössan i handen och väntade, medan hon försvann in i lägenheten. Han kände att han hade träffat rätt. Inga penningar var förstås en missräkning, men något annat väntade... något han såg ut att behöva. Nog visste han vad han behövde. Något starkt att fukta strupen. Det var ett som var säkert.

Inte skulle den gamla damen väl hämta..? Troligen inte, men värre under hade skett och en dragnagel skulle passa fint.

Så återkom den gamla damen men inte hade hon nått drickbart att bjuda på. I stället tog hon fram en bibel, slog upp den och började läsa. Där stod han nu med mössan i handen och lyssnade på bibelorden. Han förstod att hon nu läste upp det stycket han bett om hjälp med tidigare. Han var besviken, men kunde inget göra.

När hon var klar slog hon ihop den heliga skriften och sade:

»Det gläder mig att det var Guds ord han gärna ville höra. Många andra är oftast enbart ute efter brännvin och annat otyg. Gå nu i frid och förtröstan på vår Herre.«

Åter ute på gatan stod han något besviken och uppgiven. Frid och förtröstan var nog bra för somliga, men till denna skara räknade han sig inte för tillfället.

Han hade misslyckats. Hans tomma mage gjorde sig åter påmind och strupen var lika torr som tidigare. Vädret hade slagit om från den kyla som nästan tagit livet av honom till något som mer liknade en sommardag.

Utan penningar skulle han svälta. Vad menade vår Herre egentligen med att frälsa honom från att dö av köld ute i skogen, bara för att i stället låta honom svälta ihjäl?

Kunde den som hade den högsta makten kanske vara lite mer hjälpsam när en gammal trött man, som så snällt lyssnat på den heliga skrift, behövde hjälp?

Krok-Pelle suckade djupt och drog vidare längs gatan, besviken över den uteblivna hjälpen.

Nu visade det sig att den högsta makten, vår Herre, eller ödet, om man så vill, redan hade börjat arbeta på en lösning, men det visste den gamle luffaren ännu inget om.

På morgonen samma dag klev nämligen en ung man av tåget vid stadens järnvägsstation. Han var klädd i ljus kavaj med därtill matchande byxor och väst. Under hakan satt en kravatt och på huvudet ett plommonstop. Med självklar elegans stödde han sig på en promenadkäpp.

Under armen hade han en tunn portfölj, en sådan som enbart var till för att innehålla mycket viktiga papper, vilket den också gjorde i detta fall.

Även mannen, som hette August Salomon Stettin var viktig, åtminstone tyckte han det själv.

Han fingrade förstrött på den vaxade mustaschen och gick sedan mot den hästdragna omnibussen som dagligen trafikerade järnvägsstationen och stadens centrum, allt efter de ankommande och avgående tågens tidtabell.

Han hade kunnat promenera, men det varma vädret inbjöd inte till sådana fysiska aktiviteter. Nu fick han visserligen trängas något med andra från tåget avstigna passagerare, men det var ändå att föredra framför en varm promenad.

Medpassagerarna bestod av en storväxt kvinna vars starka parfymdoft avslöjade att hon antagligen befann sig i krig med de mindre väldoftande kroppsavdunstningar hennes kropp producerade denna varma förmiddag. Den tredje passageraren var en äldre man klädd som en bonde, luktade som en bonde och antagligen också var bonde.

Bonden som tuggade på någon typ av tobak, såg på den stiligt klädde mannen ett kort ögonblick och nickade tyst som om han för sitt inre, efter en kort diskussion med sig själv, kommit fram till att den välklädde stroppen antagligen var stockholmare. Ett antagande som inte var allt för djärvt då ju tåget kommit just från Stockholm. Därpå slöt han ögonen och antog en drömmande min.

Unge herr Stettin försökte bortse från de två medpassagerarna. Den korta resan skulle snart vara över och mötet med dem glömt och förpassat till avdelningen obetydligheter.

Han hade viktigare saker att tänka på.

Vid pass en halvtimme senare skulle han sitta i ett viktigt möte.

Alla papper i portföljen var i sin ordning och mötet var mest av formell karaktär, men ändå viktigt. Några få små detaljer skulle förhandlas och kontrakt skrivas. Järnhandlaren Sundberg i staden skulle utöka sin verksamhet till huvudstaden och en fastighet därför inköpas. Det mesta var, som sagt, redan avhandlat. Återstod så att slutligen sätta sina respektive namn på kontraktet.

Efter ett förväntat kort möte skulle lunch intagas på stadens stadshotell inklusive kaffe med konjak, eller varför inte en punsch. Firman betalade.

Därefter skulle han bli kvar i staden till eftermiddagen då han per tåg planerade att återvända till Stockholm. Under väntetiden ämnade han studera staden lite närmare. Spatsera runt lite, insupa den lantliga atmosfären och kanske, eller snarare förhoppningsvis, komma i samspråk med någon av dess invånare och då främst den del som utgjordes av yngre kvinnor med behagfullt utseende. Vem vet, möjligen kunde adresser utbytas för eventuella senare sammanträffanden.

Han kände sig ivrig inför denna tanke. Det där med eventuella senare kontakter var inte så viktigt. Nej, det var jakten som fascinerade. Spänningen när han lade ut sina agnade krokar kittlade hans nerver. Han var skicklig i detta spel, det visste han. Dessutom var han medveten om att de flesta kvinnor såg på honom med välbehag. Han var ung, elegant klädd samt gjorde ett världsvant intryck.

Han hoppades – nej han förväntade sig – en god jakt. För de flesta kvinnor i denna lilla landsortshåla måste han framstå som en spännande, lockande och oemotståndlig besökare från den stora världen.

Detta var de tankar som upptog hans inre då han klev ut på det soldränkta torget.

Mamsell Sofia Aurora Wallin gjorde sig samma förmiddag klar för att gå ärenden åt sin mor. Efter avslutad skolgång på stadens flickskola låg nu livet framför henne som ett oskrivet blad i den bok där resten av hennes liv skulle komma att inrymmas. Denna sista sommar kunde betraktas som en definitiv avslutning på barndomen, även om hon själv skulle hävda att något barn var hon minsann inte med sina sjutton år.

Nu skulle krav ställas om framtiden.

Betyget från flickskolan berättade om goda kunskaper i fruntimmersaktiviteter såsom sömnad, broderi, vävning samt andra hushållssysselsättningar. Vidare kunde man där läsa om mycket goda kunskaper i läsning, skrivning samt i historia – den svenska såväl som den bibliska.

Hon kunde dessutom spela piano oklanderligt och hade en ljus behaglig sångröst, gärna avlyssnad av familjen och närmaste bekanta.

Alla dessa kunskaper till trots såg hon med en smula oro på framtiden. Av såväl sin far – apotekaren Axel Albin Wallin och sin mor Matilda Aurora, förväntades ett beslut i frågan inom en snar framtid.

Hon var äldst i en syskonskara på fyra – alla flickor och hon kände att hon var den som skulle visa systrarna vägen till ett framtida liv, vilket inte på något sätt gjorde hennes situation lättare.

Vägvalet låg egentligen enbart mellan en yrkeskarriär och ett äktenskap. Vad gällde yrkeskarriären hade hon redan insett dess begränsade valmöjligheter. Ett tag hade hon funderat på fotografyrket. Detta efter att ha varit på besök hos stadens kvinnliga fotograf. Hon hade blivit fascinerad över hur man kunde infånga ett ögonblick av evigheten på en bit papper för att sparas till framtiden.

Dessutom sades det vara ett framtidsyrke och som fotograf var man sin egen och kunde styra sitt liv själv. Dock visste hon att detta bara var en hastig dröm som av misstag hamnat i hennes hjärna. I verkligheten var det nog inget passande yrke för henne. Hon var blyg och tillbakadragen – föga användbara egenskaper på en marknad där det gällde att sälja sina tjänster i konkurrens med andra.

Nej, hon hade till slut fastnat för lärarinneyrket. Det skulle passa henne.

Hon hade ju under skoltiden träffat flera lärarinnor och förstod vad yrket krävde.

Hennes föräldrar hade tyckt att detta vore ett klokt val och de hade redan talat om en ansökan till seminariet. Att utbilda sig och under några år arbeta som lärarinna skulle passa henne bra, hade fadern sagt. Inte för länge dock. Självklart skulle hon så småningom ingå äktenskap och då givetvis avsluta sin lärarinnetjänst.

Det där med äktenskap var egentligen inget som lockade. Vem skulle hon gifta sig med?

Hon hade levt hela sitt liv i staden och kunde inte komma på någon i passande ålder som hon själv kunde tänka sig ingå äktenskap med.

Samtidigt visste hon att det skulle kosta på att gå sina egna vägar och med en suck konstaterade hon ibland att hon till slut antagligen skulle låta sig ledas in i den fälla som innebar äktenskap, familj och ett liv instängd i hemmet.

Denna vackra sensommarförmiddag kände hon emellertid att alla framtida tvång var långt borta och beslöt att njuta av den frihet hon kunde räkna med under ännu några veckor.

Det val hon nu stod inför var av en helt annan dignitet än yrkesval och äktenskap.

Skulle hon ta med sitt parasoll eller inte?

En hastig titt ut genom fönstret visade på en klarblå himmel och en strålande sol.

Med parasollet i ena handen och ett paket till sin mormor i den andra klev hon så ut på gatan.

I uppdraget från modern ingick främst inhandlandet av förnödenheter till mormodern som själv inte kunde utföra detta då hon numer mest var bunden till sitt hem då värk och sjukdom intagit hennes magra och åldrande lekamen.

Hon gjorde denna visit flera gånger i veckan och det var inget hon hade något emot. Tvärtom såg hon oftast fram emot dessa besök. Mormodern var visserligen gammal och ledbruten, men hennes minne var det inget fel på. Hon var själv uppväxt i staden och kunde berätta om tiden långt före både telefonapparater och järnväg och då staden kunde stinka av gödselstackar och lösa svinkreatur ibland sågs röra sig på gatorna.

Att hon dessutom alltid bjöd på sötsaker gjorde dessa tillfällen till något positivt. I besöken ingick även att läsa högt ur lokaltidningen om de senaste nyheterna. Mormoderns ögon hade såsom mycket av den övriga kroppen alltmer förlorat sin förmåga att bistå sin ägare i den dagliga tillvaron.

Denna dag stack mormodern även en slant i sitt barnbarns hand med uppmaning att inhandla något vackert till sig själv.

På vägen ut genom porten såg Sofia på slanten och suckade. Mormodern levde uppenbarligen kvar i sin ungdom och ägde inga kunskaper om hur priser på saker och ting hade förändrats sedan den tiden.

Nåväl, det skulle i alla fall räcka till en kopp te och några söta kex på Olga Valentins café dit hon nu ämnade styra kosan.

Riktigt hur det hade gått till visste hon inte, men när hon skulle stoppa undan slanten hon fått, tappade hon den.

När hon böjde sig ned för att ta upp den kände hon plötsligt hur någon tog hennes hand.

»Tillåt mig, min fröken.«

Rösten var mjuk. Ja, nästan lite inställsam.

Hon tittade förvånat upp och såg in i ett par blå ögon.

Innan hon slog ned blicken hade hon hunnit konstatera att ögonen tillhörde en ung man med ett vackert ansikte och ett vänligt leende under en svart välformad mustasch.

»Vem…?« var det enda hon kunde få ur sig i hastigheten.

»Åh. Ursäkta mig,« sade mannen och tog av sig hatten. »August Stettin, till er tjänst. Jag ber om ursäkt om ni tycker mitt uppförande må vara något framfusigt, men jag lade märke till att ni tappade något … ett mynt, varsågod.«

Han överlämnade myntet i hennes hand.

»Tack.« Mer än så förmådde hon inte komma på att säga.

»Man ska vara rädd om pengar. Ett litet mynt kan vara början till en förmögenhet, brukar min far säga. Är ni på väg någonstans? Tillåt mig att eskortera er.«

»Ni behöver inte alls...«

»Det vore mig en ära,« avbröt han. Ni får ursäkta mig fröken...?

»Åh, fröken Wallin, Sofia Wallin.« Hon vågade inte möta hans blick. Hon verkade vara fast i den barnsliga blygheten vilket nu irriterade henne en smula.

»Jo, fröken Sofia. Ni får ursäkta min påflugenhet, men jag är van vid storstadens brus i Stockholm, där unga fröknar inte alltid kan spatsera säkert ensamma.«

Detta påstående var långt ifrån med sanningen överensstämmande, men det kunde ju knappast en ung oerfaren flicka från en liten landsortshåla känna till. Dessutom fick han nu sagt att han kom från rikets huvudstad och därmed kände till den stora världen. Så här långt var han mycket nöjd med hur saker och ting utvecklade sig.

Helt enligt planen, närmare bestämt. Att detta plötsliga möte inte alls var vad det verkade, avslöjade han givetvis inte. Redan då hon lämnat hemmet hade han upptäckt henne och bestämt sig. Hon skulle bli offret för hans charm och världsvana uppträdande och han hade följt henne på avstånd.

Sofia kände sig både förvirrad och lite upprymd. Hennes dagar hade mest förflutit enligt samma mönster utan några större överraskningar. Detta var något annat. Aldrig tidigare hade hon blivit uppvaktad av en ung man ute på gatan. Hennes första tanke hade varit att detta gick då rakt inte an, och att hon genast borde be den unge mannen lämna henne i fred.

Det gjorde hon emellertid inte.

För det första stoppade hennes blyghet henne att ta ett sådant initiativ. För det andra ville hon innerst inne inte. Hon kände sig med ens lite vuxen, och vad kunde egentligen hända bland folk ute i staden?

Hon beslöt att acceptera den främmande mannens sällskap, åtminstone för en liten stund.

»Så herr Stettin kommer från Stockholm«?

Hon kämpade hårt för att inte darra på rösten.

»Åh, fröken Sofia, ni får gärna säga August… herr Stettin låter så … gammalt.« Hans röst avslöjade inget om hur nöjd han var. Flickan hade nappat på betet. Nu gällde det att följa den plan han utarbetat. Inte hasta på, men ändå vara lite vågad.

»Det stämmer fröken Sofia. Men låt oss inte tala om mig. Kanske vill ni berätta något om er själv? Får jag bara först säga att ni är mycket vacker. Jag har sett och träffat många unga fröknar i Stockholm, men ingen som ni fröken Sofia.«

Tog han i för mycket nu? Det där skulle ingen stockholmsflicka låta sig luras av, tänkte han. Där var flickorna mer erfarna i möten med män, men här ute i landsorten var förhållandena säkert annorlunda.

Sofia hade reagerat på hans smickrande ord genom att rodna, vilket grämde henne mycket. Hon ville vara mer vuxen, inte uppföra sig som en oerfaren barnunge.

När hon inte kom sig för att säga något fortsatte han:

»Säg, fröken Sofia. Får jag kanske bjuda på något läskande, om det går för sig?«

»Det går nog för sig,« svarade hon och kände att hon nu återtagit kommandot över sig själv.

Så styrde de kosan mot Olga Valentins café vid torget.

Under promenaden småpratade de om hur livet var i en liten småstad och om vilka framtidsplaner hon hade. Han berättade att han endast var på besök i affärer över dagen och att han skulle återvända till huvudstaden med eftermiddagståget.

Innan de kommit fram till målet stannade han plötsligt och sade:

»När jag sade att ni är mycket vacker, menade jag det verkligen. Vilken man som helst skulle säkert undra hur det skulle kännas att kyssa sådana vackra, mjuka läppar.«

Hon hade varit helt oförberedd på detta. Den lilla självsäkerhet hon byggt upp under småpratet försvann med ens.

»Men, vet ni vad herr Stettin!« sade hon småskrattande. Skrattet var ett resultat av en nervös osäkerhet inför en så plötslig och närgången uppvaktning.

Vem var denne man egentligen? hann hon tänka. Var det så här man gick till väga i Stockholm? Hon kände att hon nu blev lite mer på sin vakt, men beslöt ändå att inte avvisa honom. Kanske hade hon bara missuppfattat honom.

Han å sin sida tolkade hennes skratt som en tyst inbjudan att fortsätta på den plan som så här långt gått så väl.

Detta var unge August Solomon Stettins första stora misstag denna dag.

I hans plan ingick nu att ta det lite lugnt med fysiska närmanden en stund. Flickan måste få tid att smälta hans senaste initiativ.

Efter en stunds småprat då det tidigare sagda tycktes vara glömt, hejdade han sig åter.

»Jag ber så mycket om ursäkt, fröken Sofia. Det var inte meningen att vara framfusig. Ni är en oskyldig ung flicka som kanske aldrig har kysst någon.«

Han anlade en något vädjande och ursäktande min.

»Det kanske jag har!« svarade hon i en något trotsig ton. »Och har jag det så har jag inte delat ut kyssar hur som helst till vem som helst!«

»Är jag vem som helst?« undrade han smått förnärmad.

»Jag känner er inte.«

»Nog känner vi varandra lite. Och om en stund ännu lite mer. Låt oss sätta oss på caféet där borta. Tillåt mig få bjuda på något läskande.«

De hade nu kommit en bit över torget som nästan låg öde så här dags på dagen. Några småfåglar kivades om en brödbit, annars var allt stilla.

Här och var rörde sig dock människor. Några var ute i något ärende, andra spatserade i lugn och ro uppenbarligen ute på förmiddagspromenad.

Väl framme vid Olga Valentins café tog de plats på dess uteservering. Han beställde kaffe till sig själv och te med smörkex enligt önskemål till henne.

Han fortsatte att prata och kunde inte låta bli att ännu en gång prisa hennes skönhet. Denna gång rodnade hon inte. Hon hade visserligen inget emot denna upprepning, men nog började han bli lite tjatig.

De var inte ensamma på serveringen och hon hoppades att ingen hörde vad som sades dem emellan. Den handfull andra cafégäster var alla stadsbor och hon kände igen dem alla, vilket förmodligen betydde att de också kände igen henne.

Säkert undrade de vem den unge stiligt klädde mannen var.

De talade vidare om lite av varje och hon fick honom att berätta lite om Stockholm där hon aldrig varit.

Mitt i samtalet sträckte han plötsligt ut en hand och berörde lätt hennes ena mungipa. Hon drog försiktigt huvudet tillbaka.

»Förlåt mig, men en smula av smörkexet hade fastnat,« förklarade han och såg henne i ögonen. »Ni har mjuka och varma läppar, fröken Sofia,« fortsatte han.

Det hon nu kom att svara honom förvånade henne storligen.

»Jasså, och nu undrar ni säkert hur det skulle kännas att kyssa mina läppar också.«

Aldrig kunde hon ha anat att hon skulle våga uttrycka sig så, men hon hade nu retat sig lite på hans envishet och denna lilla upprördhet hade banat vägen för en djärvhet hon inte visste att hon var i besittning av.

Även han blev lite överraskad.

»Ja nu när ni säger det. En endaste liten kyss skulle göra min dag lycklig. Bara som vänner emellan.«

»Låt oss glömma det där och i stället ägna oss åt vår förplägnad. Jag tar gärna en kopp te till,« svarade hon och såg uppfordrande på honom.

» Ni är mer obeveklig än de flesta män jag gjort affärer med, fröken Sofia. Ändå begär jag så lite. En enda kyss, sedan tar jag tåget till Stockholm och vi ses inte mer.« Han anlade nu en vädjande och undergiven min.

Hon förundrades tyst över hur detta möte hade förändrat henne. Den blyghet hon tidigare hämmats av, och som hon varit så irriterad över, hade nu ersatts av en självsäkerhet som hon faktiskt njöt av.

Hon lutade sig fram mot honom och hon märkte att han gjorde sig beredd att möta hennes läppar.

I stället för den förväntade kyssen fick han höra hennes röst som nu antagit en, som han tyckte, något hårdare ton.

»Herr Stettin…eller August, min vän. Ni är säkert bekant med hur flickorna i Stockholm är till sättet, men ni vet inte mycket om oss i landsorten. Här hittar ni antagligen inte en enda ärbar ung flicka som skulle gå med på ert önskemål.«

Hon lutade sig tillbaka och log vänligt.

»Så låt oss lämna caféet och fortsätta vår promenad i förmiddagssolen och samtala om annat än kyssar,« avslutade hon.

Så många och långa meningar på en gång hade hon aldrig yttrat och det gjorde henne en smula andfådd, men också stolt.

August Salomon Stettin sjönk tillbaka i stolen. Han insåg nu att han hade förlorat. Den plan han så omsorgsfullt utarbetat hade inte fungerat. Denna blyga unga flicka som han förväntat sig ge upp och till slut falla för hans charm och övertalningsförmåga, hade i stället bitit tillbaka!

Högst oväntat och förödmjukande.

Han var inte van att ta sådana förluster, vilket nu kom att släppa fram känslor ur hans inre som han sällan visade. Besvikelsen och frustrationen öppnade alla portar och det han nu kom att göra förfärade alla på caféet och däromkring, i synnerhet den unga fröken Wallin.

Det sög och väsnades i den tomma magsäcken och Krok-Pelle tänkte igenom de möjligheter som nu stod till buds. Han beslöt att ännu en gång försöka med bibeltricket, men först skulle han leta upp stadens krogar och andra näringsställen. På bakgårdarna till dessa kunde man ibland hitta ätbara rester bland det som kastats bland avskrädet.

Att leta i sophögar var inget han egentligen ville, men när hungern slet i kroppen fanns inget val. Helst skulle han behöva något starkt att dricka, men hur det skulle gå till, hade han ingen plan för.

Långsamt närmade han sig stadens torg där säkert minst en krog eller matställe och kanske något café fanns att besöka.

Caféet som nu låg framför honom såg lugnt och städat ut. Där satt en handfull människor och han tänkte en kort sekund bryta mot polisens uppmaning att allt tiggeri inom staden var förbjudet.

Han hann inte komma så långt.

När han försiktigt närmade sig uteserveringen reste sig plötsligt en ung man. Mannen plockade fram en plånbok och började bläddra fram en massa sedlar.

Alla på serveringen och däromkring, inklusive den unga flickan vid samma bord som den unge mannen, stirrade förvånat på vad som nu tilldrog sig.

Med hög röst förkunnade så mannen:

»Hör upp! Jag vänder mig nu till alla män! Jag har under en lång stund, på ett mycket vänligt och försynt sätt, bönat och bett om en liten kyss av denna unga vackra dam!«

Han pekade på Sofia, som förskräckt ryggade undan inför unge herr Stettins plötsliga förvandling.

»Men inte då. Inte en enda kyss vill hon skänka mig! Jag ger nu upp, och uppmanar alla män att göra ett försök. Jag erbjuder hundra kronor till den man som kan få en kyss av henne! Hundra kronor i nya tiokronorssedlar!«

Hans röst var nu plötsligt fylld av bitterhet och agg.

Han viftade med sina nyss upplockade sedlar.

Alla i närheten såg tysta på det som hände. Några gjorde sig beredda att avlägsna sig. Något uppträde ville man inte vara delaktig i.

Andra stannade och väntade smått roat på vad som nu skulle ske. Ingen man anmälde dock sitt intresse.

Så fick den sedelviftande Stettin syn på Krok-Pelle.

»Du där! Du som ser ut som en luffare! Vill du erhålla hundra kronor? Allt du behöver göra är att förmå unga damen här att kyssa dig! Lättförtjänta slantar!« skrattade han i en lätt hånfull ton och pekade på Sofia.

Krok-Pelle kände sig obekväm inför denna uppmärksamhet, men också något förargad. Visst var han van vid att folk drev med honom och kom med hånfulla kommentarer, men detta var något utöver det vanliga.

Den unge mannen måste vara en dåre om han trodde att någon skulle medverka i detta spektakel, tänkte han och såg mot den stackars flickan som tydligen var den som förargat den unge mannen.

Han var på väg att lämna platsen då flickan, som nu var röd i ansiktet, reste sig och slet åt sig sedlarna från den nu mållöse unge mannen. Därpå torkade hon sig med baksidan av handen om munnen, stegade fram till den förvånade luffaren och gav honom en kyss mitt på munnen, varefter hon stoppade sedlarna i hans hand, vände på klacken och gick med bestämda steg därifrån.

Hon var ursinnig och rasande över Stettins beteende. Det belevade uppträdandet och de insmickrande orden hade tydligen enbart varit en bluff.

Dock ersattes dessa känslor genast av en oemotståndlig upprymdhet och en varm tillfredsställelse, och ett brett leende spred sig över hennes läppar då hon bakom sig hörde högljudda skratt och applåder från de ännu kvarvarande cafégästerna.

Samma eftermiddag lämnade två män staden för att bege sig till sina respektive hem. Den unge, besvikne och frustrerade August Solomon Stettin till Stockholm, och den något förundrade, men lycklige gamle luffaren Krok-Pelle mot Småland.